사랑
하나
그리움
둘

사랑 하나 그리움 둘

초판 1쇄 발행 2019년 1월 11일

지 은 이   박애란
발 행 인   권선복
편   집   오동희
디 자 인   김민영
전 자 책   서보미
발 행 처   도서출판 행복에너지
출판등록   제315-2011-000035호
주   소   (07679) 서울특별시 강서구 화곡로 232
전   화   0505-613-6133
팩   스   0303-0799-1560
홈페이지   www.happybook.or.kr
이 메 일   ksbdata@daum.net

값 15,000원
ISBN 979-11-5602-682-2 (03810)

Copyright ⓒ 박애란 2019

도서출판 행복에너지는 독자 여러분의 아이디어와 원고 투고를 기
다립니다. 책으로 만들기를 원하는 콘텐츠가 있으신 분은 이메일이
나 홈페이지를 통해 간단한 기획서와 기획의도, 연락처 등을 보내주십
시오. 행복에너지의 문은 언제나 활짝 열려 있습니다.

사랑
하나
그리움
둘

박애란 지음

도서
출판 행복에너지
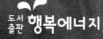

추천사

- 수원 시장 · 염태영

"엄마, 나 내년에 수원여중 시험이라도 볼래요."
"그러다가 붙으면 어떡하려고." (본문 47쪽)

1960년대, 가난을 숨길 수 없던 시대, 여성은 교육에서 배제된 시대. 서호초
등학교를 졸업하고 인근 딸기밭에서 일하던 들풀 같은 한 소녀가 문을 두드
린 곳은 수원시 서둔야학이었습니다. 서둔야학은 1954년 서둔교회에서 시작
되었습니다. 1965년 서울대 농대 학생들이 성금을 모아 후문 쪽 농대 연습림
부지 일부를 구입하고 직접 건물을 지어 1983년 부득불 중단될 때까지 1천여
명의 학생과 300여 명의 야학교사가 거쳐간 지역공동체의 꿈터였습니다. 밤
10시가 넘어 집으로 돌아가는 서둔벌 진 황톳길을 야학교사들과 함께 거닐며
나누었던 깨알 같은 이야기와 모습이 귀와 눈에 들리는 듯 그려집니다.
1980년 '서울의 봄' 그해에 서울대 농대에 입학했던 저는 현실 참여 신학을
공부하는 기독학생회 활동을 비롯하여, 이듬해부터는 수원 지역의 또 다른
야학인 화홍야학에서 강학(당시에는 야학교사를 '강학'이라 부르기도 했음)에 참여

4   사랑 하나 그리움 둘

하기도 했습니다. 물론 작가의 헌사로 가득한 서둔야학의 선생님들만큼의 성심이 전해졌는지는 모르겠지만, 저에겐 가르치면서 배우고 제도권 교육에서 얻지 못한 것을 채운 기억이 아로새겨져 있습니다.

"공동체의 의미는 더 커지고 중요해졌습니다."

우리는 희망을 노래하며 가난의 외투를 벗었습니다. 우리 사회에 남겨진 공동체의 가치는 여전히 유효합니다. 아니 더 소중해졌습니다. 성장일변도의 국가정책으로 양극화는 심해지고 이기주의와 불통으로 사회가 각박해졌기 때문입니다. 다른 사람을 배려할 줄 아는 포용적 성장이 핵심 화두인 때에 서둔야학을 이상적 교육공동체로 곱씹는 작가의 시선은 '사람'에 대한 따뜻한 관심과 사랑이 절실히 요구되는 우리 현실에 비타민이 될 것입니다.

"글을 잘 쓰는 패션디자이너, 내 후반생 꿈이다."
(본문 253쪽)

33년 동안 교편을 잡으시고 이순을 넘긴 연세에도 꿈을 현실로 만들고 계신 박애란 작가님의 열정을 응원합니다. 이 책은 서둔야학의 대부이신 황건식 교장선생님이 집필하신 「서둔야학사」(2000년 출간)에 이어, 수원지역 야학사의 소중한 자산이 될 것입니다. 우리 지역 자랑스런 문학인의 탄생을 환영하면서, 첫 수필집 출간을 진심으로 축하드립니다.

아시나요? 서울대학교 농과대학을요
아시나요? 서둔야학을요

여기 오래전의 은사님들을 잊지 못하는 한 제자가 있습니다. 1960년대이기에 이제는 50여 년이 넘었어도 퇴색하지 않고 한결같이 그때의 사랑을 가슴에 담아두고 있으며 그 은혜 백골난망이라는 한 사람이 있습니다. 그녀는 고등학교에 33년을 몸담았기에 교육에 대해서 누구보다도 치열하게 고민해왔던 한 사람입니다. 지금도 수원시에 있는 서울대학교 농과대학의 임학과 연습림 옆에는 1965년도에 야학선생님들과 야학생들이 힘을 합쳐서 만든 서둔야학 건물이 서 있습니다. 19-21세 사이의 서울대학교 농과대학생인 서둔야학 선생님들과 14-17세 사이의 야학생들 사이에는 과연 어떤 일들이 벌어졌을까요? 어떤 이야기들이 있었을까요? 그녀가 생각하는 교육의 이상적인 모델은 서둔야학입니다. 50여 년 전 서둔야학 '교육의 핵심'은 어떻게 하면 야학생들의 마음밭을 곱게 가꿔줄 수 있을까였습니다. 그 가르침을 받아본 그녀의 교육관 역시 '교육은 마음밭을 가꿔주는 일'입니다.

　잠깐! 그녀가 과대망상증 환자인지, 현실적으로 교육의 참가치를 제시해 주는 건가에 대해서는 이 책을 보신 후 평가해 주시기 바랍니다.

– 서울대학교 농생명공학부 교수 · 김영호

박 선생님과는 교사와 야학 졸업생으로 구성된 서둔야학회의 같은 회원이다. 그전까지는 특별히 개인적으로 교분을 쌓을 일이 없었지만 최근 서둔야학사 재편찬 사업을 하면서 비교적 자주 만나는 편이었다. 어느 날 출근길 버스 정류장에서 박 선생님을 만났다. 여느 때처럼 곱게 옷을 차려입었다. "곱게 차려입으셨네요." 말을 건넸다. "이거 보시(布施)하는 거예요."라는 즉답이 왔다. 다른 사람의 눈을 위한 것이란다. 일반 사람들은 생각하기 어려운 반응이다. 또 하루는 서둔야학회 모임이 있을 때다. 가려워 눈 밑을 무심코 손톱으로 긁다가 박 선생님으로부터 한마디 들었다. 눈은 감염되기 쉬우니 긁지 말란다. 이렇듯 아는 것은 스스럼없이 언행으로 나타낸다. 타인에 대한 관심과 애정이 깊다. 박 선생님은 어린 시절의 고난을 뛰어넘는 노력을 하여 바라던 교육자로서의 삶의 꿈을 이루었다. 현재도 여기에 만족하지 않고 끊임없이 배우고 있다. 마치 달리는 증기기관차 같다. 이 책에는 그녀가 서둔야학에 다니면서 겪었던 일화, 민주화 시대에 서울대학교 농과대학에서 근무하면서 목격했던 일, 이에 대한 생각, 이를 통하여 민주화를 위한 단체에 참여하게 된 경위, 검정고시 시험을 거쳐 방송통신대에 입학하여 공부에 전력을 다한 일과 그 후 평택여고의 교사로 재직하면서 제자들과의 관계에서 겪은 보람 및 서둔야학에서 배운 참교육을 실행하고자 무던히 애쓰던 일이 치장되지 않은 채 그대로 묘사되어 있다. 단언하건대 이 책을 읽은 독자들은 더 많은 사람을 이해하게 되고 박 선생님처럼 다른 사람에 대한 관심과 사랑이 커질 것이다. 아무쪼록 이 작품이 사람들의 게으름과 나태함을 깨우쳐 부끄럽지 않은 열정적인 삶으로 변화시키기를 소원한다. 우선 나부터—

제가 박 선생님을 처음 만나게 된 것은 몇 년 전 서울대학교 민주동문회 행사장에서였습니다. 박 선생님은 무언가 의상도 그렇고 모자도 그렇고 세련된 모습이었습니다. 저보다도 5년 정도 위라서 벌써 60세가 넘으셨는데도 더욱 그러하였습니다. 그 후 박 선생님이 카톡으로 자신의 일상의 글과 사진을 올려 주시는 것을 보면서 박 선생님의 인생 역정을 자세히 알게 되었습니다. 서울농대 후문에 있는 푸른지대에서 딸기 따던 일, 서둔야학 시절, 서울대 농대 직원시절, 평택여고 교사시절, 은퇴 후 활발한 사회활동 및 취미활동 등등. 지금도 의상 디자인, 왈츠와 탱고 배우기, 글쓰기, 시낭송 등과 같은 다양한 활동을 하십니다. 선생님의 글은 재미있습니다. 솔직합니다. 그래서 공감을 불러일으킵니다. 특히 서둔야학 시절의 이야기는 한 편의 동화와 같습니다. 조만간 영화나 드라마로 나와도 인기가 많을 것으로 보입니다. 또 선생님은 끊임없이 노력하는 사람입니다. 젊은 시절 문학작품을 비롯해 많은 양의 독서와 사색을 하셨습니다. 그래서 글이 매우 풍부하고 배울 점이 많습니다. 아울러 창의적입니다. 사고방식이 구태의연하지 않고 유연합니다. 끊임없이 도전하고 자기계발을 하시는 것을 보면 나이는 숫자에 불과하다는 말이 허사가 아님을 깨닫게 됩니다. 무엇보다 따뜻합니다. 글에서 느껴지는 약자에 대한 배려, 불의에 대한 분노, 사람에 대한 애정을 느끼며 많은 공감을 갖게 됩니다. 선생님보다 젊은 제가 선생님의 인생 기록에 대하여 추천사를 쓸 자격이 있는지 두려웠지만 부탁해주시는 마음에 감히 짧은 소감을 적어 보았습니다. 이번의 책 출간을 계기로 선생님께서 그동안의 인생을 중간 정리하고 새롭게 도약하시기를 기원합니다.

- 시인·수필가 · 배혜금

그녀의 책이 출간되었다는 소식이 내 마음을 기쁘게 했다. 제목을 정할 때부터 보아 온 익숙함, 책으로 만들어지기 전부터 보아 온 원고이다. 언뜻 보기에도 남다른 그녀의 패션스타일과 독특한 사고를 그녀의 글을 읽으면서 이해할 수 있었다. "여자는 무조건 예뻐야 한다."는 그녀의 신념은 타인으로부터 '공주님'이란 호칭이 나오게 만들었다. 그녀의 티 없이 맑은 피부와 샤랄라 스커트, 모자의 어울림이 큰 몫을 한 결과인지도 모르겠다. 박애란 작가는 '본인만의 행복 키워드'를 너무나 잘 알고 있는 여인이다. 자신이 여성인 것에 100% 만족하는, 사춘기 여고생의 감성을 지닌 천상여자이다. 교양을 지니고 싶었던 10대의 애란은 품삯을 받고 딸기 따는 일을 하며 매점에서 흘러나오는 클래식 음악을 들으면서도 어떤 음악가의 무슨 곡인가를 상기해 가며 음악공부를 했다. 그 결과 오늘날 그녀는 클래식 음악에 대해서 누구에게도 뒤지지 않을 해박한 지식을 지니고 있다. 33년간의 꿈 같은 여고 교사를 정년퇴직하고 오늘날의 작가 박애란이 만들어지게 된 것은 그녀의 공주병이 긍정적으로 작용한 결과이며, 아름다운 20대 초반의 서울대 청년들이 선생님이 되어 주었기에 가능한 일이었다. 공주병을 가졌던 그녀가 몇 살 위인, 청년 야학선생님과 함께 보낸 시간이 궁금하다. 하나의 사랑에 그리움이 2배! 그녀의 책 속에는 감동과 눈물과 교훈과 또 야릇한 감정들이 섞여 있지 않을까 싶어 사뭇 기대된다. 어린 나이에 아름다운 삶을 살기로 선택하셨던 청년 야학선생님과 오랜 시간이 지났어도 그 선생님의 은혜를 잊지 않은 제자 박애란 작가님. 이 시대, 진정한 스승의 모습과 진정한 제자의 모습을 보여 줌에 감사드리며 서둔야학의 존재감에 크고 깊은 박수를 보낸다.

목차

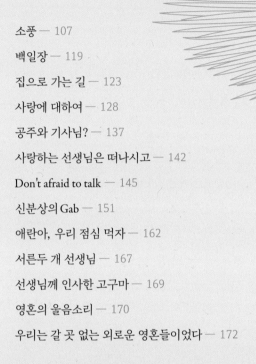

Part 3 좌절과 성취감이 교차하던 날들

내가 글을 쓰는 이유이자 목적

나와 서둔야학[1]과의 인연은 1964년으로 거슬러 올라간다.

54년 전의 인연이 지금까지 면면히 이어지고 있다. 서둔야학 선생님들은 서울대학교 농과대학생들로 가난하여 정규학교에 못 간 농대 인근의 청소년들에게 야간에 공부를 가르쳐 주셨다. 가난으로 아이들을 돌보지 못하는 부모님들을 대신하여 사랑과 관심을 쏟으셨으며 황폐해진 야학생들의 마음을 문학과 음악으로 곱게 가꿔 주셨다. 수업을 가르친 후에는 대부분이 여학생인 우리가 염려되어 꼭 집까지 데려다주셨다.

---

1 서둔야학은 수원시 서둔동에 있는 야학으로 서울대학교 농과대학생들이 1930년대부터 1979년까지 봉사활동으로 운영하던 야학이었다.

1965년도에는 배움의 보금자리를 서울대 농대 연습림 한 귀퉁이에 손수 지어 주셨다. 그런 다음 호롱불 대신에 전기를 끌어와 전깃불을 밝혀 주셨다. 1967년에는 바닥에 까는 멍석 대신에 책, 걸상을 손수 만들어 주셨다. 소풍을 갈 때는 병약해서 잘 걷지 못하는 학생을 업어서 왕복 20리 길을 데려다주기도 하셨다. 초등학교 때부터 학교와 선생님들을 좋아했던 나로서는 최고의 선생님들을 만나게 된 셈이었다. 나는 우리의 배움터가 새로 지어졌을 때, 전깃불이 처음으로 들어왔을 때, 책걸상이 처음으로 들어왔을 때마다 감격했었다. 대학생으로서 낮에는 당신들의 공부를 하시고 밤에는 우리 공부를 가르쳐 주신 후라 엄청 피곤하실 텐데도 밤 10시가 넘은 늦은 시간에도 위험하다며 꼭 집까지 데려다주시던 선생님들에 대한 고마움이 뼈에 사무쳤었다.

'언젠가는 이 이야기를 꼭 글로 써서 세상에 널리 알릴 거야! 반드시!' 결심하고 또 결심했었다.

열여덟 살에 세상에 절망하여 죽으려고 마음먹은 후에는 내 손으로 선생님들께 보은의 꽃을 만들어서 달아드린 후 약을 먹었다. 다시 깨어난 후에 공부를 하고 결혼을 하여 애 둘을 낳아 키우며 직장생활을 하느라 정신없이 살게 되었다. 그러다가 1992년 9월에 서둔야학 우명옥 선생님과 전화통화를 한 후에는 별안간 '글만 쓰고 싶은 병'이 생기게 되었다. 그때부터 서둔야학 선생님들에 대한 얘기를 쓰게 되었다. 기억을 더듬고 정확한 자료를 찾기 위한 여행도 여러 번 하였다. 그로부터 26년이 지난 이 시점까지도 서둔야학 선생

사랑 하나 그리움 둘

님들에 대한 얘기를 쓰고 있다.

내가 글을 쓰는 절대적인 이유와 궁극적인 목표는 서둔야학 은사님들의 선행을 보다 널리 알리기 위함이다. 가능하면 파급력이 높은 TV 드라마나 영화로 만들어졌으면 하는 바람이다. 우리가 살아갈 때 우리의 의지로 살기도 하지만 자신의 의지와는 상관없이 삶의 바퀴가 돌아가기도 한다. 코엘료는 그의 저서 『연금술사』에서 말했다.
'우리가 무언가를 간절히 원하면 온 우주가 나서서 그 일이 이루어질 수 있도록 도와준다.'라고.

'하늘은 스스로 돕는 자를 돕는다.'라는 말도 있다. 내가 할 수 있는 방법을 다하여 50여 년 전 내 야학 시절의 간절한 소망이 이루어지도록 노력하고 있다.

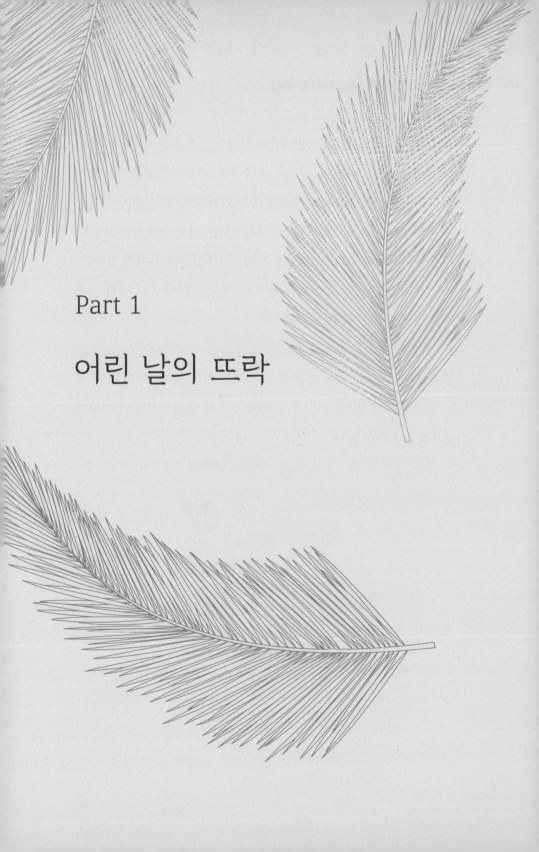

Part 1

어린 날의 뜨락

엄마의 세월

사방이 끝도 보이지 않는 황토물이었다. 홍수가 나서 영등포 일대가 물로 뒤덮였다. 커다란 가로수 밑동도 물에 잠겨서 보이지 않았다. 어디가 길인지 논인지 분간이 잘 되지 않는 길을 아저씨들을 따라 철길을 건너던 내가 그만 웅덩이에 풍덩 빠져서 가라앉을 찰나였다.

"동생 묻으러 가다가 네가 먼저 물에 빠져서 죽을 뻔했구나." 하시며 내 왼쪽 팔을 잡아서 건져 낸 아저씨는 동생 연숙이를 묻어 주러 가던 이웃집 아저씨였다.

나는 하얀 바탕에 파란색 꽃무늬 원피스에서 온통 뻘건 황토물을 뚝뚝 떨어뜨리며 걸을 수밖에 없었다.

정철의 장진주사 가사처럼 지게 위에 거적 덮여 내 동생 연숙이가 북망산을 넘어가던 날이었고 초등학교 4학년이던 언니와 세 살 터울인 내가 이웃집 아저씨들 뒤를 타박타박 따라가던 중이었다.

귀엽고 예쁘게 생긴 셋째 동생 연숙이는 언니들이 자기 국수를 빼앗아 먹는 시늉을 하면 앉은 자리에서 국수가 담긴 양은 양재기를 들고서 뱅글뱅글 돌던 앙증맞은 아이였다. 잘 먹고 기운차게 놀던 세 살배기 연숙이가 별안간 병이 났는데 돈이 없던 엄마는 병원 문턱 한 번 넘어 보지 못하고, "어떡하니 연숙아, 어떡하니 아가야." 하시며 안타깝게 소리쳤다. 보리차도 먹여 보고 미음도 쑤어 주는 등 경황없는 눈빛과 타는 입술의 엄마는 온종일을 서성이고 있었다. 그러던 엄마가 지쳐서 깜박 잠이 든 새 연숙이는 영원히 고통이 없는 나라로 가 버렸다. 얼핏 잠이 깨자마자 소스라쳐 놀라서 연숙이를 살피던 엄마 입에서는 가슴을 쥐어짜는 듯한 소리가 새어 나왔다.

"아가! 연숙아! 눈 좀 떠 봐라. 얘, 아가."

애타게 울부짖는 엄마에게 이미 하늘나라 천사가 된 연숙이는 끝내 '엄마' 소리 한 번을 하지 않았다. 죽음이 뭔지 이별이 뭔지 알 만한 나이가 안 되었던지 내가 운 기억은 별로 없는 듯하다. 다만 아저씨를 따라가서 어디다 묻었는지 잘 알아 가지고 오라고 이르던 엄마 말이 기억에 남아 있다. 엄마의 비통하고도 초췌한 모습과 함께.

한 번 나간 남편은 어느 때는 보름 만에 한 번, 한 달 만에 한 번 들어왔다 나가면 끝이었고 어디 계신지 연락처도 모르던 엄마였다. 당시에 나는 아버지들은 으레 그렇게 집에 오랜만에 들어오시는 건 줄 알고 있었다. 부모 가슴에 묻히는 것이 자식이라는데 엄연히 남편이 살아 있건만 혼자서 아이의 죽음을 감당하고 그 아이를 땅에 묻어야 했던 엄마의 가슴에 쌓인 한은 도대체 어느 만큼의 두께일까?

강하고 아름다운 것은 사람의 의지였다. 엄마는 험악한 세월을 묵묵히 견디며 열심히 사셨다. "싸악 싹" 내 새벽잠을 깨우던 것은 꼬끼오 닭이 아니라 엄마의 빗질 소리였다. 탑동에 살고 있을 때 그 동네에서 제일 허술한 집 중의 하나인 낡은 초가집에 세 들어 살면서도 꼭두새벽에(4시경) 일어나시면 마당부터 깨끗이 쓰셨다.

집 앞의 텃밭에는 봄이면 이별초, 라일락, 해당화 등의 꽃을 피워 내시고 여름이면 달리아, 샐비어, 분꽃 등을 피게 했으며 가을에는 과꽃, 칸나, 국화 등의 꽃이 만발하도록 정성껏 키우셨다.

모처럼 얻은 달리아 뿌리 몇 알, 수세미, 분꽃 씨 등을 소중한 보물같이 다루며 어린애처럼 들뜬 모습으로 즐거워하시던 엄마의 표정이 지금도 눈에 선하다.

우리 형제들은 비록 남의 집에 세 들어 살고는 있었지만 철 따라 갖가지로 아름다움을 다투어 피어나는 꽃들을 보며 자라났다.

어스름 해가 지기 전 분꽃의 환한 얼굴, 불타는 듯한 샐비어의 정열적인 모습, 우리 집 길옆에서 한들거리던 해맑은 코스모스의 모습이 그대로 기억 속에 살아 있다.

다른 사람들이 '텃밭에 푸성귀라도 하나 더 심어 먹지 그러느냐.'고 해도 엄마는 들은 척도 하지 않고 당신 소신껏 꽃을 심으며 사셨다. 어려운 가운데서도 꽃을 사랑하여 내 주위를 꽃으로 장식하며 살고자 했던 엄마는 정신적인 여유를 즐긴 낭만주의자였던 것 같다.

그토록 쪼들리는 삶이면서도 인정 많은 엄마는 거지가 동냥을 오면 그냥 보내는 법이 없었다(우리 먹을 것도 없을 때는 어쩔 도리가 없었지만). 더럽다고 질색을 하는 딸들의 눈총은 아랑곳하지 않고 부엌 한쪽에 상을 정갈히 봐서 식사를 하게 했고 집에서 기다릴 다른 가족을 위해서 깡통 한쪽에는 밥을, 다른 쪽에는 반찬을 조심스럽게 넣어 주셨다. 될 수 있으면 밥과 반찬이 섞이지 않도록.

그 당시 우리 집 헛간의 기둥에는 닭이 한 마리 매어져 있었다. 뒤꽁무니로 알을 '퐁' 떨어뜨린 암탉은 펄쩍 뛰어오르며 다급하게 "꼬꼬댁 꼬꼬" 외마디 비명을 지르곤 했다. 동그란 눈은 벌겋게 상기되어 가지고서. 그럴 때마다 엄마는 "아이 쯧쯧 얼마나 아플까." 하시며 연민의 눈빛을 보내곤 하셨다.

정직한 엄마는 곤궁한 살림 가운데서도 남에게 신세 진 것을 꼭 갚으려고 하시는 분이었다. 한번은 외갓집에 잔치가 있어 다녀오신 엄마가 떡을 한 보따리 가져오셨다. 우리는 이제나저제나 떡이 우리 입에 들어오기를 기다리고 있었는데 나중에 보니 한 개도 남아 있지를 않았다. 그동안 신세 진 이웃들에게 먼저 나눠 주다 보니 자식들 입에 들어갈 것을 못 남기신 것이었다.

장상감 권사님은 우리 가족이 모두 다니던 서둔교회에서 알게 된 분으로 서울대 농대 잠사학과 김문협 교수님의 사모님이다.

고향이 이북인 장 권사님은 대개의 이북 출신 사람들이 그러하듯 검소하고 알뜰하기가 이루 말할 수 없는 분으로 조원동에 있는 그분 댁에 가보면 공기조차 뽀송뽀송했고 집안에 늘 훈훈함이 넘쳐 보였다. 주부인 그분의 덕성과 인품 때문이리라.

댁에서는 훌륭한 아내요 어머니면서 사회봉사도 남보다 앞장서서 열심히 뛰시던 장 권사님은 어려움을 당한 집마다 찾아다니며 물심양면, 적극적으로 도와주시던 분이었다. 권사님은 우리가 아버지를 잃고 한창 어려울 때 엄마한테 넌지시 얼마간의 돈을 주시기도 했고 전기밥통이나 미원 등 생활용품을 사다 주셨다. 엄마는 그 은혜를 잊지 않고 꼭 기억하시다 남의 밭에 농사를 지어 추수를 하게 되면 호박 하나 콩 한 되라도 제일 좋은 것을 골라서 그분께 먼저 갖다 드리고 나머지를 우리에게 먹였다.

어느 해 외갓집에 다녀오신 후 우리들 방보다도 돼지우리에 먼저 들르시는 엄마에게 내가 따졌다.

사랑 하나 그리움 둘

"엄마, 돼지가 중요해요, 우리가 중요해요?"

"너희는 배고프면 찾아 먹지만 우리 속에 갇혀 있는 돼지는 사람이 챙겨 주지 않으면 꼼짝없이 굶는 것 아니냐."

외할머니 댁에서도 자식들보다도 우리들이 돼지 밥을 잘 챙겨 주고 있는지 그게 더 걱정됐다는 엄마.

'글쎄요. 주객이 전도된 게 아닐까요? 자식들 잘 키우려고 돼지를 키우는 것인데…'

그러면서도 엄마의 절박한 심정을 느낄 수 있었던 것은 우리 가족의 중요한 재원인 돼지 키우기가 가장인 엄마에게 얼마나 중요한지 짐작이 되어서이다.

갈등의 세월이었다. 엄마의 고생이 가슴 아픈가 하면 궁색한 살림이 정말 싫었다. 감춰야 할 것이 너무 많은 게 가난이었다.

어느 일요일 교회 친구들과 함께 서둔교회 고등부 지도교사인 고염도의 선생님하고 연습림에서 야외예배를 보았다. 친구들과 즐겁게 시간을 보내고 사진을 찍고 돌아온 내게 동생이 말했다.

"언니 아까 학교 산에서 언니 봤다."

연습림 한 귀퉁이에서 오징어, 땅콩, 과자, 음료수 등 식품 몇 가지를 사과 궤짝 위에 벌여 놓고 동생하고 같이 팔고 계시던 엄마가, 동생이 내가 교회 친구들하고 온 것을 보고 "엄마 저기 언니 있어요." 하니까 "언니 있는 데 보지 마라."라고 해서 동생이 나를 보고도 아는 척을 하지 못했단다. 그 얘기를 들은 나는 아찔했는데 엄마가 내 입장을 생각한 면도 없지 않겠지만 그보다는 내 더러운 성질 때문이었다.

가난이라고 하는 놈은 작은 주머니 속의 송곳 같아서 아무리 숨기려 해도 숨길 수가 없이 '쏙' 튀어나와 내 자존심을 여지없이 구겨 놓고는 하였다. 학교 친구나 교회 친구들에게 우리 집의 궁색한 면을 보이지 않으려고 하는 나의 노력은 처절하리만치 필사적이었다. 그때 나는 다른 어떤 것보다도 내 자존심이 소중해서 누구든지 내 자존심을 건드렸다 하면 미친개 날뛰듯 했다. 그러니만치 "똥이 무서워서 피하는 것이 아니고 더러워서 피한다."라고 엄마나 동생들은 내 성질을 건드리지 않으려고 조심했었다.

　내 알량한 자존심은 엄마를 닮았던 것일까?
　하루 저녁은 엄마가 빈 솥에 물을 가득 붓고는 한참 동안 불을 지피셨단다. 저녁때 굴뚝에서 연기 나는 것을 이웃 아줌마들에게 보여 주기 위해서였다. 그렇지 않으면 '저 집은 오늘도 저녁을 못 끓이나 보지.' 하며 비웃음을 살까 염려되었기 때문이란다. 그때 우리들은 배가 고파서 도저히 오지 않는 잠을 초저녁부터 청해야만 했다.
　자존심! 가난한 가운데서 엄마도, 딸도 지키고 싶었던 것은 빛나는 자존심이었다.
　그러던 차에 우리 집안에 정말로 빛나는 이가 태어났다. 드디어 내게도 남동생이 생긴 것이다.
　"야! 고추다! 고추!"
　너무 좋아서 큰 소리로 이렇게 감탄사를 연발하신 아버지는 그 즉시 대문에 빠알간 고추와 길게 늘어뜨린 한지로 금줄을 매어 놓으셨단다. 그 얘기를 하실 때마다 엄마는 함박웃음을 지으셨다.

　　　　　　　　　　　　　　　　　　사랑 하나 그리움 둘

그 남동생이 대우그룹 사원으로 리비아에 가서 근무를 하게 됐을 때다. 딸 셋을 낳고 얻은 아들에게 엄청난 애착을 갖고 있던 엄마는 아들을 배웅하고는 정신이 다 나갔다. 수원 오는 전철을 탄다고 한 것이 종착역에 가서 보니 청량리역이더란다.

넋이 나가 버린 껍데기뿐인 엄마는 며칠 동안은 초점 없는 눈동자를 어디에 두어야 할지 갈피를 잡지 못하셨다. 여러 명의 딸들이 아들 하나의 공백을 결코 메우지 못했던 것이다.

인연이란 참 묘한 것이다. 더운 나라에서 고생하고 있는 동생이 안쓰러웠던 내가 그에게 편지를 쓰게 되었는데, 우연히 그것을 보게 된 현장사무실의 소장님이 묻더란다. "혹시 누나가 서둔야학을 다녔느냐?"고. 그분은 바로 서둔야학 김재우 선생님으로 69학번이기에 나를 직접 가르치시지는 않았지만 후배들의 선생님이었다. 그때부터 그분은 만리타향에서 외로웠던 동생을 여러 가지로 세심하게 보살펴 주셨다. 가지고 있던 제일모직 골덴 상의를 주기도 하셨고, 건축현장에서 일하던 동생을 보다 편한 직위인 관리소장 전속 운전기사로 근무하게끔 주선해 주기도 하셨다. 당신이 먼저 귀국하게 됐을 때도 동생이 염려된 그분이 사무실 사람들에게 신신당부를 해 놓아 동생은 그 후 사무실 직원들의 갖가지 배려로 근무하기가 매우 수월했단다. 그리고 한 번 끈이 닿으니까 전임자가 다른 곳으로 가게 되면 후임자에게 또 연결이 되더란다. 너무 더운 그 나라에서 계속 현장에서 일을 했다면 건강상 1년을 채우기도 어려웠을 것이라는데, 동생이 3년의 세월을 무사히 근무를 마치고 귀국할 수 있었던 것은 순전히 그분 덕이었다. 엄마는 남동생의 월급이 송금되어 오면 "이게 어떤 돈이냐 우리 아들이 그 더운 나라에서 피땀 흘려 번 돈이다.”
하시며 단 한 푼도 축내지 않고 그대로 은행에 저금해 두셨다. 그리고
는 딸들이 번 돈과 엄마가 번 것으로 생활비를 충당하셨다. 엄마에게
는 딸이 번 돈과 아들이 번 돈은 엄연히 다른 것이었다. 마침내 1983
년도 12월에는 우리 가족의 오랜 숙원인 내 집 마련이 실현되었다.
태어나서 처음으로 구경해 본 우리 집이었다. 외할머니가 맏딸의 궁
색한 살림을 걱정할라치면 “장모님 걱정 마십시오. 좀 있으면 장모
님이 이 문으로 들어갈까 저 문으로 들어갈까 고민될 정도의 열두 대
문의 집을 마련하겠습니다.” 하시던 아버지가 평생을 걸쳐서 못 이룬
꿈이 엄마와 자식들의 공동작업으로 이뤄진 것이다. 남의 집 셋방살
이, 그것도 제일 낡은 집으로만 이사를 다니던 엄마를 커다랗고 산뜻
한 양옥집에서 뵈니 금방 부잣집 마나님같이 보였다. 엄마는 애초에
대산의 천석꾼 부잣집 맏딸이었다. 엄마는 더없이 만족해하셨다.

새집의 기둥뿌리 하나는 김재우 선생님이 박아 주신 셈이었는데
난생 처음 갖게 된 우리 집은 그야말로 감격이었다. 우리 가족 공동
의 은인인 그분께 가족 모두 깊은 감사를 드리지 않을 수 없었다. 서
둔야학이라는 사랑의 고리는 그 먼 나라에서도 어김없이 단단히 이
어졌던 것이다.

나실 제 괴로움 다 잊으시고 기르실 제 밤낮으로 애쓰는 마음 진자리 마른자리
갈아 뉘시며 손발이 다 닳도록 고-생 하시네 하늘 아래 그 무엇이 높다 하리요
어머니의 희생은 가이없어라.

사랑 하나 그리움 둘

"엄마, 엉엉, 엄마."

1983년 2월 있었던 엄마의 회갑연에서였다. 잔칫상을 차려 놓은 후 맏딸인 언니가 제안했다.

"얘들아 우리, '어머니의 마음'을 같이 부르자."

선창을 하던 언니를 따라서 부르던 우리 다섯 형제들은 잠시 후 더 이상은 부르지 못하고 엄마를 부둥켜안고 통곡을 할 수밖에 없었다. 그동안 형극의 길을 걸어오신 엄마의 삶이 너무도 가슴 아파서이다. 한바탕 울고 난 우리에게 엄마 또한 젖은 눈으로 말하셨다. "내가 죽으면 너희들 이 손 보고 꽤나 울 것이다." 우리 앞에 내미신 엄마의 손은 거칠기가 세상에서 둘째가라면 서러우실 정도로 손바닥은 갈퀴 같았고 손가락 마디는 있는 대로 불거져 있었다. 엄청난 양의 일로 인하여 자연히 닳아 없어지던 엄마의 손톱은 일부러 깎을 필요가 없었고 양쪽 엄지손가락의 지문은 달아나 버려 주민등록증을 만들 때 애를 먹기도 했다.

말이 필요 없었다. 그 손은 엄마의 살아 있는 이력서였다. 어느 거미는 새끼를 낳으면 새끼들에게 자기 몸을 먹이로 내어 주고 껍데기만 남는다고 한다. 우리 엄마도 거미엄마이다. 한평생을 자식들한테 희생과 헌신으로 일관해 오셨기에 이젠 껍데기만 남아 버린 눈물겨운 모정의 거미엄마인 것이다.

아버지 저도 사랑해 주세요

우리 모두는 꿈과 경이로움으로 가득 채워져 있던 어린 시절을 지나왔다.

봄날에 '고물고물' 피어오르던 아지랑이.

언제라도 우리를 환상의 나라로 초대해 주던 일곱 빛깔 고운 무지개다리. 밤새 온 누리를 은세계로 만들어 놓고서 우리들이 질러 대는 탄성에는 시치미를 '뚝' 떼고 있던 겨울날의 눈부신 아침.

검은 비로드 천 위에 안개초인 양 아스라이 뿌려져 있던 미리내.

꽃잎에서 '또르르' 굴러 내리던 아침이슬의 영롱함. 순간적으로 우리의 숨을 멎게 만들었던 갖가지 꽃들의 화려한 자태 등. 우리가 마음 문을 열어 놓기만 하면 자연은 언제라도 가슴을 활짝 열고 다정한 친구가 되어 주곤 했다.

"마루를 구르며 노는 어린 것

세상을 모르고 노나

어려운 시절은 닥쳐오리니

잘 쉬어라 켄터키 옛집…"

아직 철모르고 뛰놀던 어린 시절.

세상은 온통 즐겁고 신기하고 아름다운 것뿐이었다. 활기차고 자신감으로 넘치는 어린이는 겁도 없이 가슴에 세상을 품고 살았다. 그에게 햇빛, 나무, 하늘, 꽃, 별 그리고 바람과 구름까지도 친구가 아닌 것은 하나도 없었다.

그러나…

왜 어린이는 철이 들지 않으면 안 될까?

어느 날인가부터 어린이는 더 이상 세상이 즐겁기만 한 것은 아니라는 것을 알게 됐다. 가난이 그리고 어른의 부당함이 작고도 하얀 가슴에 자꾸만 앙금을 만든 것이다.

"싸우지 마라."

"그만두지 못해."

초등학교 3학년 때였고 일찌감치 저녁을 먹은 후였다.

마루에서 나무에 톱질을 하고 계신 아버지 옆에서 언니와 같이 놀다가 그만 싸움을 하게 됐다. 두어 번 타이르시던 아버지가 더 이상은 못 참으시겠는지 나와 언니의 엉덩이를 톱자루로 각기 한 대씩 때리셨다. 비록 한 대였지만 엉덩이가 어찌나 '저르르'하게 아팠던지 맞는 순간 정신이 '핑' 달아나 버렸고 하늘이 노랬으며 눈물이 '찔끔' 나왔다.

나는 아픈 엉덩이를 연신 문지르면서도,

'아버지가 언니도 이렇게 아프게 때리셨을까?' 하는 생각이 '퍼뜩' 스쳐 지나갔다. 지금도 다른 면에 있어서는 그렇게 둔할 수가 없는 나지만 상대방이 나를 사랑하나 그렇지 않나 하는 것에 대해서는 귀신이 곡할 정도로 예민하게 알아차린다.

이것은 초등학교 저학년 때부터 가슴에 깊은 상처를 받아 가며 단단히 단련된 능력인 것이다.

아이들은 젖이나 밥을 먹고 크는 것이 아니라 사랑을 먹고 큰다.

그렇기에 아이들에게는 무엇보다도 관심과 애정을 보여서 하찮은 듯한 작은 질문에도 성의 있게 답을 해 주어야 하고 자꾸 안아 주어서 사랑을 확인시켜 주어야 한다.

심리학에서는 '내가 지금 사랑을 받고 있구나.' 하는 느낌을 많이 받고 자란 아이가 그렇지 않은 아이보다 신체충실지수가 훨씬 높다고 한다.

아버지의 편애가 결정적으로 부당하게 느껴진 것은 초등학교 4학년 때였다.

"아버지 저 책 사게 돈 주세요. 학교에서 책 사래요."

하는 언니에게 돈을 주신 아버지는 내게도

"너도 책을 사야 되지, 이걸로 책을 사거라."

하시는 것이었다.

"아녜요 아버지, 저는 있으니까 안 주셔도 돼요. 그동안 모아 놓은 것으로 사면 돼요."

스스로가 자랑스러워서 활기차게 말했다.

아주 좋은 기회였다. 아버지께 내 정직함과 성실성을 인정받을 수 있는. 아버지가 용돈을 주시면 언니는 군것질로 금방 다 없애 버리고 또 손을 내미는 반면 나는 그대로 모아 두었다가 학교에서 사라고 하는 책이나 공책 등을 사서 썼다.

소풍날 아침 엄마가 용돈으로 쥐어 주신 5원마저도 1원이면 살 수 있는 아이스케키 하나 사 먹지 않고 엄마한테 도로 갖다 드리거나 모아 두곤 하던 나였다.

어떻게 해서라도 아버지의 사랑을 받고 싶은 것이 그 당시 내 지

사랑 하나 그리움 둘

상 과제였다. 착한 애 콤플렉스에 빠져서 이렇듯 자신을 철저히 관리했던 것이다.

'아버지가 이번에는 분명히 나를 칭찬해 주실 거야. 낭비하지 않았다고. 이번에야말로 아버지는 내가 언니보다도 훨씬 더 착하다는 것을 인정해 주실 거야. 이젠 나도 아버지가 언니처럼 사랑해 주실 거야.'

의기양양하여 부푼 가슴의 내게는 아버지의 입만 보였다.

아버지 빨리 말씀하세요. '아유! 우리 애란이 참 착하구나!' 하고 말예요.

그러나 잠시 못마땅한 표정으로 나를 내려다보시던 아버지는 혀를 차셨다.

"얘는 도대체 어떻게 된 애야. 애가 애다워야지 쯧쯧…"

'아! 아버지 아버지…

내 기대가 또 물거품이 되다니…아버지 저도 아버지 딸이에요. 그런데 아버지는 왜 저를 그렇게 미워하세요.

저는 머리는 나쁘지만 꾸준히 노력했어요.

먼젓번에 표창장 타 온 것도 보셨잖아요.

착한 애가 돼서 아버지께 꼭 칭찬을 받고 싶었어요.

착한 애는 함부로 군것질을 하지 않고 정직해야 하며 공부도 열심히 해야 되는 거예요. 말썽을 부리지 않는 것은 당연하고요.

아버지, 언니보다도 제가 더 열심히 공부하고 군것질도 하지 않는 것을 아버지도 잘 아시잖아요. 아버지 말씀해 보세요.

언니하고 저하고 누가 더 착한 애예요.

분명히 저지요?

그런데 아버지는 왜 언니만 예뻐하시고 제게는 그렇게 얼음장 같으신 거예요 네 왜요?'

달맞이꽃이 환히 피어 있는 뒤뜰에서 눈물을 끝도 없이 흘리며 절규하고 또 절규했다.

'존 스타인벡'의 『에덴의 동쪽』에서 아버지의 사랑을 받고자 치열하게 노력하는 둘째 아들 카알의 진심을, 큰아들 아론만을 사랑하던 아버지는 차갑게 외면해 버린다. 이에 절망에 빠져버리는 둘째 아들 카알과 나는 동병상련의 동지인 것이다.

아버지가 언니만 안아 주시고 언니만 데리고 다니시고 언니에게 우리보다 더 좋은 옷을 사다 주시는 것 등 다른 것은 다 좋았다. 그러나 이번 일만큼은 이해할 수도, 결코 승복할 수도 없었다. 어린 시절 가장 좌절했고 절망에 빠졌던 사건으로 이로 말미암아 그때까지 확실하게 구축해 온 자신의 가치관에 혼란이 생기게 되는 등 정신세계의 황폐화를 심각하게 겪어야 했다.

자신이 참가치라고 믿었던 것이 과연 그런 것이냐? 하는.

자신이 그렇게 바르다고 생각하고 행동해 온 가치들이 자신이 절실히 인정받고 사랑받기를 원하는 대상에게서 배척당했을 때의 참담함이란… 참으로 고통스러운 것이었다.

다른 방법이 있을 수 없었다. 자신보다 상대적으로 우수한 언니였다. 더 이상은 서글프고 안타까운 일이었으나 아버지의 사랑을 포기할 수밖에 없었다.

사랑 하나 그리움 둘

즐거운 학교, 너무 좋은 선생님

학교 가는 시간이 즐거웠으며 선생님을 좋아하고 따르던 내가 서호 초등학교 시절을 통틀어서 가장 좋아한 선생님은 3학년 때 담임인 박장순 선생님이었다. 박 선생님은 체구가 자그마하고 얼굴이 앳된 여선생님이었다. 박 선생님은 최초로 나의 성실성을 인정해 주신 분이다.

"얘들아 저기 박애란이 좀 봐라. 혼자서 묵묵히 청소를 하고 있지 않니? 너희들도 본 좀 받아라."

무슨 일인가로 청소시간에 들어오신 선생님이 혼자서 쓰레질을 하고 있던 나를 발견하신 것이다. 청소시간에 청소를 하는 것이 당연한 거 아닌가?

군자는 자기를 알아주는 사람을 위해서 목숨을 버린다고 했던가.

다른 사람에게 인정을 받는다는 것은 기분 좋은 일임에 틀림없다. 더군다나 절대적 위치에 계신 담임선생님임에랴. 가지런하고 하얀이 때문에 웃는 모습이 '반짝반짝' 빛나 보이던 예쁜 박 선생님은 화를 내는 일이 거의 없었는데 선생님이 너무 좋았던 나는 그녀의 얼굴만 봐도 마음이 금시에 환해지곤 했다.

선생님은 해님, 나는 해바라기가 되어서 내 눈은 하루 종일 선생님만 따라다녔다. 그해 말 내가 1학기 성적이 약간 모자라서 우등상 대상에서 제외되자 나보다도 더 안타까워하시던 박 선생님에 대한 고마움을 잊을 수가 없다. 아직 살아 계실까?

살아 계시다면 꼭 한번 만나 뵙고 싶은 선생님 중의 한 분이다.

2학기부터는 전학 온 후유증을 딛고 일어서서 본격적으로 두각을 나타내어 공부를 잘했다. 표창장을 받게 되니 아버지는 선물로 크레파스를 사 주셨다.

선도 제대로 그어지지 않는 5원짜리 크레용만 쓰다가 처음으로 크레파스를 쓰게 되니 그 부드러운 감촉이 어찌나 좋았던지 지금까지도 그 촉감이 생생히 남아 있다.

우리 애들이 초등학교에 입학하기도 전에 쓴 크레파스는 족히 10곽도 넘을 텐데 나는 6학년이 되도록 이것을 썼다. 크레파스가 아까워서 살짝살짝 칠했기에 가능했다.

내가 그린 '구성'이 교실 뒤편 작품란에 처음으로 붙게 되니 왜 그렇게도 좋은지 몰랐다. 입이 '헤벌쭉'해서 한참 동안 내 그림을 쳐다보곤 했는데 이혜옥이의 눈을 무서워한 나는 그 애가 안 볼 때만 몰래 몰래 보았다. 학교 인근에 있던 앙카라 고아원 출신인 그 애가 전시된 내 그림을 시기하여 '크레파스가 좋지 그림을 잘 그렸나' 하면서 입을 삐죽댔기 때문이었다.

이 애로 하여금 나는 자신이 전혀 해를 끼치지 않았는데도 불구하고 상대방에게 미움을 받을 수 있다는 것을 알게 되었고 그것은 괴로운 일이었다. 그리고 그렇게 얼굴이 예쁜 애가 마음은 왜 그토록 비뚤어졌는지 도대체 이해가 가지 않았다.

'혜옥아 너는 왜 나를 싫어하니?'

아버지한테 사랑을 갈구하다 지친 내가 그 다음으로 관심을 보인 분들은 학교 선생님들이었다.

사랑 하나 그리움 둘

4학년 1학기 때, 담임이던 주무웅 선생님이 가정방문을 다니시던 날이었다. 주 선생님은 모습은 남자답게 생기셨으나 성격은 여성적인 분으로 부드럽고도 자상하셨다.

돌이켜보면 학창시절의 나는 다른 애들보다도 선생님들의 사랑을 더 받았다는 생각이 드는데, 선생님들이 나를 사랑해서 내가 선생님을 따르게 됐는지, 내가 선생님들을 좋아하니 선생님들도 나를 예뻐하신 것인지 둘 중 어느 것인지는 확실히 모르겠으나 나는 선생님들과 늘 좋은 관계를 유지했다.

아마도 내가 지금 학교에 다닌다면 십중팔구 '왕따'가 되리라 짐작된다. 왜냐하면 나는 어떤 경우에나 선생님들 편이었고 선생님들이 심부름을 시키시면 내가 예뻐서 시키는 줄 알고 기쁜 마음으로 했으며 선생님들을 너무 좋아하여 선생님의 속을 썩이는 애는 무조건 내 적이 되었기 때문이다.

주 선생님도 내가 좋아하던 한 분으로 나를 꽤 귀여워해 주셨다.

우리 동네에 가정방문을 오신 선생님이 다음에는 우리 집에 오신다는 정보를 얻은 나는 부리나케 집으로 달려왔다.

그리고 얼른 방 안에 있는 자그마한 앉은뱅이 책상을 대문 옆에다 꺼내 놓고 바닥에는 가마니를 깔은 후 교과서와 공책을 펴 놓은 뒤 열심히 공부하는 척했다.

지금 생각해 보면 속이 빤히 들여다보이는 유치한 짓인데도 주 선생님은 너그럽게 웃으시며 '아이고 우리 애란이 공부 열심히 하는구나. 얘들아 우리 손뼉 쳐 주자.' 하시며 손에 들고 계시던 노트 등을 옆구리에 끼신 후 '짝짝' 손뼉을 쳐 주셨다. 그때 눈이 작은 주 선생님의 눈은 완전 실눈이 되어 있었다.

선생님의 길 안내를 맡아서 따라다니던 반 친구들은 나의 엉뚱한 연출에 기막혀 하며 자기들끼리 입을 삐죽대는가 하면 수군수군거리다가 선생님의 권유에 따라 마지못해 같이 손뼉을 쳐 주었다.

그때 내 관심은 온통 어떻게 하면 선생님들의 사랑을 더 받을 수 있을까에 맞춰져 있었다.

우리 반에 손숙희라는 아이가 있었는데, 그야말로 미인도에서 금방 빠져나온 듯한 빼어난 미인이었다. 그녀가 인형 눈같이 길고도 까아만 속눈썹을 깜박이며 앵두처럼 붉고도 귀여운 입술에 살포시 미소라도 지을라치면 내 마음을 송두리째 빼앗겨 버리고는 했다.

내가 그녀를 누구보다도 부러워한 것은 예쁜 그녀는 가만히 있어도 선생님들의 사랑을 받을 수 있을 것이라고 생각했기 때문이다.

부반장 선거를 두 번 하다

내 경우에 비추어 봤을 때 사람의 마음을 움직이는 데 있어서 글보다 더 효과적인 것이 없지 않나 싶다. 영등포에서 2학년 때 전학 왔던 내가 우리 반 학우들에게 점수를 따서 4학년 2학기 때 부반장으로 뽑히게 된 데에는 내가 쓴 시가 결정으로 역할을 한 때문인 듯싶다.

4학년 2학기 초에 '가을 들판'이라는 제목의 시를 지어서 반에서 발표했는데, 그때 우리 반 아이들이 너나 할 것 없이 "야, 잘 지었다.", "야, 대단하다."라고 하는 등 여기저기서 감탄하는 소리가 들려왔다.

1학기 때 담임인 주무웅 선생님이 군에 입대를 하신 후 2학기에 새로 오신 담임선생님은 경상도 사투리를 쓰시는 여선생님이었는데, 곱하기를 꼬바기 꼬바기 하시는 등, 처음으로 지방 출신 여선생님의 말을 듣고 있으니 그 억양이 무척 재미있게 느껴졌다.

2학기가 되어 새로 반장, 부반장 선출을 하게 됐을 때다. 반장은 남학생들 중에서 추천을 받은 후보가 나오고 남학생들만 반장 투표권이 주어졌다. 부반장은 여학생 후보 중에서 여학생들만 뽑을 수 있었다. 개표 결과 반장은 '한도인'이가 되었고 부반장으로는 내가 뽑혔다. 그때 혜옥이를 주축으로 한 여학생들 일부가 들고일어났다. 남학생들이 부정투표를 해서 내가 됐다는 것이었다.

나는 여학생보다는 남학생들과 더 친분이 두터웠는데, 남자애들은 더러 내게 누룽지나 딸기 등 먹을 것을 갖다 주는가 하면 만화책을 빌려주기도 했다. 나도 여자애들보다는 남자 친구들을 더 좋아했는데 이것이 여자 애들의 질투심을 유발시켰고 그로 말미암아 여자애들 일부가 남자애들의 행태에 의심을 품게 됐는지도 모르겠다.

담임인 조성점 선생님은 처음에는 초등학교 4학년인 어린 여학생들의 어처구니없는 이의 신청에 "투표를 따로따로 했는데 절대로 그럴 리가 없다."고 하시며 여학생들의 요구를 묵살시켜 버리려고 하셨다. 허나 쉽게 승복하지 않았기에 그 애들의 요구대로 재투표를 할 수밖에 없었고 재투표 결과도 마찬가지였다.

어느 날 수업이 끝난 후였다.

"반장은 남학생들과 교실 청소를 하고 부반장은 여학생들과 운동장 청소를 해라."

조 선생님의 지시대로 여자아이들과 함께 운동장에 나가자마자 이혜옥이가 오른팔을 힘차게 휘두르며 말했다.

"얘들아 우리 그냥 가자."

처음에 내 눈치를 보며 몇 번 쭈뼛대던 아이들은 성질 사나운 혜옥이의 표독스런 표정에 '슬슬' 뒤로 빼더니 한 명도 없이 모두 다 가버렸다.

난감한 문제였다.

소심하고 주물러 놓은 떡같이 순해 터진 내게 애초부터 야생화 같은 그 애의 횡포에 맞선다던가 하는 일은 있을 수 없는 일이었다.

별수 없이 혼자서 양동이를 들고서 그 큰 운동장을 샅샅이 누비며 휴지를 줍고 돌아다녔다. 학교 운동장이 그렇게 넓은 줄은 그때 처음 알았다.

"얘, 왜 너 혼자만 청소하니?"

선배들의 물음에는 대답이 궁했고, 넓은 운동장을 혼자서 힘들게 청소해야 한다는 어려움보다도 이 세상에 오직 나 혼자밖에 없다는 생각에 미치자 어찌할 수 없는 외로움에 몸이 떨려 왔고 가슴 밑바닥으로부터 슬픔이 올라왔다. 입술을 질근질근 깨물며 외로움과 슬픔을 홀로 달래었다.

우리 학교와 붙어 있었던 앙카라 고아원 출신들은 자기들끼리는 의리가 좋으면서도 거칠고 반항적이라서 선생님들의 애를 먹이곤 했다. 선생님들을 좋아한 나는 선생님들께 애를 먹이는 그 애들이 엄청 못마땅했다.

손숙희가 전형적인 동양미인이라면 혜옥이는 서양미인이었다. 피부가 희고 이목구비가 뚜렷한 혜옥이는 얼굴이 예쁘고 똑똑하며 활기찬 아이였으나 고아원 애라는 열등의식 때문인지 거칠고 사사건건 나를 걸고넘어져서 애를 먹였다. 나는 번번이 내 잘못이 없는데도 불구하고 선생님께 이른다는 것은 꿈에도 생각 못 해 보고 일방적으로 당하고만 지냈다.

그 후 풍문에 의하면 혜옥이는 약사인 생모를 만나서 대학 공부를 마친 후 지금은 경기도 어느 중학교에서 영어 선생님으로 근무하고 있단다.

한 번쯤 만나서 옛날얘기를 하며 웃어 보고 싶다.

그 애도 나랑 그때 일을 기억하고 있을까?

Part 2

내 영혼의 성지 서둔야학

서둔야학 은사님들께 사랑과 존경을 바칩니다

서둔야학 가는 길

서둔야학은 우리 집에서 걸어서 약 20분 정도의 거리에 있었다.

들판을 지나서 가다 보면 5월의 훈풍이 내 볼을 간지럽혔고 넓은 들판, 보리의 새포름한 이삭이 바람에 넘실대는 모습은 한 폭의 수채화였다. 보리밭 한가운데서 종다리는 하늘 높이 날아올랐다 내려왔다 까불며 명랑하게 지저귀고, 멀리서 구슬프게 들려오는 뻐꾸기 소리는 내 가슴을 깊이깊이 파고들어서 도대체 마음을 어떻게 할 수 없게 만들고는 했다. 그러면서도 그 소리 듣기를 너무 좋아하던 나는 걸음을 멈추고 귀 기울여 한참을 듣다가 다시 발걸음을 떼고는 했다.

논둑길 옆에는 씀바귀가 보이고, 냉이의 작고 하얀 꽃이 무리지어서 피어 있기도 하였다. 토끼풀의 소담스런 하얀 꽃이 귀여운 모습으로 피어 있으면 그 꽃을 줄기째 따서 꽃반지를 만들어 끼우기도 하며 걸어가는 학교 길은 '새록새록' 즐거웠다.

'신은 자연을 만들고 사람은 도시를 만들었다.'는 말이 있다. 위대한 스승, 자연은 내게 혼자 있는 시간을 충분히 만끽하게끔 했다. 나는 마음 깊은 곳에서부터 혼자 있는 시간을 즐겼다.

배움의 길은 멀고도 험했다.

아직 어린 시절의 딸애가 그림을 그릴라치면 자기 동생의 눈은 커다란 쌍꺼풀에 눈도 왕방울만 하게 그려 넣으면서 엄마 눈을 그릴 때는 왜 그렇게도 인색하던지. 볼펜으로 점만 한 번 '콕' 찍어 놓으면 그만이었다.

대개는 눈이 큰 사람들이 겁이 많다는데 이처럼 작은 눈에 비해서 턱없이 겁이 많은 나였다. 일단 가기만 하면 우리 집보다도 더 포근하고 정다운 야학이지만 사방이 어둑할 때 연습림 숲길을 가로질러서 가야 하는 것만은 질색이었다. 매번 식은땀을 흘려야 했다. 세상의 온갖 유령과 귀신들이 한꺼번에 몰려와서 나를 괴롭히는 것이었다.

'아유 무서워, 언제 다 가지.'

부지런히 걸어도 야학교는 아직도 까마득하고. 초긴장이 돼서 머릿속에 떠오르는 온갖 무서운 상상을 떨쳐 버리려 애를 쓰며 급히 걷고 있을 때였다. 별안간 앞에 서 있는 소나무 뒤에서 사람이 '쓰윽' 나타나는 것이었다. 순간 너무 놀랐던 나는 정신이 아득해져 갔다. 그때 황급히 나를 붙잡으며

"애란아, 나야 나, 괜찮니? 응? 괜찮아?"

다급히 소리치며 어쩔 줄 몰라 하는 것은 선배 언니 옥희였다. 뒤에 내가 오는 것을 본 언니는 슬그머니 장난을 치고 싶더란다.

그러나 내가 얼굴이 하얘지며 쓰러지려고 해서 오히려 언니가 더 놀랐다고 하며 '휴우' 자신의 가슴을 몇 번이고 쓸어내렸다.

"한 자라도 더 배워 보겠다고 금방 뭐라도 불쑥 튀어나올 것 같은 산길을 마구 달려가면 저 멀리 희미한 불빛이 보였었지. 기억나니? 전깃불도 없이 호롱불을 켜 놓았었지. 바닥에는 가마니를 깔아 놓고…."

최근에 야학 모임에서 만난 민자 언니의 회상이다.

그랬다. 야학교는 이래저래 뛰어서 가야만 했다.

무서워서. 또는 빨리 공부가 하고 싶어서(공부에 신물이 난 지금 애들은 상상이나 가는 얘길까?).

빨리 가야 하는 이유는 또 있었다.

아늑한 산골짝 작은 집에
아련히 등잔불 흐를 때...

미국 민요 '산골짝의 등불' 가사인데 농대 연습림의 끝자락에 있었던 서둔야학은 산 중턱에서 내려다보면 그 가사 그대로였다.

저 멀리 아련히 등잔불이 흐르고 있을라치면 내 가슴에도 뽀오얀 봄 안개 그리움이 피어올랐다. 선생님들이 미리 호롱불을 밝혀 놓고 아이들을 기다리고 계신 것이었다.

책가방이 없어서 넓은 소창 보자기에 책과 연필 몇 자루가 담긴 필통을 싸 가지고는 허리에 질끈 동여매고 다녔던 나는 마구 뛰었다. 선생님들을 한시바삐 보고 싶은 나머지 길게 자란 풀섶을 헤치며 마구 뛰어갔다. 숨이 턱에 닿도록. 어제도 만났고 조금 후면 뵙게 될 테지만 그새를 못 참아서 마음이 그렇게 급했던 것이다. 그때 허리춤에서는 연필들이 아프다고 '달그락 달그락' 소리치고 있었다.

후에 알고 보니 나만 선생님들을 보고 싶어 한 것이 아니라 선생님들도 우리가 너무 보고 싶은 나머지 방학 기간에는 개학날을 손꼽아 기다리곤 하셨단다.

'참'을 사랑하라!

그 일이 생긴 것은 내가 정식으로 입학하기 전 호기심으로 동네 언니들을 따라서 서둔야학에 며칠째 나가던 1963년이었다.

화기애애한 가운데 수업을 하던 야학 분위기가 그날따라 아주 이상했다. 야학에 가 보니 선배 언니들이 통곡하며 우는 것이었다. 내막을 알고 보니 야학 선배들의 선생님인 김진삼 선생님이 농사단 자취방에서 주무시다가 문틈으로 새어 든 연탄가스로 돌아가셨단다.

그때는 야학생들이 농촌진흥청의 강당을 빌려서 공부를 하던 시절이었다. 진흥청에 근무하는 공무원들이 살고 있는 관사가 죽 늘어서 있는 입구 쪽에 있던 이 건물은 지붕은 회색기와였으며 1자형으로 길쭉하게 생긴 모양이었다.

지난여름 아버지가 가시던 언덕
갈바람에 물들은 그리운 언덕
오늘도 그 언덕은 변함없건만
가신 아버지는 왜 안 오시나.

밑바닥이 마룻바닥으로 되어 있는 안쪽 깊숙이 각목을 비스듬히 세워서 고정시켜 놓은 칠판에는 한동안 위의 노래가 적혀 있었다. 이 노래는 아버지를 일찍 여의신 생전의 김 선생님이 좋아하시던 곡이었다는데 누군가가 그분을 추모코자 적어 놓은 것이 아니었나 싶다. 사진으로 뵈었을 때 무척 선한 인상의 김 선생님께 내가 직접 가르침을 받은 적은 없지만 제자들에 대한 그분의 사랑이 각별하셨다는 것을 깊이 느낄 수 있었던 이유는 언니들로 인해서였다.

그분의 죽음을 안 언니들이 어찌나 목을 놓아 슬프게 울던지 우는 소리로 야학교가 떠나갈 듯했고 울음이 그친 후 언니들의 눈은 하나같이 퉁퉁 부어 있었다. 그 비통함은 가히 피붙이를 잃은 것 이상이어서 그 선생님을 잘 모르는 나까지도 덩달아서 눈물이 났다.

그로부터 며칠 동안은 선생님들이 수업을 진행시키느라 애를 먹었는데 언니들의 슬픔이 하루로 끝나는 것이 아니라 며칠 동안이나 이어졌기 때문이다. 아마도 언니들은 슬픔의 거미줄에 매달려서 끝없이 되새김질하고 있었나 보다.

김진삼 스승 영전에

한 번 태어나 흙 속으로 되돌아가야
한다는 운명에 쫓겨 님은 가셨나요.
책 속에 얼굴 묻고 목 놓아 울부짖는
당신의 제자들은 생각지도 않으시고
꽃잎들을 저버리셨나요.
자연의 울부짖음도 제자들의 눈물도
가버린 님께선 들을 수도 없을진대
그 슬픔 또한 덜어 줄 사람도 없습니다.
님이 묻힌 무덤가를 무심히
지나쳐 버릴 이도 많을 테지만

사랑 하나 그리움 둘

주위에 소나무들만은 모든 것을 알 수 있다는 듯

우러러보고 있어요.

한낮이 지나고 밤이 돌아오며는

공민의 얼들 속엔 님의 가르침이

가득 아로새겨 있답니다.

님이여

영원히 고이 잠드소서

그리고

언제까지나

작은 얼들과 함께 하시옵소서.

1964년 10월 10일에

위의 시는 야학 선배 형정순 언니가 김진삼 선생님을 추모하여 지은 것인데 그 당시 동아일보에 투고하여 실렸었다.

김 선생님이 늘 강조하시던 말은 '참'을 사랑하라는 것이었고 실제 생활에서도 참을 실천하며 사셨단다.

김 선생님의 강하면서도 선한 인품이 단적으로 드러난 일화가 있다. 그분이 살고 계시던 곳은 농사단이었는데 농사단은 농대의 수많은 써클 중의 하나로서 탑동에 회원들의 합숙소가 있었다.

어느 날 세 명의 회원이 외출했다 돌아와 보니 남아 있는 밥이라곤 오직 한 그릇뿐이더란다. 그때 "나는 괜찮아요." 하며 선뜻 다른 사람들에게 양보하신 분은 김 선생님이었는데 상당히 늦은 시간이라 보통 허기진 것이 아닐 텐데도 끝끝내 당신 뜻을 굽히지 않으시더란다.

그 당시 그곳에서 같이 살았던 황건식 선생님의 말에 의할 것 같으면 참으로 보기 드물게 선하신 분으로 늘 당신 자신보다도 남을 먼저 생각하셨고 주위에 어려움 속에 있는 사람이 있으면 발 벗고 나서서 도와주곤 하셨던 분이란다.

이분의 생활신조인 '참을 사랑하라.'는 그 후 후배들에게 깊은 영향을 미치게 되어 야학 시절의 우리들은 선생님들께 늘 이 말을 들으며 살았다.

야학을 졸업한 후 몇 년의 세월이 흐른 후였다. 야학의 남자 후배가 하는 얘기가 장사를 하고 있는 자신이 다른 사람보다 상대적으로 돈을 못 벌고 있는데, 그 이유는 자신이 서둔야학을 나왔기에 그런 것이라고 한다.

장사를 하려면 적당히 거짓말을 해야 하는데 그러지를 못해서라고. 이것은 한 예에 불과한데 '참을 사랑하라.'는 말은 그만큼 서둔야학 출신들에게 깊게 자리매김하여 그들이 어디에서 살든, 무엇을 하든지 간에 생활화될 정도로 머리에 깊숙이 뿌리박혀 있었다.

서둔야학 수업

서둔야학 선생님들은 서울대학교 농과대학생들이었다. 야학생들은 대부분 서둔동, 탑동, 골말, 북립말 등 인근 동네 농가의 자녀들이었으나 시내에서 오는 아이들도 상당수 섞여 있었다.

사랑 하나 그리움 둘

선생님들은 보통 스물 대여섯 분이 되었고, 아이들은 많을 때는 5, 60명, 적을 때는 4, 50명 선이었다.

1학년 때 30여 명이 되었다가도 가정형편이 어려워서 낮에는 일을 해야 하는 야학생들이 너무 고단하여 그나마도 야간에 나와서 받는 수업 때문에 몸에 무리가 가서 그만두기도 했다. 때로는 향학열이 부족하여 도중하차하기도 하였다. 그렇게 차츰차츰 떨어져 나가서 1학년 때 30여 명 되던 아이들이 2, 3학년 때는 한 학년에 20명으로 줄어들고는 했다. 야학생들은 내가 보기에도 너무 안쓰러운 아이들이 많았는데 대다수가 가난 때문에 정규 중학교에 진학을 못 하고 온 아이들이었다.

"엄마 나 내년에 수원여중 시험이라도 볼래요."

"그러다가 붙으면 어떡하려고."

1963년 가을. 북립말 회장집에서 추워서 빨간 손으로, 찬물에 그 집 빨래를 하고 계신 엄마에게 어렵게 어렵게 말을 꺼낸 나는 엄마의 이 같은 대응에 한 아름 절망만 껴안고 울음을 터뜨릴 수밖에 없었다. 비교적 일찍 철이 든 내가 보기에 우리 집 형편으로는 도저히 진학이 불가능한 것을 누구보다도 잘 알고 있었지만 시험이라도 보고 싶었기에 꺼냈던 말인데….

'붙으면 어떡하냐고? 그러면 시험을 떨어지려고 보는 사람도 있나?

잘 먹이지도, 가르치지도 못할 것을 왜 낳으셨어요.

부모님이 너무도 원망스러웠지만 현실적으로 무력한 엄마의 처지를 잘 알기에 속으로만 분노를 터뜨렸다.

나는 엄마의 만류로 아예 입학시험조차 보지 못했지만 개중에는 수원여중에 합격을 해 놓고도 돈이 없어서 못 간 후배들도 있었다. 마치 서로가 누가 더 못 사나 시합이나 하는 듯 하나같이 가난한 선, 후배들이었다.

우리에게는 단 한 푼도 수업료를 받지 않았으므로 학교에서 필요로 하는 백묵, 칠판, 지우개, 시험지 등 비품을 사는 것은 선생님들의 몫이었다.

학교 살림을 도맡아 하는 교장 선생님은 대개 3, 4학년생 중에서 맡았고, 수업은 주로 1, 2학년생들이 담당하셨다.

교육 내용은 중학과정으로서 가정, 음악 등은 여선생님들이 맡으셨고, 그 외의 과목은 남선생님들이 가르쳐 주셨다. 야학생들은 주로 여학생들이었으나 야학교 선생님들은 대부분이 남자 선생님이었다. 선생님들이 대개 1, 2학년생들이었기에 선생님과 학생들의 나이 차이는 불과 네, 다섯 살 또는 두, 세 살밖에 나지 않았다.

심지어는 나보다 한 살 더 많은 선생님이 계셨는가 하면 선배들 중에는 선생님보다도 나이가 더 많은 제자들도 여럿 있었다.

그렇지만 특별한 경우를 제외하고는 나이 차이 같은 것은 하등에 신경 쓸 일이 아니었다. 선생님들은 어디까지나 선생님이었고 우리들은 어디까지나 학생이었으므로.

한창 이상과 낭만에 절궈진 시절이 대학교 1, 2학년 때이다. 선생님들은 당신들이 입시 공부에 시달려서 못 받았던 이상적인 교육

사랑 하나 그리움 둘

을 우리에게 해 주신 게 아닌가 싶다. 우리에게 우리 역사에 찬란한 족적을 남긴 훌륭한 선인들의 일화를 들려주시는가 하면 일제 수난 시대를 얘기해 주셔서 '민족의 얼'을 일깨워 주셨다. '과연 어떻게 살아야 참다운 삶인가?' 하는 물음을 던져 조용히 자신을 성찰해 볼 수 있는 시간을 마련해 주셨고 한마디로 사람이 살아가는 데 있어서 가장 소중한 덕목은 '참'이라는 것을 깨우쳐 주셨다. 시간 틈틈이 주옥 같이 아름다운 우리의 가곡들을 많이 가르쳐 주셨고, 민족의 얼과 정서가 듬뿍 담긴 우리나라 대표 시인들의 시들을 수시로 적어 주셨다.

우리에게 시를 가장 많이 적어 주셨던 분은 조용민 선생님으로 변영로의 '논개', 한용운의 '나는 나룻배 당신은 행인', 신석정의 '어머니 아직 촛불을 켤 때가 아닙니다' 등이었다. 시를 적은 후 설명까지 해 주셔서 시에 대한 이해를 도우셨는데 비록 기생이었지만 하나밖에 없는 목숨을 던져 왜장을 죽게 한 논개의 애국심이 참으로 눈부시게 아름다워 보였다. 지금은 단국대 교수님인 김성곤 선생님은 '저 구름 흘러가는 곳', '눈 오는 밤' 등의 시를 쓰신 김용호 시인의 맏아드님이시다. 아이러니컬한 일은 막상 시인의 아드님인 김 선생님이 우리에게 시에 대해서 말씀하시는 것은 별로 보지 못했다는 점이다.

문화생활과는 담을 쌓은 가난한 제자들을 생각해서 농대에서 연극을 공연하거나 음악회가 있게 되면 우리에게 하나라도 더 보고 듣고 느끼게 하려고 동분서주 주선하러 다니셨는데 농대에서 본 연극 중 기억나는 제목은 '국물 있사옵니다', '아빠빠를 입었어요', '오! 머나먼 나라여', '은하수를 아시나요' 등이 있다.

야학생들의 어설픈 몸짓의 연극만을 볼 수 있었던 우리였다. 아마추어지만 프로 못지않게 분장을 한 후 열정적으로 공연하고 있는 농대생들의 연기에 빠져든 우리는 그들의 표정과 연기에 따라 금방 웃었는가 하면 어느새 심각해 있곤 했다.

세상에서 가장 아름다운 것은 인간의 목소리라고 했던가? 그다음은 단연 피아노일 것이다. 피아노에서는 금방이라도 맑은 물이 흘러내릴 것 같았다. 여인의 흐느낌, 바이올린의 선율도 가히 환상적이다. 음악도 좋지만, 귀족주의자인 나는 자신의 처지로 쉽게 접할 수 없는 그 분위기 자체를 좋아해서 음악회가 끝나면 매번 아쉬워하고는 했다. 마치 멋진 왕자님과 즐거운 왈츠가 끝난 후 화려한 연회장에서 빠져나와 재투성이 소녀로 되돌아온 신데렐라 공주의 참담한 신세 같았다.

날만 새면, 혹은 시간만 나면 수시로 야학에 오시던 선생님들은 당신들은 농대를 다닌 것이 아니라 서둔야학을 다녔다고 하셨다. 우리는 우리대로 농대가 마치 우리 학교나 되는 듯이 늘상 드나들었다. 선생님들은 또 음악 감상용으로 휴대용 유성기를 가져오셔서 들드라의 '추상', 드뷔시의 '아마빛 머리의 소녀', 쇼팽의 '연습곡', 헨델의 '라르고' 등 클래식 소품들을 들려주시기도 하셨다.

우리에게 음악을 들려주신 분은 김영복 선생님이었는데 그때 야학교 입구 연습림 풀밭에서 곱게 퍼져 나가던 선율들이 어쩌나 아름답던지 풀벌레들도 울음을 멈추고 듣고 있을 성싶었다.

사랑 하나 그리움 둘

연 1회씩 교지 발간, 학예회, 백일장 개최 외에도 체육 대회가 열렸다. 또 조그마한 도서실이었지만 책을 빼곡히 채워 주셔서 언제라도, 누구라도 마음대로 책을 볼 수 있도록 해 주셨다. 그때『적과 흑』, 『좁은 문』, 『안나 까레니나』, 『부활』, 『바람과 함께 사라지다』, 『테스』, 『주홍글씨』 등 수없이 많은 문학작품을 만날 수 있었다. TV와 다양한 책들과 놀이터가 있는 우리 애들이 '심심하다'고 하면 이해하기 힘든 것이, 나는 책만 있으면 시간 가는 줄 모르고 그 속에 빠져서 빨강머리 앤이었다가 스칼렛이 되기도 하고 테스도 되었기에 심심할 새가 없었기 때문이다.

선생님들은 어려운 가정형편에 참고서나 문제지 하나 마음대로 사서 보지 못했던 우리를 생각하셔서 당신들이 보던 것이나 친구들이 쓰던 참고서를 얻어다 주어 공부하는 데 도움이 되게 해 주셨다. 또한, 농대 도서관에서 혹은 모교인 출신 고교에서 헌책을 얻어다 주기도 하셨으며 여력이 되는대로 새 도서를 구입해 주셨다. 빨강머리 앤을 너무도 좋아한 나는 다섯 권으로 된 그 책을 사다 주신 조용민 선생님께 두고두고 고마운 생각이 들었다. 산뜻한 장정에 아직 마르지 않은 잉크 냄새가 나는 듯한 그 책에서 고아 소녀 앤의 구김살 없는 해맑은 성격과 어려움을 꿋꿋하게 헤쳐 나가는 용기를 배울 수 있었다.

나는 목말라 마셨다.
자꾸 목말라 마셨다.
내가 동경하는 우아하고 품격 높은 세계에 어울리려면 반드시 책과 음악을 많이 알아서 지식과 교양을 두루 쌓아야 한다는 생각으로 하나라도 놓치지 않으려고 부단히 노력했다. 독서 노트를 만들어 독후감과 좋은 구절을 적어 놓았으며 몇십 개의 시를 모두 내 머릿속에 집어넣어 '줄줄' 외워 버렸고 음악도 곡이 만들어진 배경, 작곡가, 제목 등을 눈여겨 익혀 두었다. 오페라 중의 '라 보엠', '라 토스카', '라 트라비아타', '나비부인', '아이다', '카르멘' 등 유명한 것들은 스토리를 모두 머리에 집어넣기도 했다.

일찍이 공자님은 말하셨다. '인생삼낙'을 말이다.

수용 태세가 되어 있는 사람에게 야학은 얼마나 이상적인 환경이랴! 음악에 조예가 깊은 분, 문학에 소질이 있는 분, 거기에다가 철학적으로 깊이 있는 분까지. 나는 개성이 다양한 선생님들로부터 알고 싶은 것을 대부분 충족시킬 수 있었다.

"대학생 친구가 한 명이라도 있었으면……."

전태일 평전에서 전태일 열사는 이렇게 안타까워했다. 초등학교를 다니다 만 그는 대부분 한자로 되어 있는 노동법을 읽기가 너무 어려웠던 것이다. 법을 알아야만 관계자들에게 노동환경을 법대로 개선해 줄 것을 요구할 수 있는데도 말이다. 그가 그리도 원하던 대학생들, 그것도 서울대학생들인 우리 서둔야학 선생님들을 만날 수 있었던 것은 내게 특별한 행운이고 축복이었다.

몇백 명이나 되는 학생들의 요구 조건을 들어주어야 하는 제도권의 학교와는 달리 많은 시간을 우리와 함께해 주시던 선생님들께 우리는 궁금한 것은 언제든지 일대일로 개인 지도를 받을 수 있었다.

사랑 하나 그리움 둘

먹는 것 못지않게 지식을 습득하는 데도 탐욕스러웠던 나를 이원정 선생님은 이렇게 회상하셨다.

"그때도 너는 다른 애들과는 다르다는 것을 알았지. 선생님들이 알고 있는 것을 몽땅 다 빼앗아서 자기 것으로 만들려고 한 굉장한 욕심쟁이였어."

데이트란 무엇일까?

데이트란 시간과 감정을 같이하는 것이다.

그때 우리가 걸었던 길은 산새가 비비쫑 비쫑 노래하며 날아다니는 연습림 오솔길이었고, 고즈넉한 저녁 무렵엔 별들이 까아만 비로드 천 위에 안개초인 양 뿌려져 있었다.

선생님들과 일대일의 데이트 후에는 새롭게 알게 된 지식을 정리하느라고 내 머리는 잠시 분주해지곤 했다.

이후 그것은 내 삶의 자양분이 돼 주었고 그때의 고상하고도 질 높은 데이트는 지금까지도 즐거운 추억으로 남아 있다.

즐거운 나의 집(Home Sweet Home)

농촌진흥청 강당 시절을 끝내고 농대 연습림과 서둔벌의 경계선으로 서둔야학이 옮겨진 것은 1964년이었다.

일제 강점기 때 심어졌다는 커다란 리기다소나무가 쭉쭉 하늘을 향해서 힘차게 팔들을 뻗고 있는 농대 연습림은 내가 어렸을 때부터 우리 동네 아이들의 주 활동 무대였다. 여름날 지루한 장마 끝에는 여기저기 버섯들이 피어났기에 대바구니를 옆에 낀 우리는 신이 나서 연습림을 헤매었고, 가을이 오면 도토리와 숨바꼭질을 하곤 했다.

도토리는 갈참나무 잎사귀 밑에서 숨을 죽이고 있었고 그것을 찾는 우리는 시간 가는 줄 몰랐다.

산에는 정령이 있는 듯하다. 버섯을 찾아서 이리저리 산속을 헤매던 내가 한번은 그에게 홀려서 전혀 방향 감각을 잡을 수가 없었다. 아마도 언니가 없었다면 그날 나는 영영 집을 찾지 못했을는지도 모른다.

너무도 가련한 연보랏빛 쑥부쟁이의 가냘픈 웃음, 잘디잔 꽃송이들이 노랗게 피어올랐던 산국의 화사함이 있었는가 하면 솜털이 하얗게 핀 억새는 우리에게 어서 오라고 손짓하고 있었다.

3학년 교실 옆에 있었던 교무실에는 아이들이 꺾어다가 유리병에 꽂아 놓은 들꽃들이 소박하게 웃고 있었다.

야학의 운동장은 작았는데 걱정할 필요가 없는 것이 연습림의 공터는 다 우리의 운동장이어서 우리는 거기서 배구 놀이를 하기도 했고 '빙' 둘러앉아서 수건돌리기도 했다.

또 야학 옆으로는 농대 축산과 부속목장이 있었는데 젖소들이 갈참나무 사이를 유유히 걷고 있을 때는 붉은 저녁노을이 그 젖소의 잔등을 비껴가고 있었다.

그것은 너무 평화롭고도 낭만이 넘치는 풍경이었다. 넋을 빼앗긴 나는 한참씩이나 그 정경에 빠져 있곤 했다.

3학년 때 우리 교실 뒤편에는 내가 그린 그림 두 점이 전시되어 있었는데 하나는 내가 지독히도 좋아하는 농대 부속목장을 주제로 하여 그린 '싸이로가 있는 풍경'이었고 또 하나는 내가 살고 싶은 집을 상상으로 그린 것이었다.

그 집은 벽은 눈이 부시게 하얗고 지붕은 초록색이며, 앞마당에는 잔디가 융단같이 깔려 있었다. 그 한옆으로는 수련이 두 송이 피어 있는 조그마한 연못에 통통하고 하얀 오리 두 마리가 '둥둥' 평화롭게 떠다니고 있었다.

앞뜰의 화단에는 마아가렛, 장미, 은방울꽃 등이 화사한 자태를 자랑했으며 집 옆으로는 기품 있는 잣나무 몇 그루가 서 있었다.

담장은 하얀 칠을 한 나무로 위를 동그랗게 깎아서 야트막하게 세워 놓았기에 어린아이라도 뛰어넘을 수 있는 높이였다.

현실 속에서 살고 있는 집은 다 쓰러져 가는 초가집이었으나 나는 자신이 꿈으로 하는 집을 그림으로 형상화해 놓고는 그 그림을 볼 때마다 그렇게 예쁘고 낭만적인 집에서 꼭 살고 싶어라 했다.

교실은 자고 새면 학교에 오는 학생들의 생활공간이다.

환경 정리할 때 가장 중점을 두어야 할 점이 무엇일까?

그것은 '어떻게 해야 아이들의 마음밭을 곱게 가꿔 줄 수 있을까.'이다.

어버이의 기도

　　　　　　　　　　　　　　　　　　　　- 더글러스 맥아더 부모님

주여

내 아들을 키우사

약할 때 약할 줄 아는 힘을 주시고

두려울 때 꿋꿋이 서는 용기를 주소서

실패하고도 고개를 쳐들며

이겼을 때 겸손하고 온순하게 하소서

당신을 알고 당신을 아는 것이 지식의 근본임을 깨닫게 하시고

마음이 깨끗하면서도 목표가 높으며

다른 사람을 손에 넣기 전에

먼저 자기 자신을 다스릴 수 있게 하소서

과거를 잊지 않되 장래를 위해 정진할 수 있고

긍정적이어서 항상 모든 일에 적극적이되

지나침 없는 품성을 갖게 하소서

주여

내 아들을 키우사 겸손하게 하소서

참으로 위대한 것은 순수한 것에 있음을 알게 하시고

마음 문을 여는 것과 온유함이 참으로 강한 것임을 알게 하소서

그리 하오면 감히 속으로 말하겠나이다

내 삶이 결코 헛되지 않았노라고

야학교 시절 한쪽 벽에는 푸쉬킨의 '삶'이란 시가,
다른 한쪽에는 맥아더 장군 부모님의 이 '기도문'이 적혀 있었다.
음미해 볼수록 좋은 내용인 듯싶었던 나는 또 부지런히 머리에 집
어넣었고 살아가다 힘든 일이 있을 때마다 한 번씩 외워 보곤 했다.
'실패하고도 고개를 쳐들며
마음 문을 여는 것이 참으로 위대한 것임을 알게 하소서.'

사랑 하나 그리움 둘

이 기도문과 더불어 처음 야학교에 가서 인상 깊었던 것이 선생님들과 아이들이 함께 부르던 노래이다.

나의 사랑하는 책
비록 해어졌으나
어머님의 무릎 위에 앉아서
재미있게 듣던 말
이 책 중에 있으니
이 성경 나는 사랑합니다.

라는 찬송가를 비롯하여 '고향 생각', '바위고개' 등의 우리나라 가곡과 '아름다운 꿈', '스와니강', '금발의 제니' 등의 미국 민요를 불렀다.

반을 갈라서 공부를 하다가 음악 시간이면 전 학년이 합반 수업을 했는데 찬송가를 섞어서 불렀던 이유는 성경 공부로 시작됐던 야학의 초기 학습 형태가 그때까지도 남아 있었기 때문이 아닌가 싶다.

아이들은 배불리 먹이기만 하면 저절로 크는 것으로 알고 있는 것이 그 당시 대부분의 동네 어른들이었다.

사랑, 관심. 이런 것은 사전 속에서나 찾아볼 수 있는 단어였다.

생활이 아니라 생존을 위한 몸부림 속에 내팽개쳐진 아이들은 황폐해질 수밖에 없었다. 세상일이 내 뜻대로 되지 않는 어른들의 화풀이 대상은 아이들이어서 걸핏하면 욕설이나 매질로 집 밖으로 내

몰리곤 했다.

그런데 노래를 부르고 있는 그들은 이미 집안에서 주눅 들어서 시들해 있는 표정이 아니었다.

언제 그랬냐는 듯이 명랑함과 생기가 돋아 있었다.

눈빛 따뜻한 선생님들은 아이들을 있는 그대로 인정해 주고 하나하나의 소중함을 일깨워 주신 것이다.

서둔야학 교가

펼쳐진 서둔벌 바라보면서

땀 흘려 일해 나가는 푸른 정신을

겨레의 보람이라 가슴에 새겨

어린 우리 배움은 끝이 없구나

살기 좋은 조국 이 강산 일꾼 되고자

힘써 일하고 힘써 배우는 서둔의 학원

위에 있는 서둔야학의 교가는 1968년 군에 계시던 황 선생님께서 작사하신 후 서울대 은사님께 작곡을 의뢰하여 만드신 것이다.

그전까지는 비숍의 '즐거운 나의 집'이었다.

즐거운 곳에서는 날 오라 하여도

내 쉴 곳은 작은 집 내 집뿐이리

내 나라 내 기쁨 길이 쉴 곳도

사랑 하나 그리움 둘

꽃 피고 새 우는 집 내 집뿐이리

오-사랑 나의 집

즐거운 내 벗 나의 집뿐이리

이 곡이 10년 이상의 세월을 자리하고 있었는데 글자 그대로 서둔야학은 우리의 '즐거운 집'이었다.

슬프고, 괴롭고, 고달픈 사연들이 학교에 와서 선생님들을 뵙고, 배우고, 웃고, 대화하는 가운데 묻혀 버리는 것이었다.

사랑이 메마른 보통의 학교에서는 이것이 교가로서 전혀 어울리지 않고 무리가 가는 곡이리라.

그러나 우리는 이 곡을 부를 때 그 가사의 의미를 되새기며 즐겁게 불렀고 어느새 마음이 따스해졌다.

감동, 그것은 최상의 교육이었다

일본에서 있었던 일이다.

어느 가을날 강의실에 들어오신 영문과 교수님이 손수건을 꺼내어 눈물을 닦으시더란다. 창밖에 지고 있는 낙엽을 보시며.

그런 다음 강의실을 나가셨고 강의는 그것으로 끝이었단다.

많은 세월이 지난 후에 다른 강의 내용을 기억할 수 없는 제자들에게 유독 그 시간만큼은 또렷이 남아 있더란다.

무언 속에 감정의 교류를 나누었던 제자들에게 그것은 어떤 강의

보다도 명강의였던 것이다.

지금도 내 정신세계를 지배하는 분들은 열 네, 다섯 살의 풋풋한 나이에 만났던 야학 선생님들이고 이제껏 잊히지 않고 삶의 여울목에 감동으로 남아 있는 것은 그 당시 아이들을 바라보시던 선생님들의 눈에 흐르던 자애로움이다.

감정의 교류에 말은 필요 없었다.

사랑은 느낌이다.

'아! 어쩌면! 저 눈, 저 눈이 우리를 지켜 주는 바에야 세상에 무엇이 두려우랴. 우리 선생님들은 우리를 저토록 사랑하시는구나.'

우리 아버지한테서조차 한 번도 느껴 보지 못한 그 눈빛!

어느 날 야학 주변을 철모르고 뛰노는 아이들을 쳐다보시는 신건성 선생님의 눈빛이 우연히 내 눈에 들어왔다.

서울대 교복 차림의 신 선생님은 팔짱을 끼신 채로 아이들에게 내내 따뜻한 눈빛을 주고 계셨다.

아이들이란 얼마나 예민한 것이랴?

사랑한다는 말을 한마디 하지 않은 선생님들이지만 아이들은 이미 알고 있었다.

유치환 씨는 사랑하는 것은 사랑을 받느니보다 행복하나니라 했지만 사랑을 받고 있다는 확신은 얼마나 가슴 뿌듯한 행복이었던가.

지금도 선명히 그려낼 수 있다.

30년이 되어 오는 이 시점까지도, 아니 평생을 두고도 잊히지 않을 아름다운 눈빛들을.

그것은 세상의 온갖 선과 맑음의 결정체였다.

사랑 하나 그리움 둘

아이들 앞에 권위적인 교사들을 보게 되면 참으로 딱한 생각이 들곤 한다. 권위는 그런다고 해서 세워지는 것이 아니다. 아이들을 이해하고 사랑으로 감싸 주며 선생님 스스로가 모범을 보일 때 저절로 생기는 것이다.

야학시절 우리들은 선생님들을 따르면서도 어려워했다. 나이가 불과 두, 세 살 차이밖에 나지 않았지만 언제나 존함 뒤에 깍듯이 선생님 자를 붙여서 불렀다. 권위는 있되 권위적인 것과는 거리가 먼 선생님들을 믿고 따랐던 우리는 선생님들이 보여 주신 맑음과 성실함 그리고 학문 지향적인 면에 절대적 가치를 두었다.

과거 서둔야학 선생님들 중에는 지금 서울대, 연대, 고대를 비롯하여 국내의 여러 국, 사립대학교에 교수로 봉직하고 계신 분이 몇십 분이나 된다. 성실하고 학구적인 선생님들의 성격과 가장 잘 맞아떨어지는 직업이 아닌가 싶다.

그러니까 우리는 미래의 교수님들께 교육을 받았던 것이다.

그 밖에 KBS, 한국일보, 주택은행, 인천음악문화원 등 여러 직종에 종사하고 계신 분들도 모두 직장에서 중추적인 역할을 맡고 계신다. 전혀 남인 제자들에게 그토록 열성적이었던 분들이 당신들의 삶을 소홀히 할 리가 없었던 것이다.

신 선생님께 드립니다

선생님
그동안 참으로 많은 세월이 흘렀습니다.

선생님의 가르침을 받은 것이 제 나이 열네 살 때인 1964년도이니까요. 찰나적인 것이 인간의 삶이라고 하더니 그 말이 맞는 듯싶습니다. 엊그제 일 같아서 너무도 선명한 그 세월이 어느덧 30년 전 일이라니요.

선생님

'학생에게 있어서 교사는 머리끝서부터 발끝까지가 교재이다.'라는 말이 있어요. 어렸을 때는 철학과 인품이 나이와 정비례하는 줄 알았어요.

그러나 온전히 나이를 먹는다는 것은 얼마나 어려운 일이던가요. 오염의 찌꺼기만 덕지덕지 붙어 버리는 것이 세월인 듯싶습니다. 그런 맥락에서 살펴볼 때 서둔야학 선생님들은 제게 너무도 좋은 교재였습니다.

선생님은 야학교 회지에서 저희들을 더 열심히 가르치지 못했던 것이 안타깝다고 말하셨지만 제 기억으로는 전혀 그렇지 않습니다.

선생님

제게 세상에서 가장 아름다운 것으로 기억되는 것 중의 하나가 무엇인지 아셔요?

바로 그 당시 선생님의 눈동자였습니다.

아이들이란 생각보다도 예민해서 자신을 진정 아끼고 사랑해 주는 분이 어느 분인가 하는 것을 정확히 알고 있기 마련이거든요.

저희들을 쳐다보시던 선생님의 맑은 눈빛이 제 가슴에 너무도 곱게 새겨져 있습니다. 앞으로 얼마의 세월이 흐르든 간에 마찬가지일 것입니다.

그것은 제게 진한 감동이었기 때문입니다.

그때 선생님의 눈에는 제자들에 대한 자애로움이 흘러넘치고 있었습니다. 그 눈빛에 무한한 믿음과 사랑을 느꼈던 저는 선생님들만 보면 그저 좋아서 벙글벙글 웃었습니다.

그것은 태어난 지 5, 6개월 된 아기들이 자신의 고향인 엄마만 보면 무조건 좋아서 '까르르' 웃는 것하고 다른 바 없는 신뢰요 사랑이었습니다.

선생님

살아간다고 하는 것은 결코 쉬운 일이 아니었습니다.

혹독한 가난이 저를 절망 속에 가두기도 했고 인간에 대한 배신감에 가슴이 무너져 내릴 때도 있었습니다.

그러나 아무것도, 삶에 있어서 불타는 열정의 샐비어를 닮은 저를 침몰시키지는 못했습니다.

인간은 꿈이 있기에 살아 있는 것입니다.

꿈을 심기에는 너무도 척박한 토양이었지만 저는 메말라서 갈라 터진 현실의 토양에 꿈의 씨를 뿌리기를 결코 멈추지 않았습니다. 자신의 가치는 남이 만들어 주는 것이 아니라 스스로 지켜나가는 것이라고 생각합니다. 제 스스로 만족할 수 있는 신분을 갖기 위해서 끊임없이 발버둥을 쳐 왔습니다.

선생님

작년이었지요.

그날은 눈이 부시게 푸르른 봄날이었습니다.

그리운 얼굴들을 보고 싶은 일념으로 천 리 길도 마다하지 않고 오신 선생님 내외분, 참으로 반가웠습니다. 고마웠습니다.

제가 살아 있는 한 서둔야학 선생님들은 언제까지라도 제 가슴 속에 살아서 숨 쉬고 있을 것입니다.

제가 춥고 외로울 때 난로가 되어 주셨던 선생님. 늘 건강하십시오. 참으로 고맙습니다!

1994년 봄날에.

제자 애 란 드림

사랑의 매

1964년 가을.

그때는 아직 새 학교를 짓기 전이어서 계사를 빌려서 수업을 하던 시절이었다. 엉성하기 짝이 없는 토담에 깜박깜박 호롱불을 켜 놓았으며 바닥에는 멍석을 깔고 수업을 했으나 그곳은 우리의 유일한 배움의 보금자리였다.

선생님들은 열심히 가르쳐 주셨고 학생들은 진지하게 눈과 귀를 모았다.

그런데 반드시 그런 날만 있던 것은 아니었다. 그날 둘째 시간은 최언호 선생님이 과학을 가르치시던 중이었고 대부분의 학생들은 조용했다.

그러나 몇몇 남자 선배들의 수업 태도는 영 말이 아니었다. 장난 치고 때리고 잡담하고 등 시끄러웠다.

'아이 시끄러워라. 도대체 왜들 저러지. 저럴 거면 학교에 왜 왔을까. 다른 사람들까지 방해되게. 참 속상해 죽겠네.'

순하기 짝이 없는 선생님께 내가 민망해서 고개를 들지 못했다.

속으로만 안타깝게 생각할 뿐 그때만 해도 가장 어린 나로서는 달리 방법이 있을 수가 없었다.

그때였다. "조용히 해요 조용히 해." 몇 번 타이르시던 최 선생님이 어디선가 회초리를 가져오셔서 당신의 팔목을 사정없이 때리셨다. "내가 너희들을 잘못 가르쳐서 그런 것이니 내가 맞아야 한다."

고 하시며. 졸지에 일어난 일이었기에 우리들은 어찌할 바를 모르고 깜짝 놀라서 쳐다만 보고 있었다. 그러다가 벌떡 일어나서 뛰어나간 것은 선배인 민자 언니였다.

언니가 회초리를 빼앗았을 때는 이미 선생님의 왼쪽 팔뚝이 빨갛게 부어오른 상태였다. 처음에 회초리를 뺏기지 않으려고 하시던 선생님은 우리가 모두 '엉엉' 울며,

"선생님 잘못했어요."

"선생님 이제 제발 그만하셔요." 하고 애원하니까 그제서야 못 이기는 척 언니에게 매를 뺏기시고 눈시울을 붉히셨다. 때 아닌 소동에 옆 반에서 수업 중이던 김 선생님이 문밖에서 휘둥그레진 눈으로 쳐다보고 계셨다.

아마도 선생님은 그 팔의 통증으로 며칠을 고생하셨을 것이다.

지금도 내 기억의 창고에는 선생님 앞에 죄인이 되어 고개를 못 들던 아이들과 선생님의 부풀어 오른 팔뚝이 선명히 남아 있다.

최 선생님을 다시 뵌 것은 내가 농대 김현욱 교수실에 근무하던 1977년이었다.

서울여대 식품과학과 교수님인 최 선생님이 김 교수님께 볼일이 있어서 방문하신 것이다. 13년이 넘은 세월이었지만 나는 대번에 선생님인 줄 알았고 선생님도 나를 금방 알아보셨는데 우리는 서로 얼마나 반가웠는지 모른다.

내가 "어머! 선생님" 하고 달려가니까 선생님도 "너 애란이 아니냐?" 하시며 나를 두 팔로 '덥석' 안아 주려고 다가오시다가는, 새삼

발행인 : 황진식
편집인 : 장준택
연락처 : 박덕원 (0333)665-3240
서문원 (02)3770-2890
서둔야학회 주소
수원시 권선구 서둔동 103,
서울대 농업생명과학대 내
題字 : 元仲植

서둔

제3호 1994.11.26.

서둔 야학의 현주소

서 문 원(˚74)

코스모스가 피어 있는 들길을 걷다 보면 문득 생각이 난다. 지금 야학 가는 길이 아닌가 하고……. 길이 없는 숲 속을 지나다 보면 저만치 시멘트 블록집이 보인다. 마치 야학교 불빛같이 보이는 것 같기도 하고……. 잡초로 무성하고 돌보지 않은 창고 옆을 지나간다. 전에 야학교 건물과 비슷한 것 같기도 하고……. 나이 든 아줌마 아저씨들이 앉아서 지나간 날들의 기억을 되살려 내려고 애를 쓴다. 지금껏 감추어둔 귀중한 보물들을 아쉬운 듯이 조금씩만 보이면서…….

지난날의 기억은 아름다운 추억이 될 수 있다. 영원히 간직하여 소중히 가슴 속 깊이 놓아 두고 싶다. 그러나 현실은 과거의 기억을 그냥 묻혀 있게만 두지 않는다. 바쁜 현실의 하루하루는 모든 것을 그냥 그냥 지나쳐 버릴 것이다. 조금만 한가하게 되면 아마도 이것 저것 생각이 나게 될 것이다. 우리는 앞으로 무엇을 어떻게 왜 해야 하는가를 생각할 겨를이 없다. 그저 살아 있기 바쁘기 때문이다.

서둔야학회는 지금 존재하는가? 왜 존재하여야 하는가? 무엇을 위하여, 어떻게……. 서둔야학회는 몇 년 전에 재출발 하였다. 오랫동안 보지 못했던 얼굴들이 모였다. 만나서 반가웠다. 그리고 또 만나기를 약속했다. 연락 안 되는 사람들을 찾기도 했다. 그러기를 몇 년…….

그냥 만나기만 하면 될 것을……, 만나서 의미 있는 일을 하자고 뜻을 모았다. 의미 있는 일이 너무 많아……. 그저 만나면 좋고, 좋으면 만나고……. 아마 이것이 서둔야학회가 왜 모이냐 하는 질문에 대한 답일지 모른다.

이제 서둔야학회는 진정으로 왜 모이고 무엇을 할 것인가? 어떻게 할 것인가를 허심탄회하게 의논하여 그 방향을

정립해야 할 것이다. 그 결집력을 보일 때가 온 것 같다. 너무 굉장한 것을 얘기할 필요는 없다. 우리 주변의 일 가까운 곳에서 보고 듣는 일부터 하나하나 주의 깊게 살펴보자. 주변에서 우리를 필요로 하는 일들을 찾자. 이웃은 우리를 부른다. 우리가 어디에 있는지를……. 아마 이것이 우리가 무엇을 할 것인가의 답이 될 것 같다.

지금까지 서둔야학회의 미래의 일에 동참 의사를 밝힌 분은 모두 서른두 분(교사 열여덟 분, 졸업생 열네 분)이며 아직까지 함께 하지 못한 분들의 참여 의사를 계속해서 타진하고 있다. 우리는 더 많은 회원의 참여를 기대하고 있으며 동참 의사를 밝힌 회원들이 적극적인 태도와 실질적인 방법으로 참여하기를 기대한다.

그러면 구체적으로 어떻게 하는 것을 말하는가? 모든 활동에는 그 구심점이 있어야 하고 활동의 에너지가 되는 자금이 필요하며 그것을 움직이는 손과 발이 요구된다. 지금은 손과 발이 있고 그 구심점 또한 있으나 자금이 필요하며 그것은 회비의 형태로 모금이 되고 있다. 따라서 본회의 회원들이 동참의 의사 표시로 회비를 내주며 그 활동의 구심점은 스스로가 되며 그 회비가 활동 자금으로 쓰여지니 새삼스럽게 회비를 내어 주십사고 하는 이유가 된 것 같다.

이제는 누가 먼저 무엇을 하느냐 하는 시간 문제만 남아 있다. 우리는 같이 힘을 모아 주변의 우리 이웃에게 좀더 따스한 눈길을 주며, 그저 마음만이 아니라 실제적으로 도움이 되는 일과 행동을 하는 첫발을 내딛었으면 한다. 더 많은 우리가 동참하는 서둔야학회의 사회 활동이 되기를 바라며…….

스럽게 물으셨다.

"그런데 너 몇 살이지?"

"스물일곱 살이요."

그러자 선생님은 앞으로 내민 팔을 재빨리 뒤로 가져가시는 것이었다.

선생님은 내가 맨날 열네 살 어린 소녀인 줄로만 아셨나 보다. 그렇기로서니 선생님이 오랜만에 만난 제자를 반가워서 한 번 안아 주기로 무슨 큰 흉이 될까마는 최 선생님은 그렇게도 마음이 여리신 분이었다.

아무렇게나 살 수는 없다

"A라는 사람은 '될 대로 돼라.' B라는 사람은 '아무렇게나 살 수는 없다.' 여러분, 이 두 가지 형태 중 우리는 과연 어떻게 살아야 할까요."

이제 겨우 열네, 다섯 살의 우리에게 이따금 이런 물음을 넌지시 던져서 조용히 자신을 성찰해 볼 수 있는 시간을 마련해 주시던 분은 지금은 한국방송통신대 교수로 재직 중인 박순직 선생님이다. 내가 정신적으로 가장 많은 영향을 받은 은사님 중의 한 분인데 그때 이후로 '아무렇게나 살 수는 없다.'는 내 생활의 흔들릴 수 없는 지표가 되었다.

"사과 반쪽이 남아 있으면 A라는 사람은 '에게, 겨우 요것밖에 안 남았어.' 하는가 하면 B라는 사람은 '아직도 이만큼이나 남았구나.' 하고 생각합니다. 여러분이라면 어떻게 생각하겠어요? 이왕이면 부정적으로 보는 것보다는 긍정적으로 보면서 살아가는 자세가 필요합니다. 비관적인 시각보다 낙관적인 시각으로 보는 것이 더 좋은 방법입니다.

또 거울에다 여러분의 얼굴을 비춰 볼 때마다 얼굴뿐만 아니라 자신의 마음도 비추어 보도록 하세요. 혹시 지금 내 마음속에 다른 사람을 미워하는 마음은 없는가. 터무니없는 욕심을 담고 있지는 않은가 하고요."

야학교 동급생 석순이는 부모님을 일찍 여읜 가엾은 아이였으나 어려운 세월을 살아 낸 사람 특유의 원숙함과 포용력이 몸에 배어 있었다. 내게 있어 그녀의 이미지는 눈 쌓인 고향 집이었고 품 넉넉한 어머니이다. 야학 시절 그녀의 집은 우리들의 아지트였는데 그녀 집 건넌방의 책꽂이에는 당시에 한창 낙양의 지가[1]를 올리던 책들인 『설국』, 『양 치는 언덕』, 『빙점』 등이 꽂혀 있었다.

'잘됐다.'라고 그녀의 오빠가 권장했고 동서고금의 책을 두루 섭렵하던 나였지만 끝끝내 그 책들은 모른 척했다.

어느 의미에서 나는 지독한 국수주의자이고 그럼으로써 손해를 보는 것은 나지만 어쨌든 내가 지독히도 싫어하는 일본인들의 문화를 접하고 싶지는 않았던 것이다. 정신적인 지도자의 일거수일투족

---

1 중국 진(晉)나라의 좌사(左思)가 ≪삼도부(三都賦)≫를 지었을 때 낙양 사람이 다투어 이것을 베낀 까닭에 종잇값이 올랐다는 데서 나온 말로, 어떤 책이 매우 잘 팔림을 비유적으로 이르는 말.

사랑 하나 그리움 둘

은 그대로 추종자에게 투영되게 마련인데 당시에 박 선생님은 배일 사상이 너무도 투철하셨다.

일본인을 쪽바리 놈들이라고 할 정도로 일본인을 극도로 싫어하던 박 선생님이 좋아하시는 시인은 김소월 씨였다. 우리 민족의 정서를 가장 잘 표현한 민족의 시인이라고. 그 덕에 나도 김소월 씨의 시를 좋아하여 '진달래꽃', '산유화', '가는 길', '예전엔 미처 몰랐어요' 등을 외웠는데 처음에는 누구나 알고 있는 김소월의 시는 시시해 보이기도 하였다.

그러나 나이가 들수록 우리 민족의 정서를 너무도 곱고 섬세하게 그린 그분의 시야말로 진짜 시라는 결론을 얻게 됐다. 특히 '진달래꽃'은 이 땅의 여인들이 어려운 세월을 내색하지 않고 자신을 희생하며 인종으로 살아가는 곱고도 강인한 심성을 너무도 잘 그린 시이다.

우리는 홀로 있는 시간을 가져야 한다. 이른 아침이면 홀로 깨어 평원에 어리는 안개와 지평의 한 틈을 뚫고 비쳐 오는 햇살 줄기와 만나야 한다. 가만히 마음을 열고 한 그루 나무가 되어 보거나 꿈꾸는 돌이 되어 봐야 한다. 그래서 자기가 대지의 한 부분이며, 대지는 곧 오래전부터 자기의 한 부분이었음을 깨달아야 한다. 자연 속에서 자신을 되돌아볼 수 있는 사람은 약한 자가 될 수 없으며, 자신의 이익을 위해 남을 이용하지 않는다. 그는 자연 속에서 세상의 근본이 무엇인가를 배워 나왔기 때문이다. 우리는 이 대지 전체가 어머니의 품이고, 그곳이 곧 학교이며 교회라고 믿는다. 대지 위의 모든 것이 책이며 스승이고 서로를 선한 세계로 인도하는 성직자들이다. 그보다 더 중요한 교회와 책과 스승을 알지 못한다.

『나는 왜 너가 아니고 나인가?』 중에서

이 얼마나 철학적이고 시적인가!

인디언들의 생각을 적어 놓은『나는 왜 너가 아니고 나인가』라는 책을 본 내 가슴에는 감동의 물결이 잔잔히 일고 있었다.

그리고 부끄러웠다. 미국산 서부극에 그려진 대로 그들을 잔인하고도 호전적으로만 알고 있었던 내 편견이. 평화롭게 살고 있는 인디언들을 침략하고 학살한 것은 미국인들이었다.

내가 이 책을 알게 된 것은 박 선생님을 통해서였는데 얼마 전 안부 전화를 드린 내게 소개해 주신 것이다. 박 선생님은 야학시절부터 늘 좋은 책을 선정해서 내게 보라고 권유해 주곤 하셨고 나는 또 그 책을 어떻게 해서라도 구해서 보곤 했다.

박 선생님은 시간을 최대한으로 쪼개 쓰는 방법을 가르쳐 주신 분이기도 하다. 학구적이고 의지가 남달랐던 분이었다. 새우젓 장사를 하여 어렵사리 공부를 시키신 어머님의 기대가 헛되지 않게 부단히 노력하여 교수님이 되었다.

"영어단어를 외울 때는 책상머리에서만 외우려고 하지 말고 몇 개는 적어서 화장실에 붙여 놓고 몇 개는 부엌에 적어 놓아서 설거지할 때 한 번씩 들여다보라. 버스에 타고 있을 때도 영어단어를 외우기에 좋은 시간이다."

말이 아닌 행동으로 우리에게 모범을 보여 주신 분들이 우리 야학선생님들이었다.

선생님에게 야학활동은 단순히 감상적 차원이 아니라 생활의 한 부분이었다.

농대에 근무해 봐서 안다.

사랑 하나 그리움 둘

연구, 실험 거기에다 학부 학생들 강의까지 맡는 등 대학원 시절
은 더 눈코 뜰 새 없이 바쁘다는 것을.

그런데 박 선생님은 시간, 경제적인 면 어느 것 하나 여유 없는 가운
데서도 학부 시절은 물론이고 대학원 시절까지도 야학활동을 하셨다.

1985년 봄철이었다. 그해 한국방송통신대 국문학과 1학년에 입
학한 나는 수원시 고등동에 살고 계시던 박 선생님을 찾아뵈었다.
둘러업었던 세 살 난 아들애를 방바닥에 뉘어 놓은 후 선생님께 마
음을 다해 큰절을 드렸다. 내가 진심으로 존경하고 있는 은사님께
자신의 고마움을 조금이라도 표시하고 싶어서였는데 박 선생님은
야학시절의 내 모습을 이렇게 회상하셨다.

"네가 참 모범생이었지. 그래서 야학선생님들도 다 너를 좋아했
단다."

그동안 굴곡 많은 세월을 살아 낸 제자의 얘기를 들으신 박 선생
님은 통신대 재학 중인 내게 수기를 써서 방송대 신문지상에 발표해
보라고 권하셨다. 나는 '언젠가는 꼭 한번 해야 된다'고 생각은 하면
서도 "아직은 때가 아니어요." 라고 말씀드렸다.

박순직 선생님의 편지

박 선생에게
먼 길을 왔는데 그냥 가게 해서 미안합니다. 박 선생 마음은 충분히 알겠습니
다. 참고가 될까 해서 몇 자 적습니다.

부모는 생명을 주신 분입니다. 야학교 선생님은 살아가면서 만난 고마운 분입니다. 부모와 자식의 관계는 천륜입니다. 선생님과 제자의 만남은 인연입니다. 부모와 선생님은 비교될 수 있는 것이 아닙니다.

야학에 대한 사랑과 그리움은 과거에 집착하는 것입니다. 과거에 대한 집착이 지나치면 번뇌에 속박당하게 됩니다. 번뇌는 내 마음속에서 일어납니다. 과거에 집착하는 것은 자신을 구속하고 번뇌에 시달리게 합니다. 그래서 마음속에서 번뇌를 들어내야 합니다. 그 작업이 자신을 버리고 마음을 비우는 일입니다. 그러려면 홀로 외로워해야 하고, 그 외로움을 극복해야 합니다.

과거는 존재하지 않습니다. 미래도 존재하는 것이 아닙니다. 오직 현재, 이 순간만이 있을 뿐입니다. 과거와 미래에 얽매이지 말고, 지금에 성실하면 그것이 잘사는 인생이 아닐런지요?

수도자들의 말을 빌리면, 나는 내 마음의 노예가 되지 말고 내 마음의 주인이 되어야 합니다.

말이 많으면 번거로움만 더하는 것 같아 이만 줄입니다.

박 선생. 몸과 마음이 모두 건강한 나날이 이어지기를 기원합니다.

1996. 1. 31.

박순직 씀

* 위 편지는 박순직 선생님이 내게 주신 편지로 선생님을 찾아뵌 내게서 아버지와의 갈등을 전해 들으신 후 안타까워하시며 주신 글이다.

사랑 하나 그리움 둘

서둔야학 섬김이

"애란아 받아라."

"……"

"빨리 받으라니까."

"……"

"응 너는 왜 자꾸 쓸데없는 고집을 부리고 있니. 빨리 받아."

선생님이 마구 야단을 치며 주시는 바람에 끝내는 내가 눈물을 '찔끔'거리면서 받을 수밖에 없었는데 그날 우리에게 연필을 사다가 나눠 준 분은 황건식 선생님이셨고 다른 애들은 모두 순순히 받았건만 코끝에 자존심을 걸어 두었던 나는 질기게 버티었다.

그 당시 나는 대단치 않은 일에도 자존심, 자존심하며 자신의 자존심만 소중하다고 내세웠다.

여러모로 어려운 야학생들의 처지를 알고 계신 선생님들이었기에 황 선생님뿐만 아니라 다른 선생님들도 교과서를 얻어다 주신다든가 연필이나 공책 등을 사다 주시는 일이 이따금 있었다.

올봄 야학 모임에 나왔던 50대의 대선배가 들려준 얘기이다.

50년대에 야학에 다녔던 그 선배언니는 이런저런 사정으로 야학에 며칠째 나가질 못했는데 어느 날 야학 선생님이 집까지 찾아오셨더란다.

"얘 왜 공부하러 안 오니. 이 연필과 공책을 가지고 내일부터는 꼭 나와야 한다. 내가 기다리고 있을 거다."

하며 당신이 사 들고 온 연필과 공책을 그 선배언니 손에 꼭 쥐어 주고 돌아서시더란다. 그 덕에 언니는 야학에 빠지지 않고 꼬박꼬박 다닐 수 있었단다.

이 언니는 재학 시기가 50년대이기에 가르친 선생님들도 연락이 여의치 않고 동기생 하나 없건만 '서둔야학 모임'이라는 그 자체가 반가워서 단숨에 달려왔단다.

40년이 돼 가는 그 시절을 가슴속에 꼭 간직하고 있던 언니는 시종일관 후배들을 돌아보며 싱글벙글 반가운 표정이었다.

아는 사람 하나 없는 모임에 단지 서둔야학이라는 이름으로 불러낼 수 있는 그 마력의 정체는 과연 무엇일까?

지금 인천에서 인천음악문화원을 운영하면서 Tenor로 활동하고 계신 황 선생님은 우리들에 대한 사랑이 깊고 가장 관심을 쏟아 주시는, 마치 아버지 같은 분인데도 평소에 별로 말이 없으면서 표정은 근엄하셔서 우리들이 제일 어려워한 선생님 중의 한 분이다.

동급생인 보배는 아직도 세상에서 제일 어려운 분은 황 선생님이라면서,

"나는 왜 그렇게도 그 선생님이 어려운지 모르겠다."

라고 내게 하소연하곤 한다.

지금도 인천지역 사회개발에 관심을 쏟고 계시며 대학원에서도 지역사회개발에 대한 연구 논문을 쓰신 황 선생님은 야학시절에는 외모와 성격상 절대로 우리 같은 소녀들이 애태우며 좋아할 형은 아니었다. 그러나 많은 세월이 지난 지금 바른 눈으로 그분의 진심을 알게 되니 마음 깊은 곳에서부터 우러나오는 존경심이 생기는가 하

면 제자들에 대한 그분의 사랑에 가슴이 젖어 오곤 한다.

나이 50이 넘은 지금도 그 순수함이 깊은 산골짜기 샘물인 황 선생님은 서둔야학교 교육방침의 기본골조를 다듬으신 분이다.

'참을 사랑하자.'

'시처럼 음악처럼 살자.'

'우리나라, 우리 민족을 사랑하자.'

즉 우리에게 우리 것에 대한 긍지와 사랑을 갖게 해 주신 분으로 당신이 야학 교장 선생님으로 있을 때는 우리에게 상장을 주실 때 꼭 '으뜸상', '버금상', '더 잘함상', '애씀상' 등 순우리말로 상장이름을 지어서 손수 붓으로 적어 주셨다. 그리고 상장에 적힌 학생들의 이름 뒤에는 꼭 '님'자를 붙여 주셨다.

그로부터 30여 년이 지난 1999년, 워드프로세서 1급 자격증을 취득한 8명의 제자들에게 그 과목 담당교사인 나는 상으로 각자 자신이 원하는 신간을 사서 한 권씩 선물했다.

책 표지 바로 다음 장에는 '워드프로세서 으뜸상, ○○○님' 이런 식으로 워드로 적어서 주었다.

야학시절 노래를 무척 잘 부르셨던 황 선생님은 정통파 가곡 애호가였기에 야학교 모임에서 당신의 후배들이 흥에 겨워서 가요를 부르거나 하면 별로 탐탁지 않아 하는 표정이 역력하셨다.

65년도에 야학 교사를 지어 놓고 68년도에 입대를 하신 황 선생님은 군 복무 중에도 우리를 잊지 못하고 우리 또래 아이들을 보면 혹시나 하며 유심히 살펴보곤 하셨단다.

우리가 선생님을 잊지 못하듯 선생님도 우리를 잊지 못하신 것이다.

감수성이 예민하면서도 여린 성격의 내가 밥보다도 더 절실히 굶주렸던 것은 정이었고 이런 내 취향에 꼭 맞아떨어지는 것이 바로 서둔야학의 가르침이었다.

鷄口牛後는 바로 이런 경우를 일컫는 말이리라.

몇백 명의 학생들로 벅적거리던 초등학교에서는 상대적으로 드러나지 않던 내가 서둔야학에서는 단연 선생님들의 사랑을 독차지하게 됐다.

생각을 해 보라. 얼마나 신나는 일인가!

초등학교 때부터 선생님들을 좋아하고 자신이 짜낼 수 있는 온갖 방법으로 선생님들의 사랑을 받고자 치열하게 노력해 왔던 나다. 그런데 이제는 가만히 있어도 선생님들이 극진히 사랑해 주시니 그 세월이 얼마나 끔찍이 즐거웠겠는가.

그것은 정말 소중한 시간들이었다.

"내년에 수원여중 입학시험을 보거라. 학비 걱정은 하지 말고."

"네?"

잘못 들었는가? 깜짝 놀라서 선생님을 쳐다보았다.

"내년에 수원여중 시험을 보라고."

조용히 가라앉은 눈빛이 나를 응시하고 계셨다.

평소에 꼭 쓸 말만 하시는 황 선생님이 진지하게 제안하신 것이다. 황 선생님이 내게 정규 중학교 입학시험 볼 것을 권유하신 것은 1964년 가을이었다. 여러 야학생들 중에서 특별히 내게 그런 제안을 하신 선생님이었다.

"내가 그때 국사를 가르쳤었는데 네가 시험 볼 때마다 백점을 받앗었단다."

황 선생님께서 최근에 말씀해 주셨는데 내 기억에는 없었다. 그 걸 계기로 나의 가능성을 보신 게 아닐까 싶다.

'내가 그렇게 가고 싶어 했고 우리 엄마가 붙을까 봐 걱정한 중학 교를 황 선생님이 보내주신단다. 아! 그것은 얼마나 신나는 일인가. 선생님 정말 고맙습니다! 저를 그렇게까지 생각해 주시다니요.'

이것저것 복잡하게 생각해 보지 않은 처음에는 그 말이 어찌나 기쁘고 반갑던지 일시에 답답하던 가슴이 확 뚫려 버렸고 환희의 물 결이 밀려왔다. 그러나 '선생님도 학생 신분인데 그렇게 되면 선생 님 부모님이 이중으로 힘들게 되시잖아. 그건 안 돼. 내가 암만 학교 에 가고 싶어도 나 때문에 다른 사람을 힘들게 할 수는 없어. 도저히 그럴 수는 없는 노릇이야.'하는 생각이 퍼뜩 들었다.

한편으로는 떨어질까 봐 겁이 나기도 했다.

그러면 선생님이 얼마나 실망을 하실까?

소심하고도 자신감이 없었던 나는 항상 최악의 경우를 대비해서 미리 겁을 집어먹고는 했었다.

갈등의 시간이 얼마간 흐른 후 무 자르듯이 대답했다.

"싫어요, 안 볼래요."

"왜? 왜 안 본대는 거니 응.

제발 내 말대로 좀 해. 고집부리지 말고."

내게 제안하기까지에는 당신 나름대로 계획이 있었을 황 선생님 은 집요하게 권하셨지만 내 결심은 이미 차돌멩이가 되어 있었다.

생각해 보면 여러 사람에게 가장 순수하면서도 조건 없는 사랑을 받았던 세월이었다. 그렇기에 내 삶에서 그 세월에 대한 비중이 결코 적지 않은 것이다.

몇년 전 황 선생님 댁에 갔을 때 선생님께 내 마음 깊은 곳에서부터 우러나오는 절실한 감사의 뜻을 담아서 큰절을 올린 후였다. 황 선생님은 내게 "애란이가 제일 다루기 힘든 학생이었지. 도무지 말을 해야지 말을. 그러니 그 속을 알 수가 있나."라고 하셨고 내가 올 초에 다시 댁으로 찾아가 뵌 후, "작년 가을부터 글만 쓰고 싶은 병에 걸렸다."라고 하니,

"내가 너 그럴 줄 알았다. 사람이 그때그때 풀고 살아야만 하는 건데, 너는 가슴 속에 꼭 담아 두고만 있으니 언젠가는 병이 날 줄 알았다."라고 하시는 것이었다.

누구보다도 제자인 나를 가장 정확히 파악하고 있었던 20여 년 전의 황 선생님이셨다.

사랑 하나 그리움 둘

새 보금자리 짓기

북립말에는 서둔야학 대선배님인 이연산 씨가 살았다. 야학 초창기 무렵인 1930년대에 수학하신 분으로 살아계셨을 때 동네 회장일을 맡아 하셨기에 그 댁은 통상 회장 집으로 불렸다.

이 선배님은 서둔야학의 고문으로, 학예회를 연다든가 학교를 새로 짓는 등 야학에 일이 있을 때마다 들러서 도움을 주곤 하셨다. 이렇게 대선배가 있을 정도로 역사가 꽤 깊은 서둔야학의 시작은 1930년대 초반부터라 한다.

야학의 근원은 멀리 심훈의 장편소설 『상록수』에서도 그 연원을 찾아볼 수 있는데 소설의 여주인공 채영신 씨가 활동했던 곳은 지금의 반월 지역으로 수원에서 약 4km 떨어진 곳이다.

서울대학교 농과대학의 전신인 수원농림고보 학생들이 그곳에 가서도 같이 야학활동을 했다고 전해지는데, 일제강점기 때 일제의 '우리말 말살정책'에 항거하여 '항일운동과 농촌계몽운동' 차원에서 뜻있는 젊은이들이 힘을 모아 야학활동을 했다 한다.

서둔야학은 지금은 세상을 떠나신 서울대 농대 류달영 교수님과 김성원 교수님도 핵심 멤버로 활동했던 야학으로 그 후 후배들에 의해 1979년까지 면면히 이어져 온 것이다.

초창기의 서둔야학은 야학생들에게 '문맹퇴치와 성경공부'를 목적으로 수업을 하다가 우리들 대에 와서는 초등학교가 의무교육과정으로 정착되어 교육과정이 자연스럽게 중학교 과정으로 발전되었다.

그런고로 우리들은 서둔야학의 중학과정 제1회 졸업생이다.

학교건물이 따로 있는 것이 아니었기에 처음에는 서둔교회를 빌려서 공부하기도 했고 농촌진흥청의 강당, 또 탑동 마을회관 등을 전전하며 수업을 했다.

그러다가 1964년도에는 연습림의 한 귀퉁이에 있는 계사를 빌려서 수업을 하게 되었는데 계사는 이미 낡을 대로 낡아 있었다.

지붕은 짚으로 되어 있었고 벽은 토담이었으며 교실바닥에는 짚을 깔고 그 위에 다시 멍석을 깔았다. 물론 책, 걸상은 없었다.

그냥 그 위에 털썩 주저앉아서 공부를 하는 것이다.

전기불도 없었기에 군데군데 호롱불을 켜 놓았는데 겨우 어둠을 걷어낼 정도였다.

교사가 너무 낡았기에 선생님들은 우리들을 가르치는 틈틈이 교사를 수리해야 하셨다.

그러다가 수리하는 것에 한계를 느끼고 용단을 내려서 새 교사를 짓기로 하셨다. 1965년 봄부터 학교를 새로 짓기로 하고 서둔야학 회원인 선생님들끼리 학교건물을 짓는 데 필요한 경비를 나누어 내셨다.

학교부지로는 기존에 교사로 빌려서 쓰던 계사 자리를 구입하셨다. 대지는 50여 평에 건평은 약 30여 평이었으며 애초의 예산은 칠만 원을 잡았으나 다 짓고서 결산을 해 보니 소소하게 여기저기서 자금지원을 받은 것들을 제하고도 이십삼만 원이라는 거금이 들어갔다고 하셨다.

당시의 서울대 농대 한 학기 등록금이 일만 원이었다니 얼마나 많은 액수인가를 알 수 있다. 당신들도 부모님의 힘을 빌려서 공부를 하시던 처지에 무슨 돈들이 있으랴만 선생님들은 강행을 하셨다.

낡은 계사를 헐어 버리고 기초를 다지셨다. 기초 다지는 데 필요한 돌은 야학생들이 학교에 갈 때마다, 가지고 갈 수 있는 만큼의 돌을 주워서 마련하기도 했다. 전용운 선생님을 비롯하여 농공과 토목 전공 선생님들이 기초를 다지는 작업을 하셨는데 강의시간에 배운 원리원칙대로 시멘트를 배합하여 기초공사를 해 놓으니 단층을 지으려고 한 것이 2, 3층 건물을 지어도 끄떡없을 정도로 기초는 튼튼히 다져졌으나 시멘트가 기초 다지는 데로 거의 다 들어가 버려서 예산이 턱도 없이 부족해진 원인 중의 하나가 됐단다.

처음에는 학교 벽을 흙벽돌로 쌓기로 하여 선생님들이 손수 흙벽돌 만드는 기계로 찍어서 만드셨다. 흙벽돌 만드는 기계는 황건식 선생님이 여기저기 수소문하여 간신히 빌려 오셨다. 큰 공사를 하려고 보니 이것저것 필요한 도구가 많았기에 여기저기서 빌려서 썼는데 흙을 나르려고 농대 학생과에서 빌려 온 리어카는 하도 많이 사용하다 보니 나중에는 산산조각이 나 버렸다. 리어카 하나로 흙을 가득 담아서 나르기도 하고 재목을 싣기도 하며 야학생들이 서로 태우고 달리기도 하는 등 갖가지로 사용하게 되니 리어카인들 배겨 낼 재주가 없었다.

봄부터 시작했기에 몇 개월이 지난 후 보니 제법 많은 분량의 흙벽돌이 쌓였으나, 어느 날 비가 좀 많이 오니까 그 많은 흙벽돌이 거의 다 뭉개져 버렸다.

그동안 어떻게 만든 것들인가?

처음 하는 일이라 시행착오도 많았고 없는 시간을 겨우 쪼개어서 만든 것인데 그것이 일시에 다 망가져 버렸으니….

그 허탈한 심정이란 말로 표현하기 힘들었다.

낙심천만이지만 어쩌랴.

이번에는 기성제품인 시멘트 블록을 구입하여 벽을 쌓아 나가기 시작했다.

학교를 짓는 동안 선생님들은 언제 한번 말끔한 옷 한 벌 차려 입지 못하고 매일매일 작업복에 운동화나 워커를 신고 작업을 하셨다. 목재는 연습림의 소나무를 맡아서 제재하던 매산동에 있는 중화목재소에 가서 켜 왔는데 그 제재 비용 삼천 원은 끝내 갚지 못하셨단다. 당시에 돈이 없었던 황 선생님이 나중에 드리기로 하고 외상으로 했는데 쉽게 갚아지지가 않았기에 군 복무 중에도 그것이 내내 짐이 되셨단다. 제대 후 막상 갚으려고 가보니 그때는 이미 그 목재소가 없어졌더란다.

벽을 다 쌓은 후에는 제재소에서 잘라 온 나무로 서까래를 만들고 그 위에 회색기와로 지붕을 얹으셨다.

서까래 만드는 것은 쉽지 않은 일이었기에 목수들에게 맡겨야 했다. 기와는 농촌지붕 개량소에서 융자를 받아서 구입했는데 야학을 다 짓고 나서도 이 빚은 몇 년 동안이나 계속 갚아 나가야 하셨더란다.

다른 인부들을 거의 쓰지 않고 사, 제의 힘만으로 학교건물을 새로 만든 것이다.

야학 건물을 지을 때 선생님들이 어려움을 호소하니 생물과 강수원 교수님은 다섯 포대의 시멘트를 지원해 주셨다. 농공과 고재군 교수님을 비롯한 다른 농대 교수님들도 물심양면으로 지원을 해 주셨다. 그 밖에도 여러 어른들이 '배우는 학생들의 뜻이 갸륵하다.'고 하시며 음으로 양으로 많은 도움을 주셨다고 황 선생님이 후에 말해 주셨다.

지금까지도 잊히지 않는 그 일이 일어난 것은 늦은 가을 어느 날이었다. 그날따라 '추적추적' 비가 오고 있는 가운데 선생님과 야학생들이 같이 학교를 짓고 있었다.

즐거운 곳에서는 날 오라 하여도
내 쉴 곳은 작은 집 내 집뿐이리
내 나라....엉엉엉
....

야학시절 틈만 나면 우리는 늘 선생님들과 함께 동요라든가 우리의 가곡 또는 미국 민요 등을 즐겨 부르며 생활했는데 그날은 우연히 부르다 보니 서둔야학 교가였다.

그런데 일은 고되고, 배는 고프지 춥기까지 하니 노래를 부르며 작업을 하다가 결국은 모두가 비감한 심정이 되어 선생님과 제자들이 같이 울어 버린 것이었다.

그때 스무 살 안팎의 선생님들과 열네, 다섯 살의 아이들의 얼굴은 빗물과 눈물로 범벅이 되어 있었다.

이렇게 고생을 하며 지은 서둔야학 준공식이 그해, 1965년 12월 5일에 있었는데 이병희 국회의원, 농대 교수님 등 외부인사들까지 와서 우리를 축하해 주셨다.

그리고 서둔야학 현판식도 가졌는데 그것은 국전에도 여러 번 작품을 출품한 바 있는 붓글씨의 대가 원중식 선생님의 작품이었다. 대단한 실력파인 원 선생님은 어느 해인가 국전에서 당신의 작품이 낙선되자 덕수궁 돌담에다 당신의 작품들을 전시하셨다.

이른바 '낙선전'인 것이다. '눈 있는 행인들은 보시오.'라는 의미였을 것이다.

넓은 널빤지에 '서둔야학교'라고 큼지막하게 써서 새겨졌다.

원 선생님은 벌써 몇 해 전에 야학활동을 하셨던 분이었다.

일단 서둔야학에 몸을 담았던 사람들은 선생님이나 제자 할 것 없이 가슴 속에서 쉽게 야학을 지워 버리지 못했는데, 원 선생님도 현장에서 수업을 하지는 않더라도 음으로 양으로 우리를 돕고자 하셨다.

학교 건물은 'ㄴ'자 형태로 지었는데 왼편은 교무실과 3학년 교실로 분리되어 있고 그 옆으로 길게 만들어진 쪽은 분리를 하지 않고 터놓았다.

평소에는 커튼으로 분리해서 1학년과 2학년 교실로 사용을 하고, 학예회라던가 졸업식 등의 행사 때는 전체를 쓸 수 있도록 설계를 한 것이다.

학교를 다 지으신 후엔 선생님들이 농대 부속목장에서 전기를 끌어와 주셨기에 이젠 밝은 전등불 밑에서 공부를 할 수 있게 되었다.

전선은 푸른지대 박철준 사장님이 지원해 주셨다.

"와!" 처음 전등이 들어오던 날 야학생들은 일제히 탄성을 질렀다.

어둠침침한 호롱불 밑에서 지내다가 밝은 전등불을 켜고 공부를 하게 되니 어쩌나 기쁘던지 세상천지가 다 밝아진 느낌이었다.

학교가 다 만들어졌을 때. 전깃불이 처음으로 들어왔을 때. 그 순간들이 가장 기뻤다.

선생님들의 그간의 노고가 어떠했으리라는 것은 미루어서 짐작할 수 있으리라.

우리들은 그때마다 감격해 했고 선생님들의 다함없는 제자 사랑에 깊이 감사드리며 그 사랑을 가슴 깊숙이 새기곤 했는데 나는 결심하고 또 결심했다.

'언젠가는 이 얘기를 꼭 글로 써서 세상 사람들에게 널리 알릴 거야.'

선생님들은 학생 신분으로 시간을 내서 학교를 짓는다는 것이 쉽지 않았기에 결국 아예 결강을 해 버리고 야학을 짓는 날이 많았다.

그 덕분에 우리들은 새 교사를 갖게 됐지만 선생님들은 졸지에 F학점 투성이가 되었기에 나중에 대학원 진학에 문제가 생기는 등 여러모로 피해가 막심했던 걸로 알고 있다. 특히 야학을 짓는 데 핵심적인 역할을 하셨던 황건식 선생님은 3개월간을 아예 결강으로 일관하셨기에 학점이 제대로 나오지 않아 이것이 대학원 진학에 결정적인 장애물이 되어 버리셨단다.

누군가 한 명은 집 짓는 공정을 책임지고 진척시켜야 하니 황 선생님이 십자가를 지신 것이다.

우리들 때문에 선생님의 인생항로를 수정하시게 된 것 같아 마음이 너무 아팠다.

그러나 선생님께 죄송할 뿐 미약한 우리들로서는 선생님의 삶을 보상해 드릴 방법을 갖고 있지 못하기에 못내 안타까울 뿐이다. 우리들만 아니었다면 성실하신 황 선생님이 F학점을 받으실 일은 절대로 없었을 것이다.

선생님들은 공공연히 말하셨다.

당신들은 '서울대학교 농과대학'을 다닌 것이 아니라 '서둔야학을 다녔다'라고.

그 시절 선생님들과 야학생들은 날만 새면 거의 야학에서 살다시피 했다. 교사 옆에는 화장실도 두 칸 지어주셨고 자그마한 도서실도 하나 꾸며 주셨는데 아마추어의 서투른 솜씨로 못질을 하고 시멘트 반죽을 해 벽에 발라서 투박하고 거칠기가 짝이 없었지만 그곳에는 우리들에 대한 선생님들의 열정과 사랑이 살아서 숨 쉬고 있었기에 우리에게는 어떤 근사한 건물보다도 더 애착이 갔다. 선생님들은 이듬해 1966년 4월에는 운동장 한편에 화단을 꾸며서 박태기나무, 목련, 단풍나무, 개나리, 월계꽃, 매화, 찔레꽃 등 관상수를 심어주셨고, 일년생 꽃씨는 선생님들과 우리가 같이 뿌렸는데 철 따라서 채송화와 맨드라미, 국화, 과꽃, 코스모스 등이 피고 졌었다. 지금도 연습림의 한 자락에 남아 있는 서둔야학의 서까래를 살펴보면 학교를 지을 당시 선생님들의 존함이 나란히 적혀 있음을 볼 수 있다.

지금으로부터 52년 전에 지어졌는데 아직도 건재한 것은 선생님들이 기초공사를 튼튼히 하신 데다가 시원찮은 곳이 있으면 그때그때 적절히 보수를 잘해 주셨기 때문이다.

사랑 하나 그리움 둘

지금도 수원의 연습림 한쪽에 자리하고 있는 서둔야학 교사는 길이 보존돼야 할 것이다. 선생님들과 학생들이 힘을 합쳐서 만든 배움과 사랑의 보금자리이며 야학사에 뚜렷한 족적을 남긴 살아 있는 증거이기 때문이다. 작년 2016년 봄에는 황 선생님이 대대적으로 리모델링을 해 주셨다. 이천만 원이라는 사비를 들이셔서. 예나 지금이나 서둔야학 사랑에 변함없는 서둔야학 섬김이는 황 선생님이시다.

푸른지대

서둔야학생 중 몇 명은 주로 인근에 있는 '푸른지대'로 일당을 받고 일을 다녔다.

푸른지대는 그 당시 딸기로 유명한 곳이어서 5월 말에서 6월 중순까지는 서둔벌이 온통 선남선녀의 물결이었다.

농대 후문에서 도보로 5분 이내 거리의 유원지로 개발이 잘 된 푸른지대는 갖가지 수목이 우거졌었는데 커다란 백합나무가 군데군데 있었다. 그리고 그 사이로 빨갛게 핀 해당화, 아침이슬을 머금고 보랏빛 또는 흰색으로 청초하게 빛나던 아이리스, 꽃말이 '젊은 날의 추억'이라는 라일락의 보랏빛 향기, 기품 있는 여인의 자태 목련이 있었고, 주목, 눈향나무 등의 관목들도 곳곳에 자리하고 있었다.

푸른지대 주인집은 많은 화초가 우거진 곳에 들어앉아 있어서 언제 봐도 그 녹색지붕의 빨간 벽돌 집은 '꿈의 집'이었다.

집에서 보아 왼쪽에는 커다란 2층 건물을 지어 식당으로 썼고 오

선생님들의 존함이 적힌 서까래

른쪽에는 딸기 판매점이 있었다. 그 가운데에 철 골조로 둥근 아치형을 만들어서 그 위에 등나무를 얹었는데 보랏빛 등나무 꽃의 아련함이란 가히 환상적이어서 그것을 보고 있노라면 마치 구름 위를 걷는 듯했다.

또 정원의 중앙에는 연못이 있었는데 그 가장자리로도 수국, 해당화, 장미 등이 피어 있었고 집 앞에는 함박꽃의 자줏빛 웃음이 흐드러졌다.

아침 8시쯤에 일을 나가게 되면 우선 딸기를 담는 채반부터 물에다 불리고 솔로 닦아서 헹군 후 건조시켜야 했다.

5월의 태양은 눈이 부셨고 초록빛 타원형의 잎사귀 밑에는 빨갛게 익은 딸기가 수줍게 숨어 있었다. 이제 막 하얀 꽃이 핀 것도 있었고 대개는 중심이 되는 가지에 아직 익지 않은 올망졸망 크고 작은 열매들이 달려 있었다. 익은 것은 딸기 한 그루에 한 개 또는 두

사랑 하나 그리움 둘

개 정도였고 어느 것은 아예 익은 부분이 하나도 없는 것도 있었다. 아침이슬 진주가 딸기 잎에 맺혀 있다가 딸기를 따려고 잎사귀를 제치면 딸기 밑에 깔아 둔 볏짚 위로 '또르르' 굴러 내리고는 하였다. 또 어느 때는 조그맣고 귀여운 청개구리가 잎에 앉아서 가슴을 '팔딱팔딱' 거리다가는 '펄쩍' 뛰어서 달아나기도 했다.

딸기를 딸 때는 다른 것을 건드려 고개를 부러뜨리면 안 되니까 아주 조심해서 익은 것만 따되 줄기를 너무 길게도 그렇다고 짧게도 자르면 안 된다. 그리고 엄지와 검지손가락으로 꼭지를 잡고 먹기 좋게 꼭지 줄기가 1cm 정도만 달리게 손톱으로 잘라 내야 한다.

딸기를 따다 보면 어느새 손톱에는 초록빛 풀물이 잔뜩 들어 있곤 했다.

미국 남부의 목화 따는 아가씨들을 감독하던 감독이 그렇게 무서웠을까? 전체적으로 깡마르시고 얼굴이 까만 최 씨 아저씨가 우리를 감독하셨는데 그분은 늘 장화를 신고 팔짱을 낀 채였다. 나는 그분이 어찌나 무서웠던지 조금 큰소리만 내도 깜짝깜짝 놀라곤 했다. 딸기를 딸 때는 앉아서 뭉치면 안 되고 꼭 엎드려서 따야만 했다. 아저씨는 우리에게 이렇게 말하시곤 했다.

"좋은 것은 먹고 나쁜 것만 골라 담아라."

한참 일하다 보면 아침 이슬에 신발이랑 양말이 다 젖어 버리고 허리가 무척 아파 온다. 그리고 따끔따끔한 5월의 태양에 팔이 까맣게 타다 못해 허물이 벗겨진다.

딸기는 한 채반에 2kg 정도씩 담는데 그것을 양손에 하나씩 받쳐 들고 딸기 파는 매장으로 일렬로 행진해 간다.

딸기를 씻을 때는 큰 그릇에 물을 충분히 부은 후 딸기를 가만히 쏟아 붓고 두 손바닥으로 딸기 몸체를 살짝 눌러서 물에 잠겼다 올라오게 한 다음 건져서 다시 한번 맑은 물에 헹구어서 깨끗하게 건조된 채반에 담는 것이다. 밭에서 금방 따 온 것이기에 씻으면서 그 따글따글한 감촉을 충분히 느낄 수 있었다.

분위기에 따라서 좋은 음악을 선별해 들려주는 DJ 일은 농대생들이 교대로 아르바이트를 했다. 멘델스존의 '노래의 날개 위에', 바흐의 'G선상의 아리아', 상상의 '백조', 타이스의 '명상곡' 등 피아노와 바이올린의 소품이 흐르는가 하면 '홍하의 골짜기', '테미', '여름날의 세레나데', '체인징 파트너' 등 부드럽고 달콤한 팝송들이 한낮의 태양 아래 조용히 울려 퍼졌다.

특히 차이코프스키의 '안단테 칸타빌레'는 그 꿈을 꾸듯이 아름다운 선율이 일시에 나른한 환상의 나라로 인도하곤 했는데. 어찌나 나를 사로잡았던지 지금도 그 흐느적거리는 음의 선율이 아련하게 들려오는 듯하다. 일하면서 자신이 좋아하는 음악을 하루 종일 들을 수 있다는 것이 얼마나 행복한지 몰랐다. 또한 지금 나오는 곡이 누구의 무슨 곡인지 생각하며 반복해서 들으니 자연스럽게 음악공부가 되었다. '딜라일라'와 '언덕 위의 하얀집'이라는 팝송이 한창 유행하던 시절이었다.

하루는 주인집 아줌마가 노래 중에 '딜라일라'를 좋아한다고 하니까 DJ보는 농대생들은 "아마 그것밖에는 아는 게 없겠지." 하면서 자기들끼리 '킥킥'대며 아줌마를 무시하는 것이었다.

비록 집이 가난해 그 집에서 아르바이트를 할망정 '지적으론 우리가 우월해.'라고 과시하는 듯싶었다.

매점에서는 두 명의 이대생도 아르바이트를 하고 있었는데 그중 살집이 넉넉한 여학생이 말하기를 '자고로 미운 여자란 없는 법'이란다. 마른 여자는 골격미인이고 살찐 여자는 육체 미인인가 하면 아는 것이 많은 여자는 지성미요, 좀 모자란 듯한 여자는 백치미인이란다.

나는 딸기 따는 일은 초기에 잠깐 했고 이내 매점에서 일을 보았다. 매점에서 일을 보던 우리는 점심을 특별히 푸른지대 주인집에서 먹었는데 우리 집과는 비교가 되지 않게 식탁이 풍성했고 간혹 처음 보는 음식들도 눈에 띄었다.

이때 처음으로 채소 샐러드를 맛보았는데 그 싱그러운 맛이 기가 막혔다. 기억을 되살려 나중에 집에서 해 먹어 보았는데 이상하게도 물만 많고 도무지 그 맛이 나지 않는 것이었다. 알고 보니 그때까지 '마요네즈'라는 것이 이 세상에 존재하는 줄도 모르던 내가 채소를 준비해 놓고는 우유를 들이부은 것이다.

그 당시 내가 가진 상식으로는 흰 색깔이 나는 액체는 우유뿐이었으므로.

나는 어쩌다 며칠에 한 번씩만 점심을 먹고는 거의 걸렀다. 밥을 얻어먹는 것 같아서 자존심이 상했기 때문이다. 주인아줌마가 먹으라고 몇 번씩 채근해도 먹지 않으니 하얀 얼굴, 작은 눈의 아줌마는 눈을 곱게 흘기며 말하셨다.

"너는 왜 그렇게 고집이 세니?"

대개는 상품 가치가 떨어져서 골라낸 찌꺼기 딸기로 배를 채웠다.

다른 사람들은 딸기에 연유를 부어서 먹기도 하고 대개는 설탕을 찍어서 먹었지만 나는 설탕을 찍지 않고, 딸기도 잘 익은 것은 맛이 싱거운 듯하여 덜 익어서 파란 부분이 많은 딸기를 즐겨 먹었다. 그때 딸기 맛의 감별법을 익혀 두어서 지금도 어떤 딸기가 맛이 있는지 훤히 알고 있다.

당시의 딸기 품종은 주로 '대학 1호'와 '아모아'였다.

딸기를 사러 매점에 찾아온 손님들은 내 피부에 감탄하곤 했다.

"딸기를 많이 먹어서 피부가 고운가 보다."

"어쩌면! 이런 시골에 피부가 백옥 같은 아가씨가 있네!"

딸기는 씻어서 채반에 담고 지름이 10cm쯤 되는 하얀 플라스틱 접시에는 흰 설탕을 적당히 담아서 손님들이 원하는 자리에 배달을 했다. 갖가지 수목과 화초 사이에 벤치가 놓여 있어 손님들은 대개는 거기서 먹었고 때로는 잔디밭에 앉아서 먹는 사람도 있었다. 대부분이 젊은 남녀 아베크족들이었는데 가족 단위로 오는 사람도 적지 않았다. 여자들은 저마다 개성 있는 예쁜 옷들을 입고 와서는 고운 자태를 뽐냈다.

나는 그들과 자신의 처지를 비교해 보며 '내가 과연 어른이 되면 딸기를 따는 신분에서 딸기를 부담 없이 사 먹을 수 있는 신분이 될 수 있을까?' 하는 회의감이 들었다.

여자 손님들의 밝고 화사한 모습이 부러워서 한참 동안 쳐다보기도 했지만 곧 일에 빠져서 잊어버리고는 했다.

푸른지대는 딸기 외에도 수익사업으로 밍크와 앙고라토끼를 키웠는데 앙고라는 눈만 빼꼼하게 내놓고 온몸이 온통 털북숭이였고

　　　　　　　　　　사랑 하나 그리움 둘

밍크는 사람도 마음대로 못 먹는 '양미리'라는 생선을 먹고 살았다.

푸른지대는 우리가 어려웠던 시절 우리에게 이모저모로 도움을 준 곳이다.

일자리가 부족할 때 우리에게 일자리를 제공해 주어 햇볕이 따가운 딸기밭에서 일하는 것 외에도 열네 살 때부터 언니와 함께 찬바람이 몰아치는 들판에서 어린 소나무의 묘목을 캐서 나르기도 했다. 그때는 하루 품삯이 20원이었고 푸른지대는 우리 동네 구멍가게와 계약을 맺어서 푸른지대의 일당표를 가져가면 가게에서 현금처럼 취급해 주었다. 대부분의 주민들이 식량난에 허덕이니 가게에서는 면발이 가느다란 국수를 20원짜리만큼 만들어 놓았고 주민들은 대개 이 국수와 일당 표를 맞바꿈 했다. 우리는 그것을 끓여 먹으며 일을 다녔다.

주인아저씨, 아줌마는 많은 아이 가운데서도 특별히 우리 형제를 귀여워하여 햇볕이 없고 시원한 매점에서 일을 보게 해 주었고, 점심도 먹도록 배려해 주셨다.

또 서둔야학 선생님들이 도움을 청하니 야학에 전기가 들어오도록 하는 데에 결정적 역할을 한 전선을 제공해 주셨다.

그런데 번창 일로에 있던 푸른지대가 딸기술인 '파라다이스'를 개발하였다가 판로가 신통치 않아 일시에 도산해 버리게 되었다.

아저씨 아줌마가 얼마나 속이 상하실까?

내게 친절하고 다정하게 대해 주셨던 두 분이 너무도 안 되었기에 가슴이 아팠다. 만약에 사람들에게 욕심이 없다면 발전이라는 것은 있을 수가 없을 것이다. 그런데 이 욕심이라는 풍선은 적당량의 바람만 넣어야지, 그렇지 않으면 그만 터져 버리게 되는 것이다. 문제는 사람으로서는 적정선이 어디까지인지를 미리 감을 잡을 수가 없다는 점이다.

교지

서둔야학은 1년에 한 번씩 교지가 나왔다.

컴퓨터, 워드프로세서 등 간편한 인자 도구가 있는 요즘과는 달리 일일이 선생님들이 손으로 써야 하셨기에 만들기가 보통의 일이 아니었음에도 매년 정기적으로 발간이 됐다.

신문의 형태가 아니고 책이라서 분량이 많았는데 주로 선생님들의 수필과 칼럼, 그리고 우리들의 시와 산문이 실렸다. 선생님들이 써 주신 원고 내용은 다양하면서도 유익한 것이 많았기에 교지가 나오게 되면 나는 몇 번이라도 반복하며 읽어서 선생님들의 가르침을 마음속에 새겨 놓곤 했다. 거기에는 선생님들의 철학과 사상이 살아서 숨 쉬고 있었고 우리에 대한 사랑이 배어 있었다.

선생님들이 써 주신 원고 중 '행복은 돈이 아니다.'란 제목의 렘브란트의 일화가 있는데, 말년의 렘브란트가 초라한 행색으로 다니는 것을 본 그의 제자들이 선생님을 뵙기가 안되어서 얼마간의 돈을 모아 그에게 드리며 "선생님 이 돈으로 옷도 좀 사 입으시고 맛있는 음식도 사 드셔요."라고 했다고 한다. 그러나 그 돈을 받아 든 렘브란트는 옷이나 먹을 것을 산 것이 아니라 그 즉시 화구상회로 가서 몽땅 그림을 그리는 데 필요한 재료들을 샀단다.

그의 행복은 옷을 사 입거나 맛있는 것을 먹는 데 있지 않았고, 그림을 그릴 때에야 비로소 그의 존재 가치가 빛나는 것을 느끼고 참다운 행복을 얻을 수 있었다는 이야기이다.

또 파스칼의 명상록에서 발췌한 것도 써 주셨는데 거기서 느낀 바가 적지 않았다.

며칠 전 평택보다도 인구가 3배 이상 더 많은 수원에 갔을 때였다. 수원역에는 수많은 사람들이 저마다 바쁜 걸음으로 오갔는데 왜 사람들은 그렇게도 많은 것일까?

'그 흔해 빠진 사람 중의 하나가 나다.' 하는 생각이 드니 스스로의 모습이 너무도 초라해 보였다.

'저 많고 많은 사람 중 하나인 난데 뭐 얼마나 내 삶이 소중한 것이냐.', '내가 살아있다고 하는 것이 얼마만 한 가치가 있는 것이냐.' 하는 자신의 존재 자체에 대한 회의감이 저 깊은 곳에서부터 '꿈틀꿈틀' 댔다. 그렇지만 파스칼은 인간의 생명 하나를 온 우주하고도 바꿀 수 없다고 설파하지 않았던가.

정경

한지 위에 그려진
하이얀 신작로로

내 마음은 달린다.

푸른 마음 조각배

풍파를 헤치고,

험한 산길

고개를 넘어,

격한 인심

세파를 뚫고,

나는 간다

임의 나라로.

위의 시는 1967년도에 발간된 제 4호 교지에 실린 동급생 최미자의 권두시이고 다음은 거기에 실린 조봉환 선생님의 글의 일부이다.

국어 생활의 바른 자세

국어 생활의 바른 자세란 무엇인가?

제한된 한국이란 영역 내에서 생활하는 우리는 이 사회에서 소통되고 있는 언어인 우리 글, 한글의 이해와 그 사용을 효과적으로 하는 것이 국어 생활의 바른 자세라고 할 수 있다.

국어의 이해와 바른 자세라 함은 바로 듣고, 바로 쓰고(짓기), 바로 말하는 것을 말할 것이다. 따라서 국어 교육의 지침은 두말할 것도 없이 이상의 세 가지를 적당히 조절하여 국어 생활에 불편을 느끼지 않는 생활인을 육성해 나가는 것이라 하겠다. 그러나 우리의 현실은 여러 가지 사회의 제 영향 때문에

사랑 하나 그리움 둘

읽기와 듣기 만에 중점을 두어 지도하고, 짓기와 말하기에는 별로 비중을 두고 있지 않는 편이다.

이것이 소위 이야기되는 절름발이 교육이라는 것이며 이는 어떠한 방법으로 든지 곧 시정돼야 할 우리 국어 교육의 급선무인 것이다.

....

결론적으로 백일장과 같은 행사를 널리 파급시키고, 독서를 하게 함으로써 도서 문고를 보강하고 서로 마음을 털어놓고 이야기할 기회를 만들어 편재된 국어 생활을 지양하고 중용을 유지할 수 있도록 하는 방법만이 최선의 길이 아닌가 생각한다.

참고로 앙케이트를 보게 되면 선생님들의 야학에 대한 시각과 열의를 짐작할 수 있다.

설문

1. 서둔야학에 대한 인상 (학생 또는 교사에 대해서 느낀 점)

2. 본 서둔야학에 결여되어 있는 점이 있다면

3. 본 야학이 지향해야 할 교육적 목표

4. 재미있게 읽었던 책 이야기

5. 학생들에게 주고 싶은 말씀

* 조형렬 선생님 (구교사)

1. 만일 내가 야학에 인연이 없다면 '좋은 일을 한다'라든가 '어리석은 짓 한다.'

라고 보겠다.

잠시 있었던 경험으로 보면 '젊은이가 사회의 모순을 지양하고 정의를 위해서 자기의 시간, 능력을 헌신적으로 행동에 옮기는 단체'라고 본다.

2. 공부하는 이상이 훌륭하다고 하더라도 학생 사회의 요구에 맞지 않는다면 곤란하다.

현재 야학 부근의 주민을 보면 대개 농업을 회피하고 도시민이 되려고 하는 사람들인 이상 농대생들이 운영함으로써 생기는 '농업에 대한 집착'만을 고집 말고 인간교육과 실업교육에 중점을 두었으면 한다.

4. 백과사전 : 깊이 들어가진 않았지만 여러 가지를 알게 된다.

5. 많은 것을 보고 듣고 깨달으면서 무럭무럭 자라 흙탕 속에서 연꽃에 진흙이 묻지 않듯이 때 묻은 인간이 되지 말고 모든 것을 고르게 완성하여 착한 사람이 되길 바란다.

* 진길부 선생님 (현교사)

1. 없어서는 안 될 곳, 그러나 정신이상자들의 소굴처럼 보이는 곳. 오늘을 모르고 사는 눈들에게는.

2. 선생님들의 한(大)마음

3. 마을을 지도하는 층에 설 수 있도록 그리고 삶의 희망을 버리는 일이 없도록 노력하는 습관을 갖는 방향으로.

내가 낸 원고로는 '김치찌개', '새앙쥐'라는 시와 산문으로 '엄마'가 있었다.

사랑 하나 그리움 둘

우리 방의 새앙쥐는 색시쥐인가 봐

방 안에 놓여 있는

거울 한 번 들여다보고

얼굴 한 번 다듬고........

그다음에는 생각이 나지 않았는데 이 시를 본 우리 언니는 말했다.

"창피하게 왜 그런 글을 지었니. 그러면 우리 방 안에 쥐가 나오
는 것을 다른 사람들이 다 알게 되잖아."

그때의 우리 집은 낡고 또 낡아서 커다란 기둥으로 쓰러지지 않
게 여기저기 받쳐 놓은 허물어지기 일보 직전의 초가집이었다. 벽의
틈새로는 바람이 '솔솔' 들어와서 우리 형제들은 한겨울에는 추워서
대낮에도 두꺼운 이불을 둘러쓰고 있어야 했고 윗목에 둔 자리끼가
밤새 얼 정도인 '냉방 완비 시스템'의 집이었다.

허술하기 짝이 없는 벽장을 통하여 이따금 생쥐들이 출몰해서는
그 작고도 교활한 눈으로 내 눈치를 '살살' 보다가 구석에서 무엇인
가를 집어 들고서 '오물오물' 씹었고 또 방 한편에 있는 거울을 들여다
보기도 했다. 처음에는 생쥐가 무섭기만 했는데 나중에는 생쥐가 벽
장에서 나와서 방안을 돌아다니면 하는 짓을 가만히 관찰하곤 했다.

또 '엄마'라는 제목의 산문을 요약하면,

내가 친구와 어깨를 나란히 하고 연습림 오솔길을 걷고 있을 때
무엇인가가 담긴 광주리를 머리에 인 엄마가 오고 계셨다. 엄마는
나와 눈이 마주치자 얼른 피하며 지나가셨다. 그러자 친구가 이상하
다는 듯 물었다. "너 저 아줌마 아니?"

황급히 "아니야, 몰라." 했지만 속으로는 '뜨끔'했다.

저녁 무렵 집으로 돌아온 내게 엄마는 "아까 네가 창피할까 봐 일부러 모른 척한 것이다." 라고 말하셨다.

나는 여기에서 끝을 맺었다.

황순원 씨의 단편 중 내가 좋아하는 '소나기'를 본떠서 마지막의 주인공 감정은 표현하지 않고 독자들의 상상에 맡기기로 한, 내 딴에는 과감한 생략법을 썼다. 그런데 어느 선생님인지는 모르겠지만 '그 말을 들은 나는 코허리가 시큰해져서 방안을 뛰쳐나왔다.' 하고 주인공의 심정을 덧붙이셨는데 나는 마치 내 작품이 훼손당한 것 같아서 기분이 언짢았다.

이 산문을 본 동급생 옥동이는 정색을 한 표정으로 나의 아픈 곳을 찔렀다.

"너 그거 실제로 있었던 일이지?"

"아니야."

힘 빠진 목소리로 부정하는 내게 그 애는 의혹의 표정을 감추지 않았다.

"니가 지금 거짓말하고 있는 거 내가 다 알고 있어."

그것은 그 애 말대로 픽션이 아니라 논픽션이었다.

또 내가 쓴 '서호'라는 단편 소설에서는 주인공인 한 소녀가 폐를 앓고 있다.

'아카시아는 폐를 앓다 죽은 소녀의 넋이다.'라는 말은 내가 초등학교 때 본 『감이 익을 무렵』이라는 단편집에 나오는 말이다.

이 말을 좋아하던 나는 그 병을 앓고 싶어 했기에 그렇게 설정한

　　　　　　　　　　　　사랑 하나 그리움 둘

것이다. 소녀가 입원해 있는 곳은 서호 곁에 있는 최신식의 커다란 병원이었다. 어느 날 소녀의 파리했던 얼굴에는 모처럼 홍조가 되살아났는데 다름 아닌 그녀가 그리도 좋아하던 김 선생님이 예쁜 꽃다발을 안고서 그녀의 문병을 오신 것이다.

'김 선생님이 내 병문안을 와 주시다니.'

너무 좋아서 꿈만 같았던 소녀는 자신이 아픈 것에 오히려 행복감을 느끼게 된다는 내용이다.

편지지 4, 5장 분량의 이 소설을 보신 우리 국어 선생님(임종성)은 '그 많은 선생님 중에서 왜 유독 김 선생님만 그녀의 병문안을 가게 되었는지 그 당위성이 결여되어 있다.'고 지적해 주셨다.

이것은 내가 늘 꿈꾸어 오던 장면을 소설로 옮겨 놓은 것이다.

내가 아파서 병원에 입원해 있을 때 B선생님이 꽃을 들고 문병을 오신다면 세상에 그것보다 더 행복한 일이 없을 것 같았다.

그러나 현실 속의 나는 파리하기는커녕 너무 건강한 것이 원망스러웠다. 그리고 돈이 없어서 약도 못 사 먹는데 입원은 웬 입원?

B선생님을 살짝 김 선생님으로 바꿔놓은 것은 내 마음을 들키지 않기 위한 연막전술이었다.

학예회

서둔야학에서는 1년에 한 번씩 학예회가 열렸다.

학예회를 하는 날이면 야학은 온통 잔치 분위기가 되어서 '들썩

들썩' 한 가운데 다들 싱글벙글했다. 선생님들은 며칠 동안 '뚝딱뚝
딱' '쿵쾅쿵쾅' '쓰윽쓰윽' 나무를 톱으로 베기도 하고 못을 박기도 하
셔서 1학년 교실 앞쪽에 무대를 만들어 주셨다.

또 관객이 무대 꾸미는 것을 보지 못하도록 무대 앞에는 커튼을
쳤다. 두 아이가 양편에 서 있다가 프로가 하나 끝나면 양쪽에서 각
자 커튼 자락을 잡고 마주 보고 중앙으로 달려와서 막을 내리고는
했다. 가끔 관객 속에서 웃음이 터져 나오는 것은, 커튼만 보고 달려
오던 아이들이 서로 부딪쳐서 넘어질 때이다.

학예회 날은 모처럼 반가운 얼굴들을 뵐 수 있는 날이었다.
'Home Coming Day'도 같이 열었기에 야학 활동을 그만두셨던 선생
님들도 대부분 오셨다.

관객들 중에는 동네 어른들과 학부형들이 보이기도 했다.

TV마저 없던 그 시절 구경 삼아 오신 것이었다.

학예회는 시화전과 같이 열렸는데 교실 양편으로 코스모스나 잠

사랑 하나 그리움 둘

자리, 주황색 감이 달린 감나무 등의 삽화가 그려진 시들이 붙어 있었다. 학예회 날은 그동안 갈고닦은 솜씨를 마음껏 자랑하는 날이었다. 프로그램이 다양하여 연극, 중창, 합창, 독창, 무용, 시 낭송, 콩트 등 선생님들은 우리가 가지고 있는 재주를 골고루 발표할 수 있도록 배려해 주셨다.

그때 공연되었던 연극 중 생각나는 것은 찰스 디킨스의 '크리스마스 캐롤'과 '걸레', '역마을 아이들' 등이다.

'크리스마스 캐롤'은 농촌진흥청 강당에서 공부할 때 공연한 작품으로 연출도 탄탄했고 분장도 그럴듯하게 잘했다. 유령이 나오는 장면에서는 내가 무서워서 눈까지 가렸을 정도이다.

맨 마지막에 벙거지를 눌러 쓰고 커다란 깡통을 옆에 끼고서 거지로 등장했던 이우종 선배가 그렇게 인색하기만 했던 구두쇠 스크루지 영감이 개과천선하여 자기에게 적선을 하자 "내일 아침은 해가 서쪽에서 뜨겠는걸." 하는 연기를 능청스럽게 잘해서 우리가 배를 잡고 웃었다.

야학의 공연 연극 중 가장 히트 친 작품이다.

내가 2학년 때 공연된 작품은 '걸레'였다.

초등학교가 무대였기에 주로 나이 어린 1학년 후배들이 출연했다. 그런데 연습 부족인지 출연진들의 역량이 미치지 못했는지 완전히 죽을 쑤어 놓는 것이었다. 그것을 보고 있던 나는 어찌나 민망한지 얼굴이 화끈거리는 한편 안타까운 심정을 어떻게 할 수가 없었다. 그들을 지도하신 재기와 위트가 번쩍이던 한왕석 선생님도 너무 실망이 크셨는지 침통한 표정으로 한마디 하셨다.

"걸레를 정말 걸레같이 했다."

현실 속에서 불가능한 것이 연극에서는 얼마든지 가능하다.

그런 의미에서 대부분의 사람들에게 연극은 상당히 흥미진진한 분야일 것이다.

나도 그중의 하나로 나는 백설 공주나 신데렐라같이 예쁜 공주 역을 맡고 싶었으나 그런 역은 영영 못 맡아 보고 3학년 때 '역마을 아이들'에 나오는 남자 역장 역을 맡았다.

'내가 남자 역장이라니….'

역이 별로 마음에 들지 않았으나 내 역에 충실하기로 마음을 굳히고 남자 목소리를 내려고 며칠간 골몰했다. 특별히 초빙된 농대 연극반인 지도교사는 내게 남자 목소리는 목젖을 가라앉혀야만 나올 수 있다고 말하셨다.

드디어 학예회 날이었다. 남자 복장을 해야 하는 내가 남자 옷이 없어서 곤란해하니까 한왕석 선생님은 선뜻 당신의 감색 신사복 상의를 벗어서 입혀 주셨다.

"야, 거의 꼭 맞는데."

키가 작은 데다 살집도 없는 한 선생님은 체격이 나와 비슷했던 것이다.

초등학교 4학년 때 흥부 아내 역을 한 적이 있었지만 그때는 분장도 없이 약식으로 수업시간에 했기에 정식 데뷔무대는 이번인 셈이다. 나 같은 사람은 관객들을 의식하면 안 된다. 소심하고도 여리기에.

긴장돼서 몸이 굳어왔지만 애써 관객을 보지 않고 연기를 했고

사랑 하나 그리움 둘

소화하는 데 별 무리가 없었단다.

독창, 중창, 합창 등 노래는 다들 잘 불렀다.

그 당시 야학생들은 다들 노래를 잘 불렀는데 그것은 대체로 음악을 좋아하시던 선생님들이 틈만 나면 우리에게 노래를 가르쳐 주셨고 우리도 매일 밤 집에 갈 때마다 노래를 부르며 갔기에 자연스럽게 연습이 돼서 그랬을 것이다.

가야금을 잘 타시는 Y라는 여선생님은 찬조 출연으로 '아이들을 위하여 학예회 때 가야금을 타 주었으면' 하는 남선생님들의 청을 끝내는 거절해 버리셨다.

'아마도 그분의 자존심이 그것을 허락지 않아서인 것 같고 그럴수도 있는 일이지.'라고 생각되면서도 마음 한구석이 영 서운했다.

불세출의 테너인 엔리코 카루소는 선술집에 가서 술을 마시다가도 그를 알아본 서민들이 그에게 노래를 청하면 기꺼이 그들에게 값비싼 자신의 목소리를 선사하곤 했단다. 서민들이 비싼 입장권을 사서 자신의 노래를 듣기가 쉽지 않음을 너무도 잘 아는 그였기에. 그런데 이것이 다른 성악가들에게는 어림도 없는 이야기일 것이다. 카루소는 목소리만 훌륭했던 것이 아니라 가슴이 따뜻한, 훌륭한 인품의 소유자였기에 그 일이 가능했던 것이다.

말이 나왔으니 얘기지만 나의 열등감에 기인한 예민함에서 우리 선생님들도 자유로울 수가 없었다.

1964년도에 우리 야학 선생님 중에 Campus Couple이 있었으니 대단히 앞서가는 분들임이 틀림없었다.

남선생님은 농공과 학생으로 인간성 좋고 똘망똘망한 눈빛과 손

재주 많음을 누구나 인정하는 전 선생님이었고, 여선생님은 조신하고도 선하신 인품이 단연 천사 같은 가정과 조 선생님으로 누가 봐도 두 분이 천생연분이라는 것을 인정하지 않을 수 없었다.

탑동에 꾸며 놓은 두 분의 보금자리는 아기자기함과 포근함이 폴폴 날렸는데 이따금 나를 데려가신 조 선생님은 그때는 흔치 않은 커피나 코코아를 타 주시곤 하셨다. 기다랗고 하이얀 손으로 티스푼을 잡은 후 찻잔을 조용히 저어서 상냥한 미소를 지으시며 내게 건네주셨다.

두 분이 농대 구내 다실을 빌려 공동으로 전시회를 하는 날이었다. 솜씨 좋은 조 선생님은 예쁘고 다양한 수예품을 준비하셨고, 대단한 명필이신 전 선생님은 서예작품을 전시해 전시회장은 여러 사람들로 북적댔다.

"얘 왜 거기다 장난하니?"

"얘!"

몇몇 방문객들이 방명록에 기록을 한 후였다.

구경 온 야학 선배 언니가 그 방명록에 굉장히 서투른 필체로 자기 이름을 쓰는 것을 보신 전 선생님과 조 선생님은 동시에 언니를 책망하시는 것이었다.

소심하고 겁이 많은 나 같은 아이는 쓰라고 해도 쓰지 않았을 테지만 활발하고 티 없는 성격의 그 언니는 앞뒤 잴 것 없이 자신이 하고 싶은 대로 행동한 것이다. 아까서부터 선배 언니의 행동을 눈여겨보며 선생님들이 과연 어떻게 하실 것인가 예의 주시하고 있었던 내게 선생님들의 대응은 실망 그 자체였다. 아니다, 언니는 장난한

사랑 하나 그리움 둘

것이 아니고 언니도 거기에 언니의 이름을 써서 남기고 싶었을 뿐이다. 선생님들의 첫 번째 작품전시회의 소중한 방명록에 언니의 흔적을 남기고 싶었던 것이다. 온통 열패감에 사로잡혀 있는 야학생들은 굉장히 예민해서 자신이 무시당하는 것에는 돌이킬 수 없는 상처를 입게 마련이다. 순간 새빨개진 언니의 얼굴에 민망함과 모멸감이 떠오르는 것을 놓치지 않고 볼 수 있었다.

반드시 글씨를 잘 쓰는 사람만 방명록에 기재하란 법은 없다.

못 쓰면 못 쓰는 대로 그 사람의 개성인 것이고 교수님, 학우가 아닌 야학 제자의 흔적은 그 나름대로 가치가 있다고 열네 살의 나는 생각했다.

소풍

날씨가 좋으니 산보나 갈까요.
재미난 이야기를 하며 냇가로 가요.

눈이 크고 얼굴이 까무잡잡한 동급생 보배가 소풍날 흥겹게 부르던 노래였다. 서둔야학은 매년 봄에 한 번, 가을에 한 번 가까운 칠보산이나 반월 저수지 혹은 화산목장 등으로 걸어서 소풍을 갔다. 비가 오면 어쩌나 싶어 밤새 잠을 설쳤는데 막상 날이 밝으면 온 누리에 햇빛이 하얗게 부서지고는 했다. 소풍날 아침의 해님은 왜 그렇게도 사랑스러워 보이는 것일까?

부모님들이 신경을 쓰셨는지 후줄근한 평상시에 비해서 소풍날은 아이들의 옷차림이 모처럼 산뜻해지곤 했다. 소풍날이면 블라우스가 유난히도 하얘 보이던 눈이 커다랗고 피부가 까아만 2학년 후배도 있었다. 아이들은 입을 다물지 못하고 연신 싱글벙글 웃으며 뛰어다녔고, 그런 아이들의 곁에는 선생님들의 부드러운 미소가 머물고 있었다.

선생님들과 같이 걸어서 가는 소풍 길은 마냥 즐거웠다. 대화를 무척 즐기는 나는 흙먼지가 '폴폴' 날리는 논둑길을 선생님 한 분과 일대일로 대화를 나누며 걷기도 했고 다른 사람이 노래를 시작하면 같이 따라 부르며 가기도 했다. 들판에는 온통 생기가 넘쳐흘렀다.

실바람은 초록빛 벼 위를 사뿐히 거닐었고 길섶에는 이름 모를 작은 풀꽃들이 귀엽게 웃음 짓고 있었다. 이렇게 바람과 꽃들을 벗 삼아 걷다 보면 처음에는 끝도 없이 이어진 듯한 황톳길은 어느새 끝이 나고 우리의 목적지인 화산목장이 펼쳐져 있는가 하면 칠보산이 우뚝 서 있기도 했다.

산에 도착하면 마음이 들떠서 아침을 못 먹은 데다가 먼 길을 걸어왔기에 모두 시장기를 느끼기 마련이라 점심밥부터 먹어야 했다.

"애란아, 애란아."

어느 해 소풍날 점심시간이었다.

아까서부터 선생님들과 야학생들이 일제히 한목소리로 내 이름을 불렀으나 나는 못 들은 척하고 더 깊은 숲 속으로 자꾸 들어가고 있었다. 그들에게 들킬까 봐서 가슴은 연신 두근두근했다. 점심시간이 시작될 것 같기에 얼른 그 자리를 피했던 나였다. 두부를 굉장

히 좋아하던 나는 그날 아침,

"밥하고 같이 싸 가야지 두부만 어떻게 먹니?"

하고 말리는 엄마한테

"괜찮아요. 나는 두부만 먹어도 되니까 두부만 싸 갈래요."

하고 고집을 부리고 밥은 하나도 싸지 않고 점심으로 커다란 네모진 양은 도시락에다 두부 부침만 잔뜩 쌌던 것이었다.

그런데 막상 점심시간이 되니 '아차' 싶었고 '엄마 말을 들을걸.' 하고 후회가 됐다. 다른 사람들 앞에서 무슨 수로 그 도시락 뚜껑을 열겠는가. 그러나 이미 엎질러진 물이었다.

그러니 슬금슬금 도망을 갈 수밖에. 소나무 밑 그늘에서 호젓하게, 커다란 양은 도시락 뚜껑을 열고 보니 아침에 싼 두부 부침들이 얌전히 누워서 내 손길을 기다리고 있었다.

두부만 먹으려니까 목이 메어서 3분의 1가량만 억지로 삼키고서 시간을 하릴없이 메우고 점심시간이 다 끝난 다음에야 어슬렁어슬렁 나타나니 대부분의 선생님이 나를 쳐다보며 물으셨다.

"아깐 어디 갔었니? 너를 얼마나 찾은 줄 아니. 점심은 먹었니?"

"일이 좀 있어서요. 네 먹었어요."

선생님들께 걱정을 끼쳐 드린 것이 죄송했으나 내용을 밝힐 수 없었던 나는 이런 말로 적당히 얼버무렸다.

도망을 갔던 또 하나의 이유가 있다.

선생님들은 소풍 때마다 도시락을 여유 있게 준비해 오셔서 혹시 못 가져온 아이들도 점심을 먹을 수 있도록 마음을 써 주셨다. 선생님들이 어디에다 단체로 주문해 싸 오신 듯싶은 도시락은 얇은 나

사랑 하나 그리움 둘

무 곽에 고슬고슬해 보이는 하얀 쌀밥이 담겨 있고 한쪽 귀퉁이에는 까만 콩의 콩장이 있는가 하면 까만 통깨가 뿌려진 하얀색 단무지도 길게 썰어 넣어져 있었다.

아마 도망을 가지 않았다면 도시락을 주시려는 선생님들과 죽어도 받지 않으려는 나 사이에 또 한바탕 힘겨운 실랑이가 벌어졌을 것이다.

밥을 먹은 후에는 모두 '빙' 둘러앉아서 수건돌리기 놀이를 하기도 하고 어, 조, 목 놀이를 하기도 했다. 어, 조, 목 놀이는 리더가 종이 방망이를 들고 다니다가 한 사람을 지목한 후 어, 조, 목을 몇 번 되뇌다가 '어' 하면 제한된 시간 안에 재빨리 물고기 이름을 대야 하며, '조' 하면 새 이름을, '목' 하면 나무 이름을 대야 하는 게임이다. 3초 안에 답이 나오지 않으면 종이 방망이로 한 대씩 얻어맞았는데 엉겁결에 '조' 하면 '새', '목' 하면 '나무'라는 사람들로 인해서 한바탕 웃음바다가 되곤 했다. 당황한 가운데 터져 나오는 소리가 틀리면서도 우렁찬 것이 더 우스웠다.

찹쌀떡 먹기 놀이를 할 때는 출발신호와 함께 일제히 뛰어가서 뒷짐을 진 채로 쟁반 위에 있는 밀가루 속에 감춰진 찹쌀떡을 입으로 찾아서 하나씩 물고 오느라 얼굴이 온통 밀가루 범벅으로 우스꽝스러워진다. 그래도 좋다고 입을 있는 대로 벌리고 웃으면서 상대방의 옷에 묻은 밀가루를 털어 주고는 했다.

보는 사람이 안타까운 것은 과자 따 먹기 놀이다.

뒷짐을 진 채 입으로만 따 먹어야 하는데 따 먹을 만하면 줄을 올리고 또 입이 닿을 만하면 줄을 올렸다.

'선생님 앞에서 어떻게 입을 벌려…'

내 성격으로는 찹쌀떡 찾아 먹기나 과자 따 먹기 놀이는 절대로 못 하겠기에 자꾸 "너도 해 봐."라고 하시는 선생님들께 "싫어요, 저는 못해요."라고 하며 구경만 했다. 초등학교 때는 선생님이 하라면 하는 거지 '못해요.'가 가당키나 한 말인가. 그러나 야학 선생님들은 학생들이 싫다는 일을 강제로 시키는 일 따위는 하지 않으셨다. 체육에 소질도 취미도 없는 나 같은 아이에게 그처럼 다행스러운 일은 없을 것이다. 구경만으로도 충분히 재미있었다.

내가 제일 싫어하던 것은 달리기였는데 등수와 상관없이 1등을 한 사람은 으뜸상, 그 다음은 버금상, 꼴등한 사람까지도 애씀상을 주시는 등 선생님들은 모든 애에게 빠짐없이 상을 주셔서 소외되는 아이가 없도록 최대한 배려해 주셨다. 그렇기에 소풍을 갔다 온 얼마 동안은 노트를 따로 살 필요가 없곤 했다.

그러한 내가 좋아하던 놀이는 보물찾기였다. 사각으로 접힌 조그마한 종이쪽지는 소나무 가지 틈 사이에 꽂혀 있기도 했고 나무껍질 속이나 바위틈에 숨겨져 있기도 했다. 상품이 무엇인가는 둘째 문제였다. '풀숲이나 바위틈에 뱀이 있으면 어쩌나…' 일말의 두려움을 떨치지 못하면서도 찾아다니는 내내 기대감으로 가슴이 '쿵광쿵광' 뛰었고 긴장감으로 숨이 막혀 왔다.

노래 부르기 대회를 할 때면 모두 신이 나 했고 자신 있어라 했다. 특히 선생님들은 다들 노래를 잘 부르셔서 전문 성악가들이 울고 갈 지경이었다. 레퍼토리는 '돌아오라 소렌토로', '산타루치아', '보리수' 등의 이태리나 독일 가곡이거나 아니면 한 단계 높은 유명 오페라의 아리아, 베르디의 '여자의 마음', 푸치니의 '별은 빛나건만' 등이었다. 선생님들의 노래는 폭포수같이 쏟아져 나오다가 어느새 봄바람인 양 부드러워지곤 했다.

처음 얼마간은 굉장히 미혹되지만 잠깐 새에 싫증을 내게 되는 것이 팝송이나 가요라면, 언제 들어도 가슴에 와닿는 것이 가곡이나 정통 클래식이다. 우리에게 늘 가곡을 부르도록 지도해 주시고 정통 클래식 감상요령을 가르쳐 주시던 선생님들은 노래 부르는 아이들의 발성법이 두성법이 아니고 목에서 나는 소리면 유행가의 영향을 받아서 그런 것이라며 언짢아하곤 하셨다.

한창 감수성이 예민하고 기억력이 왕성한 10대에 보고 들은 것이 평생에 걸쳐서 영향을 끼치기 마련이다. 이후 클래식 음악은 책과 영화와 함께 나의 가장 좋은 친구가 돼 주었다.

'어쩜 저렇게 잘 부르실까.'

나는 내가 좋아하는 B선생님이 노래를 부르실 때는 눈도 깜짝하지 않고 쳐다보곤 했다. 선생님의 작은 동작 하나도 결코 놓치고 싶지 않았기에. 줄기차게 선생님만 쳐다보고 있노라면 다른 사람은 전혀 들어오지를 않았다. 오직 그 선생님만 보였다. 노래를 부를 때 뵙게 되면 더욱더 멋있어 보여서 그 모습은 그야말로 꿈속의 왕자님 그 자체였다.

한 해 후배인 명희는 눈이 샛별같이 빛났고 코가 오뚝한 예쁜 소녀였지만 골수염으로 다리를 절었다. 노래를 끝낸 그 애에게 선생님들과 우리는 가엾어서, 동정심으로 잘했다고 칭찬해 주며 손바닥이 따갑도록 손뼉을 쳐 주었다. 그러자 그 애는 눈치 없게도 정말 자기가 잘해서 칭찬해 주는 줄 알고 거푸거푸 혼자 계속 노래를 부른다고 하여 보기가 참으로 딱했고 선생님들 뵙기가 민망했다.

그날 명희가 소풍을 따라올 수 있었던 것은 순전히 조용민 선생님 덕이었다. 가장 어린 축에 속하면서도 병마와 싸우느라고 가엾을 정도로 몸이 말라 있었던 명희는 힘이 들어서 쉬엄쉬엄 걸어야 했기에 소풍을 따라갈 수가 없었다. 그런데 그것을 안쓰럽게 생각하신 조 선생님이 야학교에서 칠보산까지 왕복 길을 기꺼이 업어 주셨다. 시간을 보려면 늘 바지 주머니에서 시계를 꺼내서 보시던 조 선생님이었다. 당신 자신도 너무 마르셨던 조 선생님의 손목이 견디기에는 시계가 너무 무거웠던 탓이다. 등가죽과 배가 거의 맞붙어 버리다시피 했던 선생님은 허리가 너무 없었기에 수업 중에도 흘러내리는 바지춤을 연신 추켜올리는 습관이 있었다. 그런 선생님 몸 어디에 그런 힘이 숨어 있었는지….

우리 민족은 예로부터 음악을 사랑했다.

듣는 것은 물론이고 대부분의 사람이 부르는 것 또한 즐긴다. 나는 남들에게 지목을 못 받으면 굉장히 서운하면서도 막상 지목을 받으면 부끄러웠다. 그렇기에 노래를 부를 기회가 있을 때마다 굉장한 갈등을 느껴야 했다. 노래를 기차게 잘 불러서 여러 사람의 인기를 독차지하고 싶은 욕심에 안달 병이 났지만, 막상 노래를 부를라치면 소심하고 자신감이 없는 내 목소리는 모기가 사촌입네 하고 따라올 지경이었다. 소리가 점점 땅속으로 기어들어 가고만 있으니….

'아이 속상해. 그동안 '흠흠' 열심히 가다듬었던 목청은 다 어디로 가 버린 것일까?' 내가 모기소리를 낼 때마다 우리의 아버지, 황 선생님은 안타깝게 외치셨다.

"크게 더 크게!"

그렇지만 용기를 내어 노래를 부르면 나도 남들 못지않게 하여서 한번은 '1등상'이 '오빠 생각'을 부른 내게 온 적도 있다.

별명이 '미친 카루소'인 김용곤 선생님은 그 별명에 걸맞게 가곡이나 '불 꺼진 창', '여자의 마음' 등 오페라 아리아를 산이 떠나가라고 열정적으로 잘 부르셔서 우리를 홀리셨다. 그 호리호리한 몸집 어디에 그렇게 우렁찬 목소리가 숨어 있을까? 암만 생각해 봐도 그 선생님은 전공을 잘못 선택하신 것 같았다. 김 선생님은 또 당시에 유행하던 '림보 춤'을 능수능란하게 추셨다. '림보 춤'은 양쪽에서 줄을 잡고 있으면 그 밑으로 "림보 림보 림보야." 하는 노래 장단에 맞추어 허리를 뒤로 젖히고 그 줄을 통과하는 것인데, 김 선생님은 높이를 점점 낮추어 나중에는 머리가 거의 땅에 닿을 정도가 되어도 마치 뼈가 없는 연체동물같이 유연하고도 날렵하게 해내곤 하시는 것이었다. 그것은 보지 않은 사람은 상상도 못할 정도의 신기(神技)였다.

2학년 때 봄 소풍을 오목동에 있는 화산목장으로 가던 길이었다. 목적지에 거의 다 왔을 무렵이었는데 간밤에 내린 비가 논둑을 넘쳐서 도로 위로 흐르고 있었다.

난감한 문제였다.

우리가 주저주저하며 선뜻 건너지를 못하고 서 있으려니까 구두나 운동화를 벗고 바지를 무릎까지 걷어 올리신 남선생님들이 아이들에게 당신들의 등을 내미셨다.

당신의 구두와 양말은 등에 업힌 아이에게 들리우고.

아이들의 신이 젖을 것을 염려한 선생님들이 하나하나 업어서 그 길을 건네주신 것이다. 그때 말간 봄 햇살에 드러난 선생님들의 다리는 유난히도 하얘 보였다.

나 역시 선생님 등에 업히기를 가슴 설레며 한참을 기다리고 있었는데, 생물 선생님인 조형렬 선생님이 나를 보시더니 이렇게 말씀하셨다.

짐짓 큰 소리로,

"너는 크니까 걸어서 가 인마."

'아이고 무안해라.'

순간 얼굴이 화롯불을 뒤집어쓴 듯했다.

귓불까지 화끈거렸다.

'어머 선생님 여태까지 기다리고 있었는데 그러시는 게 어딨어요. 그럴 줄 알았으면 진작에 건너갔잖아요.' 속으로만 종알댔다.

그런데…, 이상하다. 아까 그 말씀을 하시던 선생님의 얼굴이 왜 가을날의 홍옥 빛이었을까?

'아차 나는 왜 그렇게도 눈치가 깜깜일까?'

아까부터 나를 제쳐 두고 다른 애들만 업어 주시던 선생님의 심중을 진작에 간파했어야만 하는 건데.

수줍은 성격의 선생님의 등에 업히기에는 내가 너무 컸었나 본데.

앞에 업힌 애들은 다 나보다 작았으니까.

토마스 하디의 『테스』에서 마지막으로 그녀를 업어서 시냇물을

사랑 하나 그리움 둘

건네준 엔젤은 테스에게 말했다.

"한 라헬을 건네주기 위해서 세 레아를 건네주었다."고.

그러나 나는 선생님의 레아도 라헬도 아니었던 것이다. 그 바람에 작은 애들은 신을 적시지 않았는데 나는 신을 몽땅 다 적셔가며 건널 수밖에 없었다.

영등포에 있는 당중 초등학교 2학년 때였다.

그날은 코가 뾰족하고 키가 장대 같은 미군들이 우리에게 예방주사를 놓아 주려고 왔던 때였다.

왼쪽 팔뚝의 옷을 미리 걷어 올린 우리는 차례를 기다리며 끝도 없이 길게 서 있었다. 밀가루를 뒤집어쓴 것 같은 얼굴의 미군들은 표정이 별로 나타나지 않는 사람이 있는가 하면 연신 싱글벙글 웃으며 우리를 친절히 대해 주는 사람도 있었다.

드디어 내 차례가 되어 알코올을 묻힌 솜으로 내 왼편 팔뚝을 '쓱' 닦으니 아주 시원한 감촉이 느껴짐과 동시에 주삿바늘이 꽂혔다. 간단히 '따끔' 하고 끝나서 다행이었다. 그런데 사탕은? '아이 단 하나 잖아!'

그 순간 맥이 탁 풀려 버렸다.

앞의 작은 아이들은 두 개씩 주었으면서 나는 한 개만 주었기에. 그 사탕이 내 손에 쥐어질 때까지 얼마나 마음을 졸였는지 모른다. '미군들이 내게 과연 두 개를 줄 것이냐 혹은 한 개를 줄 것이냐.' 하는 것에 촉각을 곤두세우고 막연히 좋은 쪽으로 기대를 하고 있었던 것이다. 염불에는 마음이 없고 잿밥에만 마음이 있었는데 하나뿐이라니…

무슨 예방주사인지는 기억이 나지 않지만 우리들에게 주사를 한 대씩 놓고는 사탕을 주었는데 커다랗고 누우런 종이 상자에 가득 담긴 사탕은 펄이 섞인 듯하면서 다이아몬드형으로 배는 볼록 튀어나왔고 '알록달록'한 색상이 너무도 고왔다.

먹어보니 '새콤달콤'한 맛이 일품이었다.

그때 어찌나 맛있게 느껴졌던지 그 이후 어떤 사탕 맛도 그 근처에도 못 미친다고 생각됐다.

이때나 그때나 나는 늘 평균치의 키와 몸집을 하고 있었는데 그들 눈에는 큰 축에 속했나 보다.

나는 한 개가 아닌 두 개의 사탕이 먹고 싶어서 그때처럼 작은애들이 부러운 적이 없었다.

다른 애들보다 커서 조 선생님 등에 업히지 못한 것은 두 번째로 작은 애들이 부러웠던 사건이었다.

조 선생님은 얼굴이 하얗고 갸름하시며 목소리는 버터 바른 소리를 내서 꼭 미국 사람 같던 분이었다.

걸음을 걸으실 때는 상당히 절도 있게 걸으셔서 독일 병정 같은 모습이었다. 조 선생님은 수업시간에 멘델의 법칙이나 드 프리스의 돌연변이설 등을 열심히 설명해 주셨다.

선생님들은 소풍을 갈 때마다 우리의 사진을 여러 장 찍어 주셨고 당신들 부담으로 사진을 빼서 야학생 모두에게 골고루 나눠 주셨다. 사진 기술이 눈부시게 발전한 지금과는 비교도 되지 않게 흑백에다 크기도 작아서 누가 누군지 구분도 잘 안 될 정도이지만, 모두 소중한 추억이 담겨 있는 사진들이다.

사랑 하나 그리움 둘

백일장

1967년 한글날에 있었던 백일장은 야학 연구회 주최로 열렸다.

몸살 나게 화창한 가을날이었다.

농과대학 내의 농교육관 앞 잔디밭에서 열렸는데 아직 가을이 깊기 전이라 잔디는 초록빛으로 청신해 보였다. 너무 덥지도 그렇다고 쌀쌀하지도 않은 가을 햇살은 우리의 등을 따사롭게 어루만져 주고 있었다. 우리는 벚나무 그늘이라든가 햇빛 쏟아지고 있는 잔디밭 등 제각각 자신이 편한 자리를 찾아 앉은 후 글을 쓰기 시작했다.

햇볕은 노트에서 하얗게 부서졌고 은근한 벗 갈바람은 우리 곁에서 맴돌고 있었다. 책가방, 가을, 고추잠자리, 코스모스 등의 제목이 주어졌고 나는 '고추잠자리'란 제목을 택하여 운문을 지었다.

눈이 동그란 귀여운 내 남동생은 아직 어리기에 결과는 생각지 않고 엉뚱한 짓을 하여 우리를 웃기기도 하고 어처구니없게도 했다. 어느 날 아침이었다. 여섯 살 난 남동생은 이를 닦고 난 후 자신의 칫솔로, 달력에서 화사하게 웃고 있던 영화배우 남정임의 입을 여러 번 문질렀다. 그 바람에 그녀의 도톰하면서도 윤기 있는 입술이 다 떨어져 나가 버렸다.

깜짝 놀란 우리가 "얘, 왜 그러니?" 하고 책망하자 동생은 맑은 눈을 반짝이며 천진스럽게 말했다.

"내가 이를 닦아 준 거야."

붉은 고추가 마당 한편에 널려 있는 가을의 한 날, 이 동생이 우리 집 마당에 가득 모여들어서 맴돌고 있는 고추잠자리를 잡으려고 커다란 싸리비를 들고 나섰다. 진지한 눈빛을 반짝이며 쫓아다녔으나 끝내는 허탕을 친 후 그 싸리비에 걸터앉았다.

그런 다음 동생은 높고도 파아란 하늘을 한가롭게 날아다니는 고추잠자리를 계속 눈으로만 쫓고 있었다.

바로 그 정경을 시로 그린 것이다.

탑일, 고색, 골말 등 여러 야학교가 참가했으나 서둔야학생들이 운문과 산문의 거의 대부분의 상을 휩쓸었다.

시상식은 농교육관에서 있었는데 시 부문에서는 내 것이 '장원'이 되었고 한 해 후배인 윤선이가 지은 코스모스, 희옥이의 고추잠자리 등은 입선이 되었다. 그리고 산문부에서는 '책가방'을 쓴 서강순이가 장원을 했으며 1년 후배 남학생 김성운의 책가방은 입선작이다. 선생님들이 틈만 나면 우리에게 글짓기를 시킨 후 개별지도를 해 주셨기에 서둔야학생들은 어지간하면 글을 다들 잘 썼다.

함박웃음의 선생님들은 윤선이의 시 '코스모스'가 멘델의 법칙을 응용한 것 같다고 평하셨다.

코스모스

– 중 2 이윤선

우리 집 창 앞에 코스모스 네 포기
하얀 꽃 빨강 꽃 엄마 아빠이고요
연분홍 꽃 진분홍 꽃 언니, 오빠래요
의좋은 네 식구 단란한 이 가족
언제나 웃음꽃이 담뿍 담겨 있어요.

사랑 하나 그리움 둘

우리 집 창 앞에 코스모스 네 포기

학교에 다녀와 창 앞에 앉으면

공부 많이 했냐고 머리를 갸우뚱

그럴 때면 내 마음 제일 기뻐요.

우리 집 창 앞에 코스모스 네 포기

밤바람 사알짝 얼굴을 스치면

하품을 하면서 고개도 꾸벅꾸벅

나와 같이 꿈나라 가고 싶대요.

고추잠자리

- 중 3 박애란

빨간 고추잠자리를

잡는다나요?

동생은 제 키보다도

더 큰 싸리비를

들고 나섰지요.

살금살금

찰싹. 야! 잡았다.

싸리비를 가만가만

들춰보니까

어라! 없다. 어디 갔나?

두리번두리번

둘러보니까

잡힌 줄 알았던

잠자리가요

자기 머리 위에서

빙빙 –

용용 죽겠지

어디 다시 한번 잡아봐

사르르 내려오니

동생은 옳지 됐다

싶어 얼른 내려쳤지만

어림없죠, 어림없어

어느새 잠자리는

하늘 높이 올라갔고

지친 동생은 싸리비에

걸터앉아

멍하니

맑은 가을 하늘 위의

빨간 잠자리를

지켜보지요

집으로 가는 길

"선생님은 소녀 같아요."

딸보다 한창 어린 열여덟 살 제자들이 내게 한 얘기였다. 교직 생활 내내 줄기차게 들어왔다. 이 나이가 되도록 제자들에게 그렇게 비춰지는 오늘날이 있기까지에는 누구보다도 야학 선생님들의 공이 크다. 이제 생각해 보니 나는 너무도 꿈 같은 10대를 보냈고 아름다운 동화의 세계를 지나왔다.

늘 노래와 시와 선생님들의 사랑 속에서 살았기에 그 세월이 너무도 소중하게 생각되는 나는 더 이상 성장을 할 수 없었다. 아무리 모진 세파에 시달려도 그 세계를 절대로 포기할 수 없었다. 언제까지라도 꿈의 나라, 동화의 나라, 애틋한 10대에 머물러 있고 싶다. 집으로 가던 길이 내 기억의 창고에 가장 아름답게 남아 있다.

지금의 학생들에게는 꿈 같은 이야기의 차원을 넘어서 거의 환상적으로까지 들리지 않을까?

야학 수업이 끝나면 밤 10시가 넘었는데 선생님들은 대부분이 여학생인 우리가 염려되어 꼭 집 근처 동네까지 데려다 주셨다. 그런 다음에 당신들의 거처인 하숙집 또는 자취방이나 기숙사로 들어가셨다.

"얘들아 가자."

"뒤떨어지지 않게 모두 함께 가야 한다."

"어두우니까 조심해라."

선생님들은 어느덧 양을 챙기는 목자가 되어 있었다.

자신을 지켜 주는 목자가 가까이 있음은 얼마나 마음 든든한 일이랴. 우리는 밤마다 연습림 숲길을 가로질러서 또 목장 길을 따라서 길을 걸었다. 그다음에는 갈참나무 오솔길이었다. 겨우 한 사람이 지나갈 만한 구불구불한 갈참나무 오솔길은 양옆으로 풀들이 무성히 자라 있었다. 집으로 가는 길에는 선생님들과 같이 주옥같이 아름다운 우리의 가곡이나 포스터가 작곡한 미국 민요 등을 불렀기에 고요한 연습림에는 우리의 노랫소리가 곱게 울려 퍼지고는 했다.

아! 얼마나 낭만적이었던가!

밤의 요정이 뿌려 놓은 낭만의 안갯속은 아무리 헤매어도 끝이 보이지 않았다. 지금도 그때 불렀던 우리의 가곡이나 포스터의 노래가 들려오면 그리움이 가슴 가득 밀려오곤 하여 나도 모르는 새 눈이 젖어 든다.

'바위고개', '달밤', '가고파', '그네', '옛 동산에 올라', '성불사의 밤', '동심초', '봄처녀', '내 마음', '켄터키 옛집', '목장 길 따라', '대니 보이', '수선화', '등대지기', '매기의 추억' 등의 노래는 곡이 좋을뿐더러 가사의 내용이 모두 한 편의 아름다운 서정시였다.

바위 고개 언덕을 혼자 넘자니
옛 임이 그리워 눈물 납니다...

등불을 끄고 자려 하니
휘영청 창문이 밝으오

사랑 하나 그리움 둘

내 고향 남쪽 바다 그 파란 물

눈에 보이네 꿈엔들 잊으리오

세모시 옥색 치마 금박 물린

저 댕기가 창공을 차고 나가

내 놀던 옛 동산에 오늘 와

다시 서니 산천의구란 말

성불사 깊은 밤에 그윽한

풍경 소리 주승은 잠이 들고

꽃잎은 하염없이 바람에 지고

만날 날은 아득 타. 기약이 없네

내 마음은 호수요 그대 노 저어오오

나는 그대의 흰 그림자를 안고

켄터키 옛집에 햇빛 비치어

여름날 검둥이 시절

목장길 따라 밤길 거닐어

고운 님 함께 집에 오는데

아! 목동들의 피리소리들은

산골짝마다 울려 퍼지고

그대는 차디찬 의지의 날개로

끝없는 고독의 길을 나르는

얼어붙은 달그림자

하늘 위에 차고 한겨울에 거센 파도

옛날에 금잔디 동산에

메기 같이 앉아서 놀던 곳

　밤마다 노래를 부르며 그 시들을 자연스럽게 익혔으니 그것이 우리의 정서에 얼마나 좋은 영향을 미쳤는가 하는 것을 능히 짐작하고도 남을 것이다. 이렇듯 서문야학은 우리 정서의 뿌리이며 우리를 키워 준 것은 시요 음악이었다.

　대개는 누가 먼저 선창을 하면 같이 따라 불렀지만, 뛰어나게 노래를 잘 부르시는 황 선생님의 '달밤', '가고파' 등에 취해 있는가 하면 그리그의 조곡 '페르귄트'에 수록되어 있는 애조 띤 곡 '솔베이지 송'을 다는 못 부르고 하이라이트만 목청껏 뽑으시던 김춘태 선생님의 제스처도 잊지 않는 추억 중의 하나이다.

　휘영청 밝은 달이 우리들의 친구가 되어 발길을 비춰줄 때가 있었다. 별도 달도 없이 캄캄한 밤에는 호롱불을 손에 든 선생님 한 분

　　　　　　　　　　사랑 하나 그리움 둘

이 앞장서서 걸으셨다. 그 뒤를 따라서 '우뚝우뚝' 선 소나무에 부딪히지 않게 조심해서 발길을 옮겨야 할 때도 많았다.

이따금 '후두둑' 하는 소리에 우리가 깜짝 놀라곤 했는데 그것은 고요히 조각배 타고 꿈나라에 갔던 산새들이 우리로 인해서 잠이 깨어 다른 나무로 옮겨가는 소리였다.

서둔벌은 황톳길이다.

비만 오면 포장되지 않은 진흙탕 길이 유명하여 농대생들 간에 "서둔동에 살려면 애인은 없어도 장화는 있어야 된다."라는 말이 있을 정도이다. 푹푹 빠지면 찰진 흙이 잘 떨어지지도 않아서 무거운 신발을 힘들게 옮겨야 했다. 우산 하나 제대로 없던 시절이라 비를 쫄딱 맞고 집에 도착하면 겉옷은 물론이고 속옷까지 다 벗어 내야 했다. 영락없는 물에 빠진 새앙쥐 꼴을 보며 서로 웃었다.

장마가 질 때는 바지를 정강이까지 걷어 올려도 결국은 바지의 1/2 정도 까지를 흙탕물로 다 적셔 버렸다. 그 길을 선생님들은 비가 오는 날도 마다하지 않고 우리를 바래다주셨다.

'선생님들은 그때 그 많은 빨래를 어떻게 하셨을까?' 새삼스럽게 궁금하다.

요즘에 뵌 조용민 선생님은 말씀하셨다.

그 시간이 좋아서 당신의 수업이 없는 날도 야학 수업이 끝날 무렵이면 일부러 야학에 가서 아이들과 합류하셨다고. 그리고 최근에 집안의 어려운 일이 정리된 후에 서둔야학부터 한 바퀴 돌고 오셨노라고.

서둔야학인들의 가슴에 지워지지 않을 아름다운 동화는 그렇게 만들어지고 있었다. 언제까지라도 선생님들과 학생들 가슴속에 간직될 소중한 시간이여!

　학생인 선생님들은 낮에는 농대에서 수업을 받고 야간에는 서둔 야학생들을 10시까지 가르치셨다. 그 후 학생들을 집까지 데려다주고 자취방이나 기숙사에 도착하셨는데 그 시간이 밤 12시나 1시가 되곤 하셨단다. 그 살인적인 일정을 선생님들은 어떻게 소화시키셨을까?

사랑에 대하여

서정주 시인은 말했다.

자신을 키워 준 것은 8할이 바람이라고.

나를 키워 준 것은 8할이 그리움이었다.

열네 살 여름.

태양이 이글대는 아스팔트 포도 위에 부서지던 것은 '레이 찰스'의 'I can't stop loving you'였고 내 가슴 또한 부서지고 있었다.

　사랑은 어디서부터 오는 것일까?

　단테는 그의 나이 아홉 살, 5월 제 기념행사 때 포르티나리 집안을 방문했다가 베아트리체를 만났다.

　그 후 단테는 평생 그녀에 대한 환상에서 벗어나지를 못하게 되는데 그의 작품 '신곡'은 이런 배경에서 탄생했다.

　야학교의 B선생님을 처음 뵌 것은 내 나이 열네 살 때였고 이후 그것은 지워 버릴 수 없는 화인(火印)이 되어 버렸다. 세월이 갈수록 숨이 막히도록 좋아할 수 있는 분은 이 세상에 오직 한 분뿐이라는 생각이 든다. 그때 이후로 어떤 사람도 내 마음을 그 선생님같이 뿌리째 흔들어 놓지는 못했다.

그것은 하얀 도화지 위에 뿌려진 첫 번째 물감이므로.

나보다 일곱 살이 위인 B선생님은 전체적으로 약간 마르신 듯한 호리호리한 체격에 눈매가 깊숙했으며 얼굴형은 군살이 붙지 않고 단아한 모습이어서 마치 그리스 조각 같은 분이었다.

또한 키가 크신 B선생님은 걸음걸이가 '사뿐사뿐' 하셨다.

장로님의 맏아드님이며 독실한 크리스천인 선생님은 어느 모로나 깍듯한 모범생의 면모를 보이셔서 나쁜 행동 옳지 않은 말은 전혀 하지 않으실 분 같았다. 아니 나쁜 면으로는 아예 생각조차 하지 못하실 분 같았다. 한마디로 그 당시 내 눈에 비친 그분은 완벽한 이상형의 남성상이었다.

우리에게 '모차르트의 자장가'를 가르쳐 주시던 선생님의 진지한 눈빛을 잊을 수가 없다. 우리가 잘못하면 몇 번이라도 되풀이해서 자상하게 가르쳐 주시던 선생님의 열성. 그것은 제자들에 대한 깊은 애정이 없으면 불가능한 것이리라. 음악을 깊이 사랑하고 노래를 썩 잘 부르던 선생님이 좋아하시던 노래는 '고향의 폐가', '너와 나의 시간' 등이다.

우리에게 과학을 가르쳐 주셨던 B선생님이 방학 숙제로 모터 만들기를 내주셨을 때, 다른 애들은 만들 엄두도 못 내었지만 나는 갖은 방법을 다 동원하여 재료를 수집하였기에 무사히 모터를 만들 수 있었고 그것을 보신 B선생님의 칭찬을 들으니 그동안 만드느라고 힘들었던 기억은 말끔히 사라지고 가슴이 금세 기쁨으로 가득해졌다.

서둔교회를 다니던 B선생님이 그곳에서 성가대를 지휘하실 때 뵙게 되면 너무도 멋지게 보여서 마치 '꿈속의 왕자님' 같았다. 그 진지한 눈빛에, 날렵한 몸짓이라니. 그렇지만 다른 애들은 춤을 추는 것 같다고 '킥킥' 댔고 나는 그 애들이 너무도 미웠다. 그 애들 중에는 내 초등학교 때부터의 단짝 친구 정재화도 있었는데 그때만큼은 그 애마저도 미웠다.

어느 해 방학 동안에는 내가 버릇없이 엽서에다 소식을 담아 드렸는데(졸필이라서 편지지에 많은 글씨를 쓰기는 너무 부담스러워서) 선생님은 곧바로 답장을 편지로 해 주셨다.

그때 선생님은 "고사리 같은 너의 손으로 쓴 편지 잘 받아 보았다."라고 쓰셨는데, 의아스러운 것은 아무리 내 손을 앞으로 제쳐 보고 뒤로 뒤집어 봐도 고사리같이 작은 손은 아니었다.

그리고 나는 엽서를 사용했는데 선생님은 편지로 보내 주신 것이 못내 죄스러우면서도 선생님의 성실성에 머리가 조아려졌다.

이 일은 무엇보다도 인간의 덕목 중 성실성에 후한 점수를 매기는 내게 선생님이 결정적으로 좋아지는 계기가 됐다.

그냥 흠모하였다.

멀리서라도 그분의 모습만 뵙게 되면 반가움에 가슴이 뛰고 너무 좋아서 숨이 막혀 왔다. 친구들은 그 선생님이 오신다는 것을 내 모습만 봐도 알았다. 친구들과 놀던 중에도 B선생님 모습만 보였다 하면 아무 말도 못하고 얼굴이 빨개졌기에. 내 초등학교 동기 동창생

사랑 하나 그리움 둘

의 언니가 그 선생님과 데이트 중이라는 말을 듣고는 성실하고도 선한 그 언니가 이유도 없이 미웠다. 선생님이 배구를 하려고 상의를 벗어서 내게 맡기셨을 때는 어찌나 소중하던지 조심스럽게 안고 있었다. 조금이라도 구겨지면 안 되니까.

B선생님이 야학교를 떠나실 때는 내 가슴이 온통 '휑' 하니 뚫려 버린 듯한 허전함과 세상을 모두 잃어버린 듯한 망실감에 몸을 가누지 못할 정도로 깊은 슬픔에 빠져 버렸다.

나의 기쁜 맘 그대에게
바치려 하는 이 한 노래를
들으소서 그대를 위해 지은 노래
....

쇼팽의 연습곡에 가사를 붙인 '이별의 노래'인데 B선생님이 우리들에게 마지막으로 가르쳐 주고 떠나신 곡이다. 내 나이 16세 때 일이었고, 그 후 십여 년이 넘어서도 나는 어디서라도 그 연습곡만 들으면 눈물을 흘리곤 했다. 이별의 상처가 쉽게 아물지 않았던 것이다.

야학을 졸업한 지 2, 3년의 세월이 지난 후였다.

그날 버스에서 B선생님을 뵌 나는 얼마나 반가웠는지 몰랐다. 선생님은 ROTC 마크가 새겨진 서울대학교 교복 차림이었다. 너무 좋아서 가슴이 '쿵쾅쿵쾅' 뛰었던 나는 선생님께 조용히 다가가서 조심스럽게 말했다.

"선생님 저…드릴 말씀이 있는데요."

사무치게 그리웠던 선생님의 깊숙한 눈이 나를 응시하며 내가 세상에서 가장 좋아하는 목소리는 이렇게 물으셨다.

"그래… 뭔데?"

그리고는 나를 따라 내리셨다.

비가 온 뒤의 연습림은 온통 청신한 초록빛이었다.

갈참나무의 여린 새순은 연초록으로 빛났고 오솔길의 기다란 풀잎에는 물방울이 '또르르' 굴러 내리고 있었다. 흰 구름이 이따금 흐르고 있는 파아란 하늘을 쳐다보다 도대체 무슨 일인지 궁금해하시는 선생님 안색을 살피다 나는 어렵게 어렵게 말을 꺼냈다.

"선생님 저…."

"있잖아요…."

"저기요…"만 몇 번 하다가 그만 꿈이 깨어 버렸다.

"선생님을 좋아하고 있어요." 꼭 한마디 하고 싶었는데 끝내는 그걸 못 해 보고 꿈에서 깬 나는 가슴을 주먹으로 치며 자신을 질책했다.

'이 바보야 생시에 고백 못하면 꿈에서라도 해야지.'

셰익스피어가 말했다. "짝사랑처럼 고독한 것은 없다."라고.

모파상의 단편 '사과나무 아래서'와 '의자 고치는 여인'에 나오는 가련한 두 여주인공들을 나와 동일시하여 자신이 너무 비참한 신분임을 뼈저리게 느끼곤 했다.

사랑이란 익모초 달인 물을 삼키는 것이다.

그리움

파도야 어쩌란 말이냐
파도야 어쩌란 말이냐
임은 뭍같이 까딱도 하지 않는데
파도야 어쩌란 말이냐
날 어쩌란 말이냐

추억

잊어버리자고
바다 기슭을 걸어보던 날이
하루
이틀
사흘
여름 가고
가을 가고
조개 줍는 해녀의 무리 사라진 겨울
이 바다에
……………

청마 유치환 시인의 '그리움'과 조병화 시인의 '추억'을 몇 번이고
되뇌며 아픈 가슴을 홀로 달래었다.

좁디좁은 야학교 운동장을 천천히 몇 바퀴씩 거닐며.

유치환 시인의 '바위'를 좋아한 이유는 '차라리 애증의 갈등을 느낄 수 없는 바위가 되었으면' 하는 내 심정을 너무도 잘 표현했기 때문이었다.

"내 죽으면 한 개 바위가 되리라

아예 애련에 물들지 않고

희로에 움직이지 않으며..."

어느 해 크리스마스를 앞두고서였다.

선생님께 무언가 마음의 선물을 꼭 드리고 싶었던 나는 며칠간을 골똘히 생각해 본 결과 일기장이 가장 적당할 것 같았다.

있는 돈을 다 긁어모아 봤다.

시내의 큰 문방구점을 몇 곳을 전전하여 간신히 마음에 드는 것을 살 수 있었다.

일기장 뒷장에다 "난이 드리옵니다."라는 짤막한 글을 적는 데도 워낙 졸필이기에 연습장에다 몇십 번을 연습해서야 겨우 적을 수가 있었다. 포장지도 제일 예쁜 것으로 골라서 포장을 했으며 리본으로 꽃 모양을 만들어서 붙인 후 서둔 교회에서 성가대를 지휘하고 계신 선생님을 찾아갔다.

교회의 뾰족탑도, 전나무 위에도 온통 은세계였다.

크리스마스를 앞두고 캐럴송을 열심히 지도하고 계신 선생님의 모습을 뵌 나는 눈이 20cm 이상 쌓여 있는 교회 창문 밖에서 언 발

사랑 하나 그리움 둘

을 구르며 무려 2시간 이상을 기다렸다.

나의 뜻밖의 등장에 의아해하시는 선생님께 "선생님 이거요."라고 모깃소리로 말하며 조심스럽게 두 손으로 내밀었다.

순간 깊숙한 눈매에 진지한 표정의 선생님은 다소 당황해하시다가는 "고맙다." 웃으며 받으셨다.

다시 한번 내게 따뜻한 미소를 보낸 후 발길을 돌리시던 선생님이었다. 춥고 힘든 줄도 모르고 기다리던 그 시간이 행복했고 선물을 전해 드리고 집으로 돌아오는 내 가슴은 온통 기쁨으로 출렁거렸으며 발은 구름 위를 걷는 듯싶었다.

엄마의 결혼생활을 어려서부터 쭉 지켜봤던 나는 근본적으로 결혼에 대해서 회의감 내지는 환멸감을 가지고 있었다.

B선생님을 남몰래 혼자 애태우며 10년 이상의 세월을 외곬으로 흠모했으면서도 나 스스로가 '결혼'이라는 단어와는 결부시키는 것조차도 용납하지 않았다. 그런다는 것 자체가 불결해 보였기 때문이다. 그렇지만 내가 스물 두세 살 때 선생님이 결혼하신다는 소식을 듣고 나서는 너무 가슴이 아파 결혼식장에는 차마 가 보지도 못하고서 뜨거운 눈물을 '펑펑' 쏟았다.

눈물이 강물이 되도록 울고 또 울었다.

장 선생님이나 내게 만년필을 주신 진 선생님 등 다른 선생님들의 결혼식에는 다 참석을 했었다. 축하 꽃다발을 드리며 축하해 드렸다.

'선생님, 난이 여기 있는데 어디로 가시옵니까.'

그날 일기장에는 이렇게 쓰였다.

그것이 진정한 사랑이라면 어느 사람의 것인들 소중하지 않으랴.

누가 감히 걸인 부부의 사랑이, 사랑을 위하여 왕관을 포기한 윈저공의 사랑보다 못하다고 말할 수 있는 것인가?

모든 거짓 없는 사랑은 위대하다.

내 짝사랑이 운명적으로 비극인 것은, 나는 그분을 결혼 대상자로 생각한 것이 아니었다는 점이다. 처음부터 끝까지 단지 동경의 대상이었고, 언제나 먼 하늘의 별님이었다. 그러면서도 그분이 막상 다른 여자와 결혼했을 때는 천지가 무너진 듯한 절망감으로 목을 놓아 울었으니 이 무슨 모순된 행동이었던가.

그분을 연모하던 내가 무엇보다도 괴로웠던 것은 그분이 내 진심을 하찮게 생각하는 것이 아닌가 하는 점이었다. 내 순정은 세상의 어떤 것보다도 소중하고 고결한 것인데도 도덕적으로 전혀 흠이 없는 그분은 선생님으로서의 가슴은 따뜻했지만, 여자인 나를 대하는 눈길은 차갑기만 했기에 나는 늘 거기에 상처를 받고는 못 견디게 괴로워했다.

나 자신에게 어처구니가 없는 것은 '바람과 함께 사라지다'를 보며 스칼렛이 자기를 진심으로 이해하고 모든 허물을 사랑으로 감싸 주는 레트한테는 북풍같이 차갑고 상처만 주면서 이미 다른 여자의 남편인 애쉴리만 생각하는 것을 너무도 안타까워했다는 점이다. '저 여자는 왜 저렇게도 멍청한가.'

그러한 내가 현실 속에서는 그 범주를 벗어나지 못하고 이미 결혼을 해 버린 B선생님만을 가슴에 담아 두고 연모하느라고 나를 진심으로 사랑하는 사람들을 하나하나 내게서 떠나보냈다는 아이러니

사랑 하나 그리움 둘

함이라니.

야학시절 친구들은 개성이 너무 강하고 고집불통이며 지독한 외골수인 나를 스칼렛이라고 했었다. 스칼렛과 성격상 이미지가 흡사하다고. B선생님은 나의 애쉴리였다.

공주와 기사님?

사실 이 부분을 다루기는 무척 조심스러웠다.

사람의 진정을 헤아리기보다는 얄팍한 호기심으로 남의 집 창문을 들여다보려는 단세포구조의 일부 아메바성 사람들에게는 자칫 오해를 불러일으킬 소지가 없지 않기에.

그러나 야학 시절 나와 우리 가족을 가장 살뜰히 사랑해 주셨기에 지금도 내게 따스한 난로가 되어 주고 있는, 그러므로 가장 소중한 의미가 담겨 있는, 내 청춘의 빛깔 고운 커튼을 조심스럽게 걷어 올려 본다.

"얘, 니가 뭐 잘난 게 있다고 J선생님께 그렇게 쌀쌀맞게 굴었니?"

"선생님이 너한테 얼마나 잘해 주셨니? 그것도 모르고….."

요즘에 만난 야학교 동급생들은 우연히 화제에 오른 J선생님 얘기 도중 이런 식으로 나를 무차별 공격했다.

사람이란 얼마나 오만한 동물이던가.

상대방이 조금만 잘 해 주면 자기 분수를 까맣게 잊어버리고 기고만장하는 게 어리석은 사람이 빠지는 함정이었다.

『내가 정말 알아야 할 모든 것은 유치원에서 배웠다』는 책이 있는데 나는 연애감정의 알파와 오메가를 10대인 야학시절에 이미 터득하고 있었다.

자신이 좋아하는 B선생님께는 늪처럼 깊이 빠져 있는가 하면 자신에게 약한 J선생님의 감정 정도는 무시할 수 있는 이중성을 가지고 있었다.

순수하게 선생님으로서의 사랑이었는지 혹 약간은 변질된 감정이었는지 지금도 아리송하지만 당시에 나는 내게 친절히 대해 주시는 J선생님께 차갑게 굴었다.

이 점 아무 죄도 없이 어쩌면 마음에 상처를 입었을지도 모를 J선생님께 두고두고 죄송할 따름이다.

늦게나마 아무것도 아닌 나를 그토록 소중하게 아껴주신 J선생님께 열 번 백 번 머리 숙여 감사드린다.

우리 집의 가난 때문에 어쩔 수 없이 다니게 된 서둔야학이었지만 나는 여기에서 세상의 온갖 아름다움과 선을 만나게 되고 그 만남의 감동은 단지 추억으로 그치는 것이 아니라 살아가는 내내 나를 격려해 주고 위로해 주고 있다.

한마디로 이 시절에 가장 질 높은 사랑을 받았다.

모든 것에 우선한 아름다움이 오염되지 않은 순백의 영혼이다.

그것은 그 자체가 큰 감동이라서 사람들을 정화시키는 힘이 있다.

글자 그대로 최선의 사람들을 알았기에 그 후 다른 사람들과 인간관계를 맺으면서 정서적으로 맞지 않아 애를 먹었을지언정 그렇게 좋으신 분들을 한두 분도 아니고 몇십 분을 알고 있다고 하는 것

사랑 하나 그리움 둘

이 얼마나 큰 축복이고 행운이랴.

달빛이 교교한 10월의 밤이었다.

어디선가 '찌르르' 가을 풀벌레 소리가 들려오고, 길섶의 댑싸리에 달빛이 내려앉은 아주 아름다운 밤이었다. 코끝에 스치는 바람은 달콤, 상큼하였다.

야학교 수업이 끝나서 J선생님이 나를 집까지 데려다주시는 길이었다. 우리 집에 거의 다 와서 이웃집 봉금이네 앞마당에서였다.

별안간 J선생님은 교복 주머니에서 만년필을 꺼내어 내게 내미셨다.

지금은 대학생들이 교복을 입지 않지만, 당시 서울대 농대생들은 날이 선선해지면 대부분이 감색 교복 차림이었다. 그리고 가슴에는 라틴어로 '진리는 나의 빛'이라고 새겨진 서울대 배지를 달고 다녔다. 다들 어려울 때라서 특별히 옷이 따로 있는 것도 아니고 그 들어가기 힘든 서울대 교복이니만치 농대생들은 교복에 상당한 애착 내지는 긍지를 갖지 않았을까 싶다.

서울대 교복은 왼쪽 가슴에 세로로 20cm가량의 금빛 지퍼가 달려 있었는데 그 지퍼를 열어서 만년필을 꺼내신 것이다.

"애란아 이거 내가 쓰던 건데 너 가져라."

"싫어요."

그때까지 겨우 연필 아니면 볼펜 정도나 쓸 수 있었던 나로서는 쉽게 갖기 힘든 필기구였다. 하지만 나는 받지 않았다. 왜냐하면, 자존심이 상해서였다.

"그러지 말고 받아라."

"싫어요."

"제발 받아라."

싫다고 하는 내게 선생님이 계속 받으라고 하시니까 짜증이 나 버린 나는 신경질적으로 뾰족하게 대답했다.

"아이 싫다니까요!"

몇 번 채근해도 받지 않자 J선생님은 그만 땅바닥에 정중히 무릎을 꿇고 내게 그 만년필을 두 손으로 바치는 것이 아니신가?

그때 달빛은 만년필 위에서 반짝이고 있었다. 정확히 말하자면 스테인리스 스틸로 만들어진 은빛 손잡이 위에서.

'세상에! 맙소사!'

순간 나는 너무 당황하고 황송해서 얼른 두 손으로 만년필을 받았다.

자신이 존경하고 따르는 선생님이 그렇게까지 나오시는 데야 제자인 내가 더는 받지 않고 버틸 재간이 없었다.

발이 땅에 닿았나? 어느새 집에 도착해서였다.

아직도 선생님의 온기가 남아 있는 그 파카만년필을 손에서 놓지 못하고서 내내 만지작거리고 있던 나는 쉽게 잠을 이루지 못했다.

하얀 달빛이 노니는 마루 끝에 앉아서 거푸거푸 그 장면을 생각해 보며.

'아! 너무나도 낭만적이고 황홀한 밤이었어!'

그 후 두고두고 그날 밤 그 장면을 떠올리며 황홀해하던 나였다.

내 나이 17세 때 일이었기에 어느덧 50년의 세월이 흘렀지만 지금도 나는 그때 그 장면을 선명히 그려낼 수 있다.

달빛이 찬란히 빛나던,

아름다운 젊은 날의

내 소중한 추억이여!

제도권에서 교육을 받은 대부분 사람은 이것을 이해하는 데 무리가 있을 것이다.

하지만 에머슨은 말했다.

'교육의 비결은 학생을 존중하는 데 있다.'라고. 어려운 가운데서 자존심만 파랗게 돋아 있는 제자의 속내를 최대한 배려해 주신 J선생님. 이것은 절대 흔치 않은 장면일 것이고 그런 의미에서 아마 나보다도 더 환상적인 학창시절을 보낸 사람은 없을 것이다.

선생님께 고마운 것은 선생님은 제자인 내게 일방적으로 명령을 하지 않으셨다는 점이다. 황 선생님같이 명령해서 억지로 받게 했으면 자존심이 상한 내가 또 눈물을 찔끔거리며 받지 않았을까 싶다. 그런데 선생님은 내 취향대로 해 주셨다.

현실 속에서는 비참한 신분일망정 상상 세계에서의 나는 언제나 고고한 공주님이었는데 내 정신세계를 당신 눈앞에 펼쳐 놓은 듯이 잘 알고 계신 선생님은 기꺼이 내 최초의 기사님(?)이 되어 주셨다. 나처럼 아름다운 추억을 많이 가진 사람도 흔치 않을 텐데 그 많은 추억 속에서도 가장 아름답게 빛나는 분은 단연 이분이다.

이 로맨틱한 멋진 기사님(?)을 내 숨이 끊어지지 않는 한 어찌 잊을 수가 있으랴!

사랑하는 선생님은 떠나시고

2017년 8월 27일. 야학 시절 내게 만년필을 선물로 주셨던 진 선생님께서 별세하셨다. 서둔야학 단톡방에서 이 소식을 알게 된 나는 그야말로 하늘이 무너지는 심정이었다.

'이게 무슨 일이야! 말도 안 돼! 이 일을 어떡하면 좋아! 지난 2월에도 예술의 전당에서 건강한 모습을 뵈었는데!'

아아! 님은 가셨는데

님을 보내 드릴 수가 없습니다.

그 크신 은혜를 조금이라도 갚아야 하는데,

북한농업 발전, 미얀마 농촌 프로젝트 등 나라와 민족을 위하여 굵직한 일들을 여기저기 벌여 놓으셨는데,

아직 할 일이 너무도 많으신데,

어찌 그리 황망히 가셨나요!

선생님! 내 사랑하는 선생님!

삼성병원 장례식장에 걸려 있는 선생님의 사진을 보고 또 보았다. 사랑하는 선생님이 살아 돌아오신다면 무슨 짓이라도 할 수 있을 것 같았다. 너무 슬프고 가슴이 미어졌다. 그로부터 몇 달 동안은 하루도 선생님을 생각하지 않은 날이 없었다. 그런데도 밥을 먹고 잠을 잘 수 있는 자신이 용납되지 않았다.

야학 시절 진 선생님의 손은 거칠기가 세상에서 둘째가라면 서러워하실 분이었다. 제주도 가난한 농촌 집안 출신으로 당신 손으로 학비를 해결하며 공부를 하셨기에 그 노고가 이만저만이 아니셨을

사랑 하나 그리움 둘

것이다. 들은 바에 의하면 1년 벌어서 1년 공부할 정도로 힘들게 학업을 하셨다고 한다. 험한 일, 궂은일을 가릴 수 없었던 선생님의 손은 늘 상처투성이였으며 굳은살이 박여 울퉁불퉁했다. 그 손이 안쓰러웠던 나는 언제부턴가 선생님을 뵙게 되면 얼른 손부터 보게 되었다. 입고 있는 옷도 군복에 대충 검은 물을 들인 작업복 아니면 서울대 교복 차림이었는데 자주 빨아 입지 못하셔서인지 얼룩덜룩할 때가 많았다.

가톨릭 신자인 진 선생님은 철저한 휴머니스트였다. 우리 아버지가 서울대 병원에 입원해 계실 때는 바쁘신 와중에도 틈틈이 문병을 와 주셨다. 아버지가 돌아가셨을 때 우리 가족을 돕느라 물심양면으로 애쓰시던 선생님은 아버지 산소 양쪽에 어디선가 구해 오신 진달래꽃까지 심어 주셨다.

우리 가족을 보살펴 주시던 진 선생님은 야학 후배 윤선이가 아버지를 잃었을 때는 또 그 후배를 돕느라 동분서주하셨다. 우리 아버지와 윤선이 아버지가 돌아가신 것은 우리가 서둔야학을 졸업한지 각각 1, 2년 후의 일이었는데도 선생님은 졸업한 야학생들의 궂은일을 모른 척하지 않고 끝까지 보살펴 주신 것이다. 당신도 여러 가지 복잡한 일이 많았을 텐데도 제자들을 그렇게 살뜰히 보살펴 주시는 분이었다.

선생님은 우리에게 늘 '참을 위하여 일생을 바치라.'고 강조하셨다. 아버지가 돌아가신 후 대신 아버지 역할을 해주셨는데 최근에 찾아뵌 선생님이 말씀하시길 우리 아버지가 돌아가실 때 우리 가족을 선생님께 맡긴다는 말을 했다고 하셨다. 읽을 책 하나 변변히 갖고 있지 못했던 우리 형제들에게 두터운 골판지로 된 김유신 장군 책과 외국 동화책을 사다 주셨는데 영어로 돼 있던 그 책의 내용은 기억나지 않지만 주인공 소녀의 토실토실한 볼은 지금도 참 귀여운 인상으로 남아 있다. 또 책을 좋아하던 내게 특별히 헤르만 헤세의 『페터 카멘진트』를 선물해 주셨다. 내용은 별로 흥미롭지 못했지만, 선생님의 사랑이 묻어 있던 그 책에 상당한 애착을 뒀기에 오랜 세월 소중히 간직했다. 어디선가 어렵게 구한 은박지로 표지를 쌌으며 책을 볼 때는 손을 비누로 깨끗이 씻은 후 볼 정도로 아꼈다.

"과자 한 봉지 실컷 먹어 봤으면…."

진 선생님의 어렸을 때 소망이었단다. 당신 어렸을 때 생각이 나서였을까? 궁핍한 살림에 과자 하나, 사탕 하나도 마음대로 먹지 못했던 우리 형제들을 위해 가끔 과자도 사다 주셨다. 영어가 씌어 있는 흰색 봉투에는 입에 넣으면 살살 녹는 밤 과자, 부채 모양의 부채 과자 등이 가득 들어 있었다.

우리 집은 수수깡과 진흙을 섞어 만든 집 벽에서 바람이 솔솔 들어왔다. 우리 형제들은 겨울에는 대낮에도 두꺼운 이불을 펴 놓고 그 속에 발을 묻었다. 밖에서 뛰어놀다 들어와 그대로 이불 속으로 발을 밀어 넣는 통에 이불이 꼬질꼬질했다. 그 방에서, 추워서 옹송 그리고 있던 동생들은 한 줄기 따스한 빛 같은 진 선생님을 반기곤 했다. 그러나 나는 선생님이 반갑지 않을 때도 있었다. 궁색함, 누추함이 그대로 드러난 모습이 창피했기 때문이다.

나는 애국애족의 정신이 투철하신 선생님의 영향을 받았다. 학비를 걱정하는 가난한 고학생이면서도 나라와 민족을 망각하면 안

사랑 하나 그리움 둘

되는 줄 알았다. 덴마크의 개척자 달가스, 민족지도자 그룬트비히와 우리나라의 안창호 등 애국애족의 민족주의자에게 한창 매료되어 있었다. 내가 유달영 교수님의 『유토피아의 원시림』이라는 책을 보고 싶어 하는 것을 알게 된 선생님은 어디선가 그 책을 구해다 주셨다. 그 책을 읽으며 헤엄칠 수도 없는 '나라와 민족'이라는 그 거창한 이상주의의 바다에 빠져 버렸다.

20여 년 전의 어느 날이었다. 별안간 눈이 보이지 않게 된 진 선생님께 내가 말했다.

"선생님 제가 이제 아무 데도 가지 않고 선생님 곁에서 선생님을 보살펴 드릴 거예요. 선생님 눈이 되어 드릴 거예요."

깨고 나니 꿈이었다. 너무도 생생한 꿈이었다. 내게 끝없는 사랑을 주셨던 선생님에 대한 마음이었다. 그때까지 받기만 한 사랑을 조금이라도 갚고 싶었던 충정이었다.

진 선생님,

제 숨이 끊어지지 않는 한 가슴에 고이 모셔두겠습니다.

당신은 너무도 아름다웠던 내 동화 속 왕자님이었습니다.

Don't afraid to talk

1967년은 내가 서둔야학과의 인연을 마무리하는 해였다.

집이 어려워서 공장에 다녀야 하거나 다른 지방으로 취직을 해 가는 등의 이유로 1학년 때 20여 명 되던 아이들이 3학년에 올라와

서는 최종적으로 미자, 순자, 옥동이, 보배, 석순이, 금순이, 혜숙이, 영자 그리고 나 이렇게 모두 아홉 명만이 남게 되었다. 선생님들은 스물대여섯 분이 넘는데 3학년 학생들은 아홉 명인 것이다.

교사 1인당 학생 5, 60명이 매달리는 제도권의 학교와는 비교할 수 없이 고도의 밀착 수업을 받을 수 있었고, 우리 아홉 명 하나하나를 세밀히 분석하고 파악하셨던 선생님들은 우리에게 "모두 개성이 뚜렷하다."라는 말을 자주 하셨다.

학생에게 있어 '교사는 머리끝서부터 발끝까지가 교재이다.'

그들의 눈빛 하나, 말씨, 옷차림, 행동거지 등 어느 것 하나도 학생들에게 그냥 흘려버려지지 않는다.

어린 시절에는 인품과 철학이 나이와 정비례하는 줄만 알았다.

그러나 온전히 나이를 먹는다는 것은 얼마나 어려운 일이던가.

철학과 인품보다는 오염의 찌꺼기만 덕지덕지 붙어 버리는 게 세월이었다. 그런 맥락에서 살펴볼 때 야학 선생님들은 최상의 교재였다. 물론 교육이라는 것이 순수와 열정만으로 되는 것은 아니어서 초기에는 미숙한 면이 없지 않아 있지만 나는 어느 무엇보다도 순수와 열정에 가치를 두고 싶다.

이 해에 잊지 못할 분들은 조봉환, 김상수, 조용민, 김두규, 최미숙, 임종성, 조성훈, 김병흠, 김춘태, 변종식, 목일진, 박승균, 김영복, 김인수, 이형숙, 김병철 선생님 등이다.

그럼 이분들에 얽힌 일화와 이 해에 일어난 일들을 얘기해 보자.

"말도 마, 그때 얼마나 아팠던지."

요즘에 뵌 김춘태 선생님이 옛날을 회상하며 들려준 얘기인즉슨

사랑 하나 그리움 둘

그해 두 번째로 열린 여러 야학 대항 백일장에서 우리가 좋은 성적을 못 내게 되니 장 선생님이 그 책임을 묻겠다며 야학 평교사들, 특히 당신의 고등학교 후배(인천 제물포 고교)들을 호되게 때리셨단다.

일방적으로 맞았다는 표현이 어울리지 않는 것이 장 선생님은 또 다른 동기인 김성곤 선생님하고는 서로 매를 주거니 받거니 하셨단다. 잘못된 결과에 대한 책임을 서로 문책을 했다고 해야 하나.

'우리 때문에 죄 없는 선생님들이 그런 수난을 겪으시다니….'

1967년 이해에 교장직을 맡으셨던 장준택 선생님은 다른 선생님들과는 좀 달리 이렇듯 과도한 면이 없지 않았지만 따지고 보면 그것도 우리에 대한 지나친 열정의 한 단면이었다.

생각해 보면 다들 제정신이었나 할 정도로 선생님들은 본업인 농대생으로보다는 우리의 선생님으로 사시던 나날이었다.

1년 전 야학 건물을 지을 때, 언제 한번 빼꼼하게 차려입을 때가 없이 늘 작업복 차림으로 우리의 보금자리를 지어 주셨던 선생님들은 이해에는 책, 걸상을 만들기로 결심을 굳히셨다.

그때 마침 농대 구관 건물을 뜯었는데 거기에서 나온 목재를 서둔야학회 지도 교수님인 강수원 교수님께서 갖다 쓰도록 주선해 주셨다. 그리고 당시의 농공과 과장님이었던 고재군 교수님도 적극적으로 우리 선생님들을 지원해 주셨기에 그 일이 가능했다.

봉사단체에서 책임을 맡는다는 것은 그만큼 희생을 더 해야 된다는 의미이다.

야학 건물을 지을 때 황 선생님이 가장 큰 희생양이 되셨다는데 다른 선생님들도 여차하면 수업을 빠질 수밖에 없었단다.

그것을 겪어봐서 그 고충을 너무도 잘 알고 계셨던 장 선생님은 후배들과 약속을 하셨다. 이번에는 수업은 꼬박꼬박 듣되, 대신 수업이 끝나면 그 즉시 농공과 공작실로 모이기로.

수업이 없는 상록축제 때는 무조건 모여서 작업을 하기로.

대학생활의 낭만이 절정을 이루는 때가 축제 기간이고 대학 1, 2학년생들이 가장 가슴 설레며 기대 거는 때이련만 선생님들은 우리를 위해서 그 낭만을 기꺼이 반납하셨다.

책상과 걸상 모두 여럿이 사용할 수 있도록 길게 만들어졌고 책상은 검은 칠을 했다. 드디어 다 만들어진 책, 걸상을 손수레에다 날라 오신 선생님들을 보고 우리는 환호성을 지르지 않을 수 없었다. 그러한 우리를 보신 선생님들의 얼굴엔 웃음꽃이 가득 피어올랐다. 그동안 애쓴 노고는 까마득히 잊어버리시고.

아직도 어제 일인 듯 기억이 생생하다.

연습림 소나무 사이로 손수레를 끌고 내려오시던 조봉환 선생님은 야학 입구에 잠시 손수레를 세우고 그 위에 걸터앉으셨다.

그리고는 담배 한 대를 맛있게 피워 무시고 환호성을 지르는 우리를, 그 잘생긴 얼굴에 싱긋이 흐뭇한 미소를 띠고 쳐다보고 계셨다.

이제 열여덟 살의 선생님이.

세상에서 가장 무서우면서도 소중한 것은 혀이므로 함부로 놀리지 말라고 경고한 것은 이솝이다. 그런데 그날 나는 그만 혀를 잘못 놀리는 실수를 했다. 내가 보기에 길고도 검은 책상이 꼭 관 같아 보였기에 한마디 한 것이다.

"꼭 관 같다."

사랑 하나 그리움 둘

그러자 장 교장 선생님이 "뭐" 하시는데 보니 상당히 화가 나서 굳은 표정이셨다.

'아차 내 입이 방정이다. 느끼면 느낀 대로 가만히 있지, 뭐 하려고 그따위 말을 하여 선생님께 상처를 드렸나. 그동안 그것을 만드시느라고 선생님들이 얼마나 많은 고생을 하셨는데… 이를 어쩌나 주워 담을 수도 없고. 선생님 정말 죄송해요.'

그때까지 멍석 위에서 공부하다가 책, 걸상에 처음으로 앉게 되니 기분이 날아갈 것만 같았던 우리는 이리 뛰고 저리 뛰며 좋아했다. 사실 야학 선생님을 충실히 하신 분들은 대학 생활의 낭만을 제대로 맛보지 못하셨다.

축제날이라던가, 미팅이 있음직한 날에 모처럼 신사복을 차려입고 나타나신 선생님들은 허름한 복장으로(군복에 대충 검은 물을 들인 상의에 워커를 신으신) 열심히 작업하고 계신 동료 선생님들께 면목 없어 하는 모습이 역력했다.

마치 죄나 지은 듯이.

여러 가지로 어려운 여건 속에서도 책, 걸상을 만드셨던 장 선생님은 여름방학도 반납하는 열정을 보이셔서 그해에는 농대가 방학했는데도 야학은 수업했다. 그때 전교생을 대상으로 영어암송대회를 열었는데 우리 3학년들에게 주어진 제목은 'Don't afraid to talk'였다. 얼마간은 이것을 준비하느라고 야학이 온통 오뉴월 장마 속 논바닥 같았는데 시끄럽기가 개구리 합창하는 것 이상이었기 때문이다.

모든 면에 걸쳐서 완벽을 추구하시던 야무진 장 선생님은 교지를 만들어도 제대로 만들어 보자고 생각하셨는지 가장 반듯한 교지가 나온 것도 이해였다. 다른 때와는 달리 겉표지 컷에 간단하나마 색깔을 집어넣었고 인쇄도 제일 깨끗하게 나왔다.

아마 장 선생님도 야학 활동을 빼고는 대학생활을 말할 게 없으실 것이다. 그 정도로 대학 시절 내내 야학에다 애정을 깊이 쏟으셨다.

"햇빛 쏟아지는 창가에 한 미친 사나이가 앉아 있었다."

옥동이, 미자, 석순이, 순자 등 야학 동기생들과 서둔동에 있는 장 선생님의 하숙집에 놀러 갔을 때였다. 장 선생님은 우리가 선생님 방에서 나올 때쯤 밑도 끝도 없이 모놀로그 배우가 그러듯이 이렇게 독백을 하셨다. 우리에게 깊은 애정과 열정을 쏟았으나 기대에 못 미치자 허탈한 심정을 이렇게 토로하신 게 아닌가 싶어 쓸쓸한 표정의 장 선생님께 못내 마음이 쓰였다.

"너는 허영심과 공명심의 덩어리야."

교장 선생님으로서 어느 사람 못지않게 나를 잘 알고 계신 장 선생님이 내 나이 20세 때 하신 말씀으로 나는 다시 한번 자신의 현주소를 아프지만 인정하지 않을 수 없었다.

야학 시절인 16세 때 모파상의 단편, '목걸이'를 읽은 후 '아! 여자의 허영심은 이렇게도 무서운 거구나.' 하고 전율을 느끼며 '나는 절대로 허영심 같은 것은 갖지 않겠어.' 다짐하고 또 다짐했건만 결국 나는 그 그늘에서 헤어나지를 못했던 것이다.

사랑 하나 그리움 둘

신분상의 Gab

신분상의 갭이라니? 이 여자 지금 정신이 있는 거야?

지금이 무슨 신분이 엄격하게 갈라지는 봉건군주국가라도 된단 말인가? 이렇게 비난하거나 의아해할 사람들도 있겠지만 예로부터 사농공상 순서로 사람의 서열이 매겨졌던 우리나라는 언제부턴가 그 기준이 학벌로 바뀌어졌다.

제도권의 학벌을 중요시하여 최종적으로 인간의 등급이 매겨지는 것이 신분인 것이다. 그렇기에 기를 쓰고 대학교에 가려고 하고 이왕이면 일류대를 선호하는 것이다. 사회의 전반적인 흐름이 이렇기에 우리나라에서 제도권의 학교를 다니지 않는다는 것은 청소년들에게 무엇보다도 큰 열등의식으로 작용하기 마련이다.

교육은 공장에서 규격화된 제품을 생산해 내는 것하고는 본질적으로 다른 것이다.

사람을 대상으로 사람을 가르치는 것이기에.

교육자와 마찬가지로 피교육자도 하나의 인격체이기에 교육이 어렵다는 뜻이다. 사람의 감정과 인격을 규격화할 수는 없으니까.

"너희들은 학생이니까 딴 생각하지 말고 공부나 해."

그것이 사람 마음대로 되면 얼마나 좋을까마는 불행히도 사람의 감정은 자기 자신도 모르는 가운데 생기는 것이고 조절이 가능한 것도 아니다.

풍요 속의 빈곤일까.

빈곤 속의 풍요일까.

지금의 학생들이 대등한 관계로 좋아하는 선생님께 꽃이나 선물을 하고 편지에다 자신의 마음을 얼마든지 양성적으로 표현하는 데 비해서 우리는 행여나 눈치챌까 조바심하며 안으로 안으로만 감춰 놓고 삭였다. 그것을 우리 탓만으로 돌리기에는 무리가 있다.

우리 선생님들이 너무 좋고도 멋있는 분들이라는 게 문제이다.

"애란이도 이젠 시집가야지."

그날 우리 3학년 교실에서 목에다 힘을 주시며 내게 이 말을 하신 분은 열일곱 살인 나보다 꼭 한 살 더 많은 조봉환 선생님이었다. 순간 나는 속이 상해서 입술을 깨물고 눈물을 삼켰다.

내 자존심을 송두리째 짓밟아 버린 선생님의 잔인함이 미워서였다. 훤칠한 키, 이목구비가 뚜렷하니 잘생긴 용모에 목소리까지 좋으신 조 선생님이 '싱긋이' 웃으며 그냥 지나가는 얘기로 농담을 한 것인 줄을 뻔히 알면서도 내가 상처를 받지 않을 수 없었던 것은 그분에 대한 나의 심상치 않은 감정 때문이었다.

존 스타인벡의 『분노의 포도』에서였다.

목사님이 앞에서 열심히 설교하고 계셨다.

"여러분 죄를 짓지 마십시오. 죄는 무서운 것입니다."

그러자 뒤에서 듣고 있던 어린이들이 서로 나직이 소곤댔다.

"얘, 죄가 뭐니?"

"응? 나도 몰라."

내용상으로는 좀 다르지만 나도 어른들과 초점이 어긋났던 일화가 있다. 어느 날 서둔 교회에서 예배 도중 내가 소리 죽여 울고 있었더니 옆에 계신 아줌마가 조심조심 물으셨다.

"얘, 너 왜 우니?"

내가 대답을 하지 않자 또 다른 아줌마가 추측했다.

"아마 설교 말씀에 감동해서겠지 뭐."

천만에. 그날 내가 운 것은 동생 연희 때문이었다.

목사님의 설교 중에 그녀가 내게 조그맣게 말했다.

"언니, 내가 언니 편지에서 우표를 떼었어, 우표 수집하려고."

'말도 안 돼, 내 편지에 손을 대다니.'

선생님들의 편지를 보물처럼 아끼던 나였다. 더군다나 조 선생님의 편지를….

속이 상해서 눈물이 났다.

B선생님같이 숨이 막힐 정도는 아니었지만 조 선생님도 분명히 내 가슴 한 자락을 차지하고 계신 분이었다.

여섯 살에 초등학교에 입학하신 조 선생님은 그해 어느 날 무언가를 잘못해서 어머니께 매를 맞았는데 "잘못했다.'라고 한 번만 빌어라! 그러면 때리지 않겠다."라고 애원하는 어머니께 끝까지 굴복하지 않고 결국은 매를 맞다 맞다 견디지 못하고 기절을 하실 정도로 나 못지않은 고집쟁이 선생님이시다.

조 선생님은 우리에게 아리랑의 가사를 이렇게 풀이해 주셨다.

"나를 버리고 가시는 임은 십 리도 못 가서 발병이 나서 나한테 다시 돌아와라.'가 아니라 '나를 버리고 가는 놈은 십 리도 못 가서 죽어 버려라.'라고 해야 한다." 다시 말하면 일단 내게서 떠나는 사람에게는 더 이상의 미련을 두지 말고 과감하게 떠나보내야 한다는 뜻이다. 처음에는 그 말이 마음이 여리고 정이 많은 한국인의 정서에 정면으로 어긋나는 것이라서 충격을 금치 못했지만 나도 모르는 새, 선생님의 단호한 의지가 자신에게 스며듦을 느낄 수 있었다.

후에 조 선생님은 말씀하셨다.

우리가 어려운 환경에서 살아남게 하려는 방법으로, 강인한 의지 내지는 투지를 심어 주려고 의식적으로 그러신 것이라고.

나는 조 선생님의 의도대로 강인함을 키워 나갔던 것 같다.

우리에게 국어를 가르쳐 주셨던 조 선생님이 김영랑 씨의 '모란이 피기까지는', '돌담에 속삭이는 햇살' 등을 낭송하실 때의 모습이 너무 멋있어 보였던 나는 선생님께 퐁당 빠져버렸다. 금상첨화라고 조 선생님은 잘생긴 용모에다가 목소리도 일류 성우 못지않았으니…. 한마디로 킹카였다.

혼자서 가슴을 태운 선생님 중의 한 분이다.

그런데 어쩌랴?

선생님은 서울대학생이고 나는 정규 중학교도 못 가서 그 선생님께 가르침을 받고 있는 가난하고 보잘것없는 소녀였으니.

의식은 빳빳이 살아 있었다.

내 동화의 세계에선 내가 공주님이었으나 현실은 비참한 신분의 여자임이 나를 너무 참담하게 만들었다.

그야말로 내세울 것이라곤 하나도 없는 나는 내 아성을 굳게 쌓기 시작했다.

말끝마다 자존심 자존심 하며 개도 먹지 않는 자존심을 부르짖고

사랑 하나 그리움 둘

상처받지 않으려고 부단히 노력했다.

선생님이 아무리 좋아도 내색하는 것은 죽기보다 싫었다.

야학 선생님들의 제자 사랑이 각별한 만큼 우리들의 가슴속에 피어난 선생님에 대한 존경과 사모의 정도 절대적이었다.

그러나 나는 그럴수록 더욱더 자신이 비참해짐을 느껴야 했다.

가장 감수성이 예민하고 작은 일에도 상처받기 쉬운, 이상은 높았으나 현실은 그렇지 못한 내 불운한 10대에 야학 선생님들과의 신분상의 장벽은 내 삶에서 결정적인 아픔이요, 상처가 됐다.

1990년대 초반 어느 날이었다. 근무하고 있던 평택여고 교무실에 학생들이 구름떼같이 몰려왔다. 군 복무를 마치고 갓 부임한 총각 선생님의 얼굴을 보려고 몰려든 것이다. 별로 잘생기지도 않았는데 말이다. 얼굴이 울퉁불퉁 거칠게 생겼거나 키 작은 분이라도 총각 선생님이라면 무조건 껌벅 죽는 여학생들을 보면 만약 이들의 선생님으로 맑은 눈망울 해맑은 표정의 내 야학 은사님들이 오시게 된다면 과연 어떤 반응이 일어날까 하는 상상으로 혼자 즐거울 때가 있다. 아마도 몇 명쯤은 심한 몸살에 걸리지 않고는 못 배길 것이다.

속없이 인물만 잘난 남자처럼 경멸스러운 대상이 또 어디 있을까? 개성이 없고 평범한 용모의 나는 순수하고 인품이 깊이가 있으면서도 잘생긴 남자들을 좋아했는데 B선생님이나 조 선생님은 야학 선생님들 중에서도 용모가 영화배우 급으로 수려했으며 키가 후리후리한 멋진 분들이었다. 또한, 순수하기가 짝이 없으면서도 의젓한 인품이 단연 돋보이는 분들이었다.

그 당시 신분상의 Gap이라며 가슴 아파하던 나였는데 요즈음에 곰곰이 생각해 보니 그게 아니었다.

나는 내 분수를 모르고 별 볼 일 없는 자신에 비추어서 모든 면에 걸쳐서 완벽에 가까운 분들만 가슴 속에 모셔 놓기를 고집하고 있었다. 현실감각 제로인 나는 오직 그분들만을 동경의 대상으로 모셔 놓고 혼자서 애태우고 상처받은 후 슬픔에 빠져 있기를 즐겼다.

줄기차게 자신이 흠모하고 있는 분만 바라보고 있던 나는 다른 사람이 자신에게 품고 있는 고운 감정에는 아예 장님이 되어 깨닫지 못하거나 만약에 안다고 하여도 터무니없이 오만방자하게 굴었다. 얼음처럼 차가운 반응을 보여서 상대방에게 상처를 주곤 했다.

내 감정이 소중하면 다른 사람의 감정 또한 소중한 것이다.

그러나 정신적 미숙아인 나는 손톱만큼도 다른 사람의 마음을 배려하지 못하고 자신의 감정에만 충실했다.

물색 모르고 낭만에 푹 절궈져 있던 나는 살아가는 데 있어서 가장 필요한 현실 속에서 타협점을 찾을 줄 모르는 치기 어린 감상주의자였다.

B선생님과 조 선생님을 좋아하는 나의 감정에는 엄연히 차이가 있었다. B선생님에겐 열네 살 어린 나이에 자신도 모르는 새, 늪처럼 빠져들었다면 조 선생님은 여유를 가지고 좋아했다. 어느 정도 자신의 주제 파악을 했기에 정신없이 빠져들어서 다시 새로운 상처를 만드는 일 따위는 하지 않았다. 그렇기에 B선생님과는 달리 조 선생님이 데이트 중이었던 농가정과 여학생에게는 조금도 질투심 같은 것을 느낄 이유가 없었다. 오히려 두 분 사이가 원만히 이어지

사랑 하나 그리움 둘

도록 기도하는 쪽이었다.

1993년 1월 여의도에 있는 주택은행 본점에 계신 조 선생님을 찾아가 뵈었다. 10대 때 마르셨던 조 선생님은 이제 적당히 살이 붙은 보기 좋은 모습이셨다. 25년 만에 뵙는 선생님이었는데 선생님도 나를 잊지 않고 기억해 주셨다. 선생님은 단 1년 동안 우리를 가르치셨지만, 그 순수하고 열정적인 시절을 오늘날까지도 잊지 않고 선생님 가슴속에 꼭 간직해 두고 계셨다.

선생님은 내가 지나간 10대에 지독한 가난 때문에 맺힌 한이 너무 많다고 하니까 "가난한 것이 뭐 얼마나 불편하냐?"며 대수롭지 않게 반문하셨다. 당신도 가난하셨지만 별로 불편한 것을 몰랐다고 하시며, 그 당시 야학 선생님들도 대부분 어려운 처지였기에 우리들의 아픔을 내 일같이 잘 이해할 수 있었으며 그렇기에 조금이라도 더 잘 가르쳐 보려고 노력했다고 말하셨다.

그때 조 선생님이 우리의 선생님이 되어 주신 뜻은 첫째 '베푼다'는 의미이고, 둘째 '함께 나눈다'라는 의미이며, 셋째는 '사회에 동참한다'라는 의미였다고 말하셨다.

선생님도 홀어머니께서 삯바느질해서 학교를 보냈기에 중·고교 교복을 맞춘 적도, 산 적도 없이 늘 남이 입던 것을 얻어 입었기에 옷이 길면 긴 대로 짧으면 짧은 대로 입을 수밖에 없었고 모자도 쓰레기통을 뒤져서 나오면 먼지를 '툭툭' 털어서 쓰고 다녔노라고 하셨다. 당시의 버스비 5원이 없어서 버스도 못 타고 학교에서 집까지 걸어서 다닌 적도 많으셨단다. 이번에 뵙기 전까지는 선생님 댁이 어느 정도 여유 있는 집안인 줄 알았다가 새삼 당신도 그렇게 어려운 처지였음에 놀랐고 그 상황에서도 우리들의 선생님이 되어 주셨다는 데 대해서 깊이 고개를 숙이지 않을 수 없었다.

살아가면서 겪게 되는 어려움과 고통은 사람들을 단단하게 만들어 주는 근원인데, 고통을 많이 겪으신 선생님의 원숙함과 철학의 깊이는 나보다 20년쯤은 앞서가신 듯싶었다.

내게 야학 시절 빛나는 눈동자였다고 말씀하시는 조 선생님께 오늘날까지도 잊지 못할 감격으로 남아 있는 사건은 졸업 후 집까지 데려다준 우리가 다시 야학에 와서 선생님들을 붙잡고 운 일이란다.

슬픔마저도 찬란해 보이는 시절!

다시는 돌이킬 수 없는 애틋한 시절의 소중하신 선생님이시여.

존경하는 조 선생님

선생님은 제가 알고 있는 한은 세상에서 가장 멋있고 훌륭한 국어 선생님입니다.

올 1월 27일이었지요(93년).

선생님이 너무도 뵙고 싶었던 제가 선생님의 직장인 주택은행으로 찾아가 뵌 것이요.

25년 만에 만났지만, 선생님은 저를 잊지 않고 기억해 주셨습니다. 그리고 몇 시간 동안이나 선생님의 귀중한 시간을 내어주셨기에 제게는 정말 뜻깊은 하루였습니다.

다시 열일곱 살 어린 소녀로 돌아가서 선생님께 종알종알대는 모습을 선생님은 얼마나 흐뭇한 표정으로 지켜봐 주셨던가요.

사랑 하나 그리움 둘

아주 귀엽다는 표정으로.

오랜만에 다시 제자로 돌아갈 수 있었던 제가 그 시간을 얼마나 즐겼는지 선생님은 아마도 모르실 거예요. 선생님이란 말은 얼마나 소중한 의미인가요. 이제 생각해 보면 슬픔마저도 찬란해 보이는 내 빛나는 시절의 소중하신 선생님을 그날 저는 마음껏 부르고 싶었어요.

"선생님, 선생님 우리 선생님." 하고요.

그날 제가 '선생님'이라고 부르니까 저보다 한 살 더 많은 선생님은 "에이 선생님은 무슨 선생님이야." 하시며 쑥스러워하셨지요.

어쩌면 파란만장한 삶을 살아내야 했던 제가 외모상으로는 선생님보다 훨씬 더 늙어 보일지도 모르겠습니다만 그런 것과는 상관없이 선생님은 분명 저의 은사님이십니다.

선생님보다도 더 멋지고 열정적으로 국어수업을 해 주실 분이 과연 몇 분이나 될까요? 선생님이 가르쳐 주신 내용은 지금도 제 기억의 창고에 '차곡차곡' 쌓여 있습니다.

'규중칠우쟁론기', '찬기파랑가', '모란이 피기까지는' 등 특히 예이츠의 '이니스프리의 호도'는 얼마나 낭만적이었던가요.

저도 언젠가는 꼭 그렇게 아름다운 자연 속에 파묻혀서 살고 싶었습니다. 세상사 온갖 시름과 고뇌는 강물에 띄워 보내고요.

황순원 씨의 '소나기'는 또 어떻고요.

맑은 눈망울을 가진 소년 소녀의 티 없는 사랑을 전해 주던 선생님이 바로 맑은 눈망울의 열여덟 살 소년이었습니다.

그리고 그 소년의 눈빛과 열정에 마음을 빼앗겨 버렸던 저는 열일곱 살 소녀였고요.

선생님은 외롭고 가난한 저희들에게 의지를 심어 주셨습니다.

꿈을 심어 주셨습니다.

선생님이 저희에게 의지를 심어 주시고자 하신 뜻은 어려운 가운데서 살아남게 하기 위한 것이었다고 말하셨습니다. 곱게 곱게 키워 주신 선생님들의 보살핌 속에 있던 저는 야학을 졸업하자마자 신분 상승에의 좌절 때문에 음독 자살을 기도했다가 이틀 만에 깨어나기도 했고 도둑질, 비렁뱅이, 밤거리 여자만 빼놓고는 안 해 본 일이 없을 정도로 직업을 열 가지 이상 바꾸어 가며 살아야 했습니다. 쓰러지고 실패하고 절망한 적이 수없이 많았습니다. 그러나 저는 그때마다 일어섰습니다.

이후에도 제 가슴 속에 서둔야학 선생님들이 살아 있는 한은 저는 절대로 쓰러지지 않을 것입니다.

야학시절 선생님들은 저희에게 틈만 나면 글짓기를 시키셨고 일일이 평을 하여 개인 지도를 해 주셨습니다. 아마도 그것이 제가 지금 글을 쓸 수 있는 밑바탕이 되어 주지 않았나 싶습니다.

선생님들은 바로 제게 날개를 달아 주신 것입니다.

이제 저는 그 날개를 달고서 날아 보겠습니다.

설혹 지쳐서 떨어지는 한이 있더라도 저 푸른 하늘을 마음껏 날아 보겠습니다.

선생님, 인고의 세월을 지나서 마침내 날갯짓을 시작한 이 제자에게 격려의 박수를 보내 주지 않으시겠어요?

선생님,

선생님들의 기억 속의 저는 16, 17세의 어린 소녀의 모습이겠지요. 그렇지만 제 앞의 세월도 어김없이 흘러서 제 나이도 어언 마흔하고도 셋이랍니다. 그런데 선생님 어떻게 하지요.

저는 나이만 먹었지 정신연령은 그 시절에서 한 치도 성장한 것 같지 않아요. 이성은 가만히 있고 감성만 웃자란 저는, 식물로 말하자면 일종의 기형 식물이 아닌가 싶습니다.

지금도 저는 10대의 제자들보다도 더 자주 울고 더 깔깔대며 주위 사람들의 시선 하나 말 한마디에도 곧잘 상처를 입고는 한답니다. 당신들의 가슴에서 저를 쫓아낸 지가 옛날일 선생님들은 왜 새삼스럽게 과거의 망령이 되살아나서 고요한 일상을 흩트려 놓을까 의아해하실지도 모르지만, 선생님들에게서 정신적인 이유(離乳)가 덜 된 듯한 저는 지금도 선생님들을 뵙고 싶습니다.

선생님들의 칭찬을 듣고 싶습니다.

서둔야학 선생님들은 제게는 끝없는 존경과 사랑의 대상인 것입니다.

선생님,

야학 시절의 저희는 언제라도 선생님들하고 자유토론을 벌였습니다. 늘 노래를 부르며 살았습니다.

또 선생님들은 죽어 있는 저희의 의식을 깨우쳐 주시느라고 애를 쓰셨습니다. 그동안 살아오면서 어려움이 닥칠 때마다 선생님들이 제게 해 주신 말씀. '타의 본보기가 된다'는 말을 기억해 내고는 흐트러진 저를 다시 추스르고는 했습니다.

선생님,

가끔 생각해 봅니다.

'옷깃만 스쳐도 인연이라는데 서둔야학 선생님들과 나와는 전생에 어떤 인연이었을까.' 하고요.

선생님,

우리는 다른 사람들은 감히 상상도 못 하는 동화의 나라를 공유하고 있습니다. 저는 제 목숨이 스러지는 그 순간까지도 제 동화의 세계를 절대 포기하지 않겠습니다. 제 동화 속의 선생님들이 늘 맑은 눈망울의 소년이듯이 저도 아침이슬 순수한 소녀로 남아 있겠습니다. 현실의 생활이 저를 잡고 뒤흔들더라도 의연히 버티어서 저는 언제까지라도 고고한 품위를 지키는 공주님으로 남아 있겠습니다. 선생님 늘 고맙습니다!

1993. 9.

제자 애란 드림

애란아, 우리 점심 먹자

"선생님 빵 좀 사 주세요.", "짜장면 사 주세요."

요즈음, 여학생들이 남선생님께 아주 스스럼없이 이렇게 말하는 것을 보게 되면 곤혹스러워지곤 한다.

정서적으로 심한 이질감이 느껴져서이다.

'아무리 세월이 많이 흘렀다지만 어떻게…'

말하시는 모습이 영락없는 충청도 양반분이며 하얀 고무신을 즐겨 신으시던 김상수 선생님은 특히나 제자에 대한 사랑이 깊으셔서 우리에게 보통의 열정을 보인 분이 아니었다. 호탕하게 껄껄 웃으시는 선생님의 이는 유난히도 희고 가지런했다. 하얀 얼굴에 이목구비가 고왔고 턱에는 이제 막 나기 시작한 까만 수염이 듬성듬성했다. 윤기가 흐르는 선생님의 얼굴에는 늘 자신감이 흘러넘쳐 보였다. 당신의 호는 절 '사'자를 풀이하여 土寸이라고 하시던 김 선생님을 우리도 모두 굉장히 좋아하고 따랐다.

내가 교사가 되어서 제자들의 편지를 받아 보니 답장을 일일이

사랑 하나 그리움 둘

해 준다고 하는 것이 얼마나 어려운 일인가 하는 것을 알게 되었는데 마음은 있어도 여러 가지 사정상 제자들의 편지에 답장해 준 적이 거의 없다. 그런데 서둔야학 선생님들은 내가 편지를 드릴 때마다 꼬박꼬박 답장해 주셨다. 글씨를 너무 못 쓰는 나는 내용을 길게 쓰지 못하는데도 불구하고 당신들은 아주 예쁜 글씨체로 장문의 답장을 보내 주시곤 하셨다. 방학 동안에도 책을 읽다가 이해가 잘 안 되는 부분들을 선생님들께 편지로 문의했었는데 선생님들은 그때마다 내가 황송할 정도로 친절하고 자상하게 가르쳐 주셨다.

선생님들의 편지 묶음은 내가 죽기로 작정을 하고 태워 버리기 전까지는 나의 가장 소중한 보물이었기에 선생님들의 편지를 봉투 하나 다치지 않도록 소중히 간직했다. 수시로 되풀이하여 읽어 보았으므로 나중에는 필체만 봐도 어느 분이 주신 답장인가를 금방 알 수 있었고 내용도 환히 외워질 정도가 되었다.

3학년 되던 해 여름방학 동안 춘향전을 읽다가 그 뜻이 이해가 잘 안 되는 '탐화봉첩'이라던가 '금준미주' 등을 문의하니 쉽게 풀이해서 장문의 답장을 보내주신 분은 김 선생님이었다.

3학년 여름방학이 끝나고서이다.

김 선생님과 나는 야학교 후배 경자와 같이 선생님의 출신교인 제물포고교를 찾아갔다. 우리가 볼만한 헌 도서를 얻기 위해서였다.

별명이 '짠물'인 인천에 있는 제고는 당시에 지방 명문으로 소문이 자자했던 학교였고 서둔야학은 그 학교 출신 선생님들이 주축이 되어 운영되었는데 그날 처음 가 본 건데도 제고가 공연히 정겹게 느껴진 것은 나의 선입관 때문이리라.

제고는 시험을 볼 때 무감독 시험을 본다고 했다.

그 말씀을 해 주시던 제고 출신 선생님들의 얼굴에는 자부심과 모교에 대한 긍지가 가득 차 보였는데 그 시절 가끔은 우리도 제고를 흉내 내서 무감독 시험을 보곤 했다.

제고는 무척이나 큰 학교로 서둔야학은 제고 화장실의 몇 분의 1정도의 크기였다.

우리가 찾아갔을 때가 마침 수업이 끝난 직후였나 본데 남학생들이 즐겁게 노래를 부르고 있었다. 무척 우렁차고 씩씩한 목소리로.

"I have a joy joy joy joy

down in my heart

down in my heart

..........................."

도서실은 사방이 유리로 둥글게 되어 있는 층계를 올라가서 있었다. 인상이 후덕스러운 교장 선생님은 우리를 따뜻하게 맞아주셨고 헌 도서를 많이 내 주셨기에 우리는 소기의 목적을 달성할 수 있었다.

"아휴 큰일 날 뻔했네." "다친 데는 없니?"

그날 앞서가시던 선생님만 잃어버릴까 봐 '뚫어져라' 쳐다보고 따라가던 내가 골목길에서 나오던 승용차를 미처 보지 못하고 길을 건너다가 하마터면 큰일이 날 뻔하여 주위의 어른들이 모두 한마디씩 한 것이다.

수원 촌것이 상대적으로 번화한 인천에 가서는 결국 촌것 행색을 디리디리 낸 것이다. 충격으로 정신이 아득한 내게, 놀라서 벌건 얼굴로 나를 쳐다보시는 김 선생님의 모습이 들어왔다. 내 부주의로 선생님께 걱정을 끼쳐드리게 된 것이 무척 죄송해서 고개를 들지 못했던 나는 속으로만 말했다.

'선생님 죄송해요.'

인천에 도착하고 보니 점심시간이 되어서 선생님이 내게 말하셨다.

"애란아, 우리 점심 먹자."

선생님과 점심을 먹다니, 선생님 앞에서 입을 벌리고 무엇을 먹다니. 당시의 나로서는 꿈도 못 꿀 일이었다. 앞서서 식당에 들어가시려는 선생님께,

"선생님 저는 괜찮아요. 배 안 고파요."

두세 번 반복해서 권하시는 선생님께 나는 막무가내로 "안 먹을래요." 하며 끝까지 버티었고 결국 선생님은 포기하셨다.

다시 한참을 걷다 보니 이번에는 중국집을 가리키셨다.

"들어가자."

한식을 못 먹는데 중국음식이라고 먹겠는가.

또 "선생님 저는 괜찮으니까 선생님만 잡수세요." 하고 말했지만, 사실은 내 의지와는 상관없이 배는 고팠다.

길옆의 시계포집 시계는 어느덧 3시를 가리키고 있었다.

다시 조금 걷던 선생님이 정 시장하셨던지 이번에는 포장마차 집

을 가리키셨다.

"그럼 우리 이거라도 먹자."

"싫어요. 안 먹어요."

내 황소고집을 누가 당하랴.

두 손 두 발 다 드신 선생님은 경자만 데리고 호떡집으로 들어가셨고 나는 호떡집 포장 밖에서 기다리고 있었다.

긴 세월이 지나서 어른이 된 후 생각해 보니 '그때 나는 왜 그렇게도 어리석었나.' 하고 자책이 되었다.

글자 그대로 Understand를 전혀 해 보지 않은 나는 자신의 부끄러운 것만 생각했지 선생님 입장은 전혀 고려해 보지 않은 것이다.

'그때 선생님은 20세 한창나이의 청년이 아니었던가? 선생님이 얼마나 배가 고프셨을까?'

그 일을 두고두고 마음에 걸려 하던 나는 김 선생님께 언젠가는 꼭 사과 말씀을 드리고 싶어 했다. 그런데 내가 미처 사과 말씀을 드리기도 전에 김 선생님이 돌아가셨다는 소식을 듣게 되었다.

외국인 회사에 근무하시던 김 선생님이 40세 되던 해에 직장에서 출장을 가셨다가 과로로 돌아가셨다는 것이었다. 야학교 은사님들 중에 김 선생님이 처음으로 돌아가신 것을 알게 되었을 때 너무 큰 충격을 받았고 참으로 비통했다.

'선생님, 너무도 뵙고 싶은 우리 선생님, 이제 어디에서 그리운 그 모습을 다시 뵐 수 있을까요?'

서른두 개 선생님

지금 그 선생님 이름과 함께 그분의 배꼽도 생각나는 분이 있다.

수학을 담당하셨는데 그 큰 입을 벌리고 '하하' 웃으시면 이가 모두 다 보이는 듯해서 별명이 '서른두 개'인 그분은 장순환 선생님이었다. 이 별명은 한 해 후배인 이윤선이가 붙여 드린 것이다.

얼굴형이 너부죽하며 눈빛이 총명한 윤선이는 가장 똑똑한 후배 중의 하나로서 수원여중에 합격해 놓고도 집안 형편상 다니지 못한 아이였다. 재치 있는 그 애는 선생님들 별명을 그분의 특색을 살려서 똑 떨어지게 붙이는 재주를 가지고 있었다.

어느 날 체육 시간이었다. 어스름 저녁 무렵.

화단에는 키 작은 채송화가 여리게 웃고 있는가 하면(세상에서 가장 여리고 부드러운 꽃잎은 채송화가 아닌가 싶다) 한낮의 햇볕에 지친 맨드라미는 모래가 파슬파슬한 화단에서 졸음에 빠져들고 있었다.

하루 종일 비어 있던 야학교 운동장에는 이제 막 등교한 아이들의 명랑한 웃음소리와 인사 소리로 활기가 넘쳤고 그런 아이들을 선생님들은 환한 미소로 맞아 주고 계셨다.

우리에게 시범을 보일 장 선생님은 간편한 운동복 차림이었다.

단상 대신 운동장보다 약간 높은 연습림의 끝자락, 풀들이 무성하게 자라 있는 사이로 빼꼼하게 둔덕진 곳에 자리를 잡으셨다.

전교생이라고 해 봤자 4, 50여 명인 야학교 학생들이 체조 대형으로 늘어섰고 그 옆으로 선생님들이 서 계셨는데 너무나 작은 야학 운동장은 꽉 차 버렸다.

앞에 계신 선생님이 한 차례 시범을 보이면 아이들이 따라 하고 그러면 다시 시범을 보이시고.

중간 순서인 등배운동 중이었다.

선생님이 등을 뒤로 구부리던 중,

'아! 이게 웬일?'

그만 선생님의 배꼽이 '쏙' 나와 버리는 것이 아닌가.

"아하하하!"

그 상황에서 태연하게 체조를 할 수 있는 사람은 아무도 없을 것이다.

더군다나 우리 같은 소녀들로서는.

체조고 뭐고 다 집어치운 우리는 배를 잡고 웃었다.

어떤 애는 아예 운동장 바닥에 '데굴데굴' 뒹구는 애도 있었다.

처음에 멋쩍은 표정으로 난감해하시던 선생님도 급기야는 장기인 서른두 개를 다 내놓고 눈가에는 주름까지 잡으며 마음껏 웃으시는 것이었다.

농과 1학년인 선생님은 우리에게 말하셨다.

"군대 가기가 무섭다."고 "너무 무섭다."고 하셨다.

수업시간 두세 번 반복 설명을 해도 못 알아듣는 우리에게 언제 한 번 화를 내신 적이 없을 정도로 성격이 순하시던 선생님은 꼭 큰 아기 같은 분이었다.

선생님도 여유가 없으셨던지 교무실에서 숙직하시고 난 날 아침, 아직 겉옷을 입기 전의 선생님을 뵈니 여기저기 구멍이 뻥뻥 뚫어진 하얀 러닝셔츠를 입고 있었다.

사랑 하나 그리움 둘

선생님께 인사한 고구마

'하하하, 호호호, 껄껄.'

어느 가을날이었다.

그날은 동네 아이들과 같이 연습림 너머에 있는 잠사학과 실험 농장에 심겨 있는 고구마를 캐러 갔었다.

부드러운 흙 속에서 고구마 줄기를 들어내고 북을 돋아준 것을 파헤치면 굵고 잘은 고구마들이 여기저기 붉은 몸을 드러냈다.

수확의 기쁨은 얼마나 큰 것이랴?

"야 여기도 있다."

"이것 좀 봐 되게 크다."

신이 난 우리가 정신없이 주워 담으니 어느새 우리가 가져간 그릇에는 고구마가 넘칠 듯이 가득 담겼다. 그것을 머리에 인 우리는 안 먹어도 배가 부른 듯했기에 입이 헤벌쭉해서 황톳길 연습림 산길을 활기차게 걸어 내려오고 있었다.

그때였다. 연습림을 거의 벗어날 즈음에 야학교 이원정 선생님이 나타나시는 것이었다. 나는 황급히 머리에 인 그릇을 내린 후 선생님께 인사를 했는데 별안간 선생님 앞으로 고구마가 '와르르' 쏟아져서 나뒹굴었다. 내 옆에 있던 야학교 후배 차남이가 그만 깜박하고 고구마를 인 채로 선생님께 인사를 드렸던 것이다.

그릇에는 한 개의 고구마도 남아 있지 않았다. 연습림에는 선생님과 우리들의 웃음소리가 '하하 호호' 밝게 메아리치고 있었다.

송아지나 병아리는 인사를 할 줄 모른다. 인사도 사람만의 특징인데 살다 보니 인사를 제대로 하고 제대로 받는 사람이 드물다는 것을 알았다. 그 사람의 인품이 담겨 있는 인사는 정성을 담아서 해야 하고 받는 사람도 성의껏 받아야 한다.

어렸을 때 '착한 애' 소리를 들으려면 복잡한 절차가 전혀 필요 없다. 동네 어른들께 인사를 잘하면 된다. 엄마의 가르침대로 했을 뿐 전혀 의도적으로 한 것은 아니지만 결과적으로 나는 동네에서 착한 애가 돼 있었다. 그리고 이때껏 내가 인사하기를 가장 즐겼던 분들은 야학 선생님들이었다.

선생님들께 인사를 드리고 나면 즐거웠다.

먼발치에서라도 선생님이다 싶으면 뛰어가서 인사를 했다. 권위의식과는 전혀 상관없이 우리의 인사를 기쁘고 즐겁게 받아 주시던 선생님들의 활짝 웃는 모습이 보고 싶어서 열심히 하곤 했다. 다른 애들도 선생님들께 인사를 잘했는데 그들의 마음가짐도 근본적으로 나와 다를 바가 없었을 것이다.

자신을 아껴 주는 분들께 자신의 고마움을 인사라는 그릇에 담아서 드렸다. 자신이 존경하고 좋아하는 분들께 인사드리는 것이 어찌 즐겁지 않으랴!

영혼의 울음소리

늦은 가을날
연습림에

사랑 하나 그리움 둘

찬바람이 '휘이'

휘몰아치면

저 멀리 산속에서

들려오는 괴기한 울음소리

왜일까?

내 가슴을 이토록 저리게 하는 이유는.

맞아! 저 소리는

캐서린과 히스클리프가

서로를 안타깝게 부르는 소리야

이승에서 못 이룬

사랑이 한이 되어서

꿈에서도 못 잊을

한이 되어서

서로의 영혼을

목메게 부르는 소리야.

"Whatever our souls are made of, his and mine are the same": 우리의 영혼이 무

엇으로 만들어졌는지 모르지만, 그와 나의 영혼은 같다.

수많은 사랑 고백 중에서 내가 가장 좋아하는 구절이다.

이 절절한 사랑의 고백은 에밀리 브론테의『폭풍의 언덕』에서 여주인공 캐서린이 그의 연인 히스클리프에 대해 폭포수같이 쏟아 내는 말이다.

"이제 이 여자는 내 여자야, 아무도 가까이 오지 마!"

이제는 죽어버린 연인 캐서린을 품에 안고서 울부짖는 히스클리프가 어찌나 가엾던지요! 밤새 베갯머리를 다 적셔 가며 울었었지요. 생각하니까 지금 또 눈물이 나네요. 그때 얼마나 가슴이 미어지게 아팠던지요. 이제 그녀는 그를 보고 방긋 웃어주지 못합니다. 그를 사랑한다는 말 한마디 못 합니다. 이제는 다른 세상 사람이 된 그녀일망정 자신의 것으로 하고 싶은 절절한 사랑 앞에 내 가슴은 완전, 속절없이 무너져 내렸었지요.

우리는 갈 곳 없는 외로운 영혼들이었다

서둔야학에서 우리의 졸업 날이 다가오고 있었다.

"졸업 후에 큰 기념이 될 테니까 선생님들께 한마디씩 써 달라고 하거라."

어느 선생님의 제안으로 우리들은 저마다 B4 크기의 하얀 도화지를 몇십 장씩 샀다. 윗부분을 리본으로 묶어서 각 선생님께 돌렸다.

내 비망록에 적힌 글들을 살펴보면 우리의 영어 선생님인 유형규 선생님은 특유의 시원시원한 필체로 이렇게 적으셨다.

"바쁜 꿀벌은 근심할 틈이 없다."

김춘태 선생님은,

"옛날에 한 아이가 살았습니다.

그 아이는 내일은 오늘과 다르리라 생각하며 살았습니다."

과학 선생님인 목일진 선생님은,

"끝이 좋아야 모든 것이 좋다."

를 독일어로 적어 주셨는가 하면,

국어 선생님인 김영복 선생님은 긴 장문의 편지를 만년필로 또박또박 적어 주셨다.

"착한 소녀여 잘 가거라 흰 눈을 밟으며 잘 가거라…."

편지의 마무리였다.

졸업식을 하는 날이었다.

회장인 내가 답사를 읽다가는 그만 울어 버렸다. 답사 내용이 3분이라면 우는 시간은 그 몇 배가 되었을 것이다. 한 줄 읽고는 울고, 또 한 줄 읽고는 한참을 울고 가슴이 미어지게 아파서 울었다. 서럽게, 서럽게 옆에 있는 시멘트벽에다가 얼굴을 파묻고 울었다. 울다가 보면 눈물이 앞을 가려서 앞에 계신 선생님들이 '가물가물'했다. 너무도 큰 슬픔에 몸을 지탱하고 서 있기가 힘이 들었다. 아무리 생각해 보아도 우리는 갈 곳이 없었다.

그동안 슬프나 기쁘나 밥만 먹으면 찾아가던 우리의 즐거운 집이었다. 시간만 나면 찾았던 우리의 포근한 안식처인 서둔야학은 우리에게는 학교 이상의 커다란 의미였다.

사랑에 갈증을 느끼던 우리가 이곳에 와야만 비로소 사랑에의 갈증을 해소할 수 있었다. 부모님들이 해 주셔야 할 역할을 선생님들이 해 주셨고, 가정에서 느껴야 할 포근함을 야학에서 맛볼 수 있었기에 우리의 마음을 의지해 온 곳인데 이제 야학은 우리더러 떠나라고 한다. 이제 우리는 누구를 의지하고 사나. 마치 우리가 황량한 들판에 내던져진 존재들인 것 같았다.

물도 없는 사막에 내팽개쳐진 한 마리 들짐승인 듯 여겨져 우리는 서러움에 울부짖었다.

졸업식이 끝나서도 갈 곳이 없는 우리는 집에는 갈 생각도 하지 않고 계속 야학에서 울고 있었다. 선생님들도 갈 곳 없는 우리의 처지를 너무도 잘 아시기에 같이 아파하시다가 우는 우리를 겨우 달래어서 손수 한 명씩 집에 데려다가 부모님께 인계해 주셨다. 그런 다음 마음이 아프신 선생님들이 사거리 집에서 한잔하시고 야학에 가서 다시 2차를 하시고자 소주 한 병을 사 들고 가셨단다.

그런데 분명히 당신들이 집에 데려다 주었기에 지금쯤은 집에 있어야 할 우리가 야학에 있더란다. 교실로 들어가, 문을 안으로 걸어 잠그고 울고 있더란다. 그러다가 선생님들이 오신 것을 보고는 교실에서 뛰쳐나와 선생님들을 붙잡고 한없이 슬프게 '엉엉' 우는 바람에 선생님들도 눈시울을 붉히셨다는 얘기를 후에 조봉환 선생님이 들려주셨다.

"흰 눈이 쌓였었지 달 밝은 밤이었고. 나도 어찌나 눈물이 나던지…"

하시는 분은 최근에 뵌 최미숙 선생님으로 당시 우리 졸업반 담임이었던 분이다. 졸업해도 이제 17, 18세인 어린 우리가 갈 곳은

이 세상 어디에도 없어 보였다.

마음 붙일 데 없었던 우리는 매일 밤 버릇처럼 연습림 야학교 주변을 맴돌았다.

우리의 마음에서 서둔야학을 쉽사리 떨쳐 버리지 못하고 밤마다 문밖에서 떨며 서성이고 있었다. 우리는 모두 갈 곳 없는 외로운 영혼들이었다.

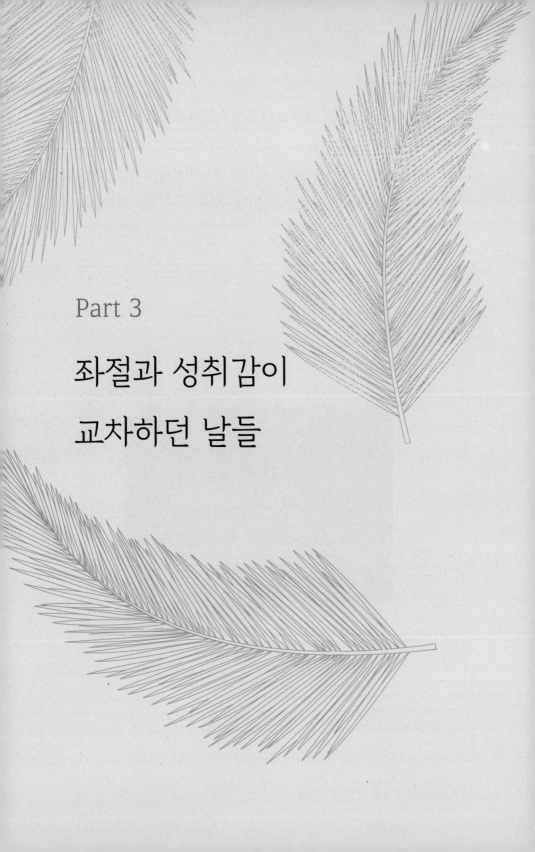

Part 3

좌절과 성취감이
교차하던 날들

To be, or not to be, that is the question

"Parting is such sweet sorrow(이별은 달콤한 슬픔)"

20세 때 빠졌던 달콤한 이 말보다 먼저 치열하게 붙잡고 고민했던 것은 바로 저 위의 명제이다.

인생의 봄인 열여덟 살 나는 수원역에 있는 D방직공장에 다니고 있었다. 제대로 먹지 못하고 자지 못해서 항상 파리한 모습의 내 또래 소녀들의 표정은 한마디로 나를 슬프게 했다. 희쭈그레한 작업복 속에 온갖 장밋빛 꿈들을 묻어 놓고 날이면 날마다 중노동에 찌든 그 얼굴들이라니….

거울을 들여다볼 것도 없이 그들은 내 자화상이었다. 그런 곳에 시와 음악과 영화가 있을 리 없었다. 이젠 그런 것은 나하고는 아무 상관도 없는 먼 나라 이야기가 되어 버렸다.

꿈은 저 멀리로 사라져 버리고 생기 하나 없이 박제된 모습의 소녀. 야간근무가 끝난 후 거울을 보면 파리할 대로 파리해 풀기 하나 없는 낯선 여자애가 웃을 줄도 모르고 서 있었다.

그런데 내가 무엇보다도 못 견뎌 한 것은 신분 상승에의 욕구가 더 이상 분출되지 못하고 박탈된 상황인 점이었다. 빛나는 자존심의 소유자인 내게 그것은 죽음을 의미하는 것이었다.

'내가 이 생활, 이 부류에 어울리는 사람이냐?' 하는 생각에 하루하루가 치욕스러웠다. 그것은 글자 그대로 헤어날 길 없는 절망이었다. 희망의 싹은 전혀 보이지 않고. 나는 날마다 자신을 자학하며 시체처럼 살았다.

그 고통을, 그 굴욕감을 감내하기에는 너무 자존심이 상했고 어디를 둘러봐도 사방이 깎아지른 절벽이었다. 어느 날 일을 마치고 대학로를 걸어서 집으로 가던 길이었다. '쾅' 무언가에 부딪혔다. 순간 누가 본 사람은 없나 한 바퀴 돌아봤다. 아무도 없었다. '휴' 다행이었다. 그제야 머리가 깨질 듯이 아팠다.

"To be, or not to be, that is the question."

"죽느냐 사느냐 그것이 문제로다."

이 명제를 놓고 죽도록 고민하느라 전봇대를 보지 못했기에 생긴 일이었다.

이 말은 햄릿 왕자가 자신의 어머니와 사는 숙부가 바로 국왕인 아버지를 독살한 범인임을 알고서 괴로워하며 고민했던 인간적인 고뇌와 갈등을 함축해서 표현한 말이다. 청소년 때의 나는 살아 있는 인간으로서 가장 원초적인 이 문제로 고민에 빠졌다.

하늘이 아무리 푸르러도 쳐다볼 줄을 몰랐고. 꽃이 아무리 고와도 느낄 줄을 몰랐다.

참으로 혹독하고도 잔인한 세월이었다.

그때는 정말이지 머리가 깨질 정도로 세상의 온갖 고뇌와 고통을 온통 나 혼자 짊어진 것처럼 내 앞에 놓인 삶을 무거워하고 괴로워했다. 무엇을 해야 할지 목적의식이 없었다.

어디로 가야 할지 방향 감각을 잃어버린 채로 끝없이 방황했다.

사랑 하나 그리움 둘

그러다가 나는 중대한 결단을 내렸다.

나 스스로 내 삶을 마감하기로….

마지막 꽃 한 송이

'To sir with love.'

'To sir with respect.'

'선생님께 사랑을.'

'선생님께 존경을.'

일단 죽으려고 마음을 굳힌 나는 현실을 부정했다.

나를 낳아서 가난 속에 가두어 놓은 부모님이 싫었다. 너무 원망스러웠다. 내 초등학교 때 꿈은 패션디자이너, 발레리나, 선생님, 피아니스트였다. 이렇듯 하고 싶은 일이 너무 많았고, 갖고 싶은 것 투성이었다. 피아노를 미치도록 치고 싶었고, 책을 많이 갖고 싶었으며 예쁜 옷을 입고 싶었다. 교복을 단정히 입고 학교에 다니고 싶었는데 이런 이차적인 것은 고사하고 매일 먹고 사는 것도 해결을 해 주지 못해서 끼니 때마다 불안하게 하는 부모님을 용납할 수 없었다.

어려서는 착하고 무던하다는 말을 많이 들었건만 자라면서 가난한 집안 형편 때문에 꿈을 펼치지 못하고 계속 좌절만 하다 보니 현실에 대한 온갖 불만투성이었고 부모님이 원망스러워서 겉으로 표현을 하지는 않았지만 가슴 속에서는 분노의 불길이 '이렁이렁' 일곤 했다. 남의 집 셋방살이. 그것도 다 쓰러져 가는 초가집에 내가 살 수밖에 없다는 것을 도저히 참을 수 없었다. 집에 들어설 때마다 내 자존심은 여지없이 구겨지곤 했다. 그동안 가난 때문에 쌓인 한이 너무 많았던 나는 이승에서는 마지막인데도 부모님한테는 따뜻한 말 한마디 남기고 싶지 않았다.

그러나 야학 선생님들은 더없이 소중하게 생각되어 죽으려고 마음먹었을 때부터 날마다 선생님들 생각만 하고 살았다.

죽기 전에 '내게 그동안 분에 넘치는 사랑을 쏟아 주신 서둔야학 선생님들께 마지막으로 무언가 꼭 마음의 표시를 하고 떠나고' 싶었다. 그래서 곰곰이 한 달 이상을 생각해 본 끝에 이미 졸업을 한 졸업생이지만 선생님들께 5월 15일 스승의 날 가슴에 꽂아 드릴 최초이자 최후인 꽃을 나 스스로 만들기로 결심했다.

우선 안면이 있는 양장점에 가서 사장님에게 양해를 구하여 자투리 헝겊을 한 보따리 얻어 왔다. 그리고 우리 집 맞은편에 심겨 있는 사철나무 잎사귀도 적당한 분량을 따 왔다. 연필로 일일이 헝겊에 크고 작은 장미 꽃잎을 그리고, 그다음에는 가위로 자른 다음 제일 작은 꽃잎, 중간 크기의 꽃잎 그리고 제일 큰 꽃잎 이렇게 세 장을 겹쳐서 바늘로 꿰맸다. 중간에는 동그랗게 자른 꽃술을 밥풀로 붙여서 바느질한 것을 감추면서도 동시에 포인트 역할을 하게 하였다.

그런 다음 사철나무 잎사귀를 양쪽으로 하나씩 실로 꿰매어 붙였다. 일일이 바느질로 만들어야 하고 혼자서 했기에 시간이 오래 걸렸지만 하나하나 정성을 다해서 만들었다. 선생님들이 꽃을 받고 기뻐하시는 모습을 상상하면 힘이 들지 않았고 즐겁기만 했다.

사랑 하나 그리움 둘

드디어 1968년 5월 15일 스승의 날.

이승의 마지막 날의 기억은 한 줄기 바람조차도 선명하다. 텃밭에 심겨 있는 시금치는 싱그러운 오월의 햇볕에 한창 예쁜 초록색 옷을 뽐내고 있었다. 야학 화단의 월계꽃은 샛노란 꽃잎이 가지마다 탐스럽게 피어올라 마치 기다란 드레스 자락을 우아하게 퍼트린 귀부인의 자태였다.

야학 수업을 시작하기 직전이었다. 내 사랑, 서둔야학 선생님들 가슴에 한 분 한 분 꽃을 달아 드렸다.

자그마한 서둔야학 운동장에 나란히 서 계신 선생님들 가슴에.

내게는 너무도 소중한 시간이었다.

이 다정하신 선생님들의 모습을 이승에서는 다시 못 뵐 것을 생각하니 목이 메고 눈물이 나왔으나 꾹 참고 웃으면서

"선생님 감사합니다.", "선생님 고맙습니다." 하며 다 달아 드렸다.

비록 모양새는 별로 없을지 모르지만, 그 꽃은 단순한 꽃이 아니었다. 나의 정성, 나의 사랑, 나의 혼을 다 불어넣어 만든 한 송이 '보은의 꽃'이었다.

선생님들도 아주 기뻐하고 대견해하시며 행복해하셨다. 며칠 밤을 꼬박 그 꽃을 만드느라고 바친 나의 정성이 빛을 발하는 순간이었다.

"애란아 너도 이젠 남은 그만 생각하고 너 자신을 좀 생각하고, 너 자신을 위해서 좀 살아라."

다 달아 드린 후 새삼 쑥스러워서 여러 선생님의 시선으로부터 몸을 숨기고자 3학년 교실에 얼른 조심스럽게 숨어들었다. 그때 내

게 그 선생님 특유의 싱긋이 미소 띤 얼굴로 이렇게 말하신 분은 김영복 선생님이었다. 김 선생님은 우리가 졸업할 때 선생님들께 돌린 비망록에 장문의 편지를 써 주셨는데 끝에는 이렇게 마무리하셨다. "착한 소녀야 잘 가거라. 흰 눈을 밟으며 잘 가거라."

우리 졸업식 날은 흰 눈이 소복소복 내렸었다.

나는 나를 생각해서 충고해 주시는 김 선생님의 말씀에 '선생님은 내 속도 모르시고' 하는 생각으로 깊은 아픔과 슬픔을 동시에 느꼈다. 눈물이 마구 쏟아질 것 같았기에 아무도 모르게 입술을 '꽉' 깨물었다.

'김 선생님 저를 생각해 주시는 선생님의 말씀 너무 고맙습니다. 그렇지만 지금 제게는 그런 말씀이 아무 소용이 없어요. 저는 이제 이 세상을 하직할 거예요.'

"고맙다."

나의 아픈 속을 절대로 모르시는 선생님들은 그 맑고 밝은 표정으로 나를 정답게 쳐다보고 웃으며 말하셨다.

"아! 내게는 너무도 소중하신 나의 선생님들이시여! 당신들의 영혼은 너무도 순수했습니다. 너무도 아름다웠습니다.

그동안 제게 베풀어 주신 그 사랑의 빛깔은 정말이지 너무도 고왔습니다. 베풀어 주신 사랑의 무게가 너무도 무거웠습니다. 저는 이제 저에 대한 선생님들의 깊고 고운 사랑을 가슴 깊이 간직한 채 절대로 다시 올 수 없는 머나먼 나라로 가겠습니다.

모두 안녕히 계십시오.

내가 세상에서 가장 사랑하고 존경하는 선생님들이시여!"

사랑하는 선생님들의 표정을 한 분 한 분, 아프게 그리고 소중하게 가슴에 담은 나는 이제 조용히 생을 마감하는 의식을 갖기로 했다.

꽃을 단 모자를 쓰고 순백의 영혼으로 떠나자

지금 우리 집안의 형편으로는 내가 더 이상의 신분 상승을 한다는 것은 도저히 불가능한 일이다.

무엇보다도 신분을 중요하게 생각하는 내게 그것은 캄캄한 절벽이요, 사방이 온통 꽉 막힌 벽이었다.

더 이상 살 가치가 없는 것이고, 삶의 의욕이 뿌리째 뽑혀 버린 상태였다. 심한 자괴감, 패배의식으로 자신의 존재 가치를 철저하게 부인했다.

'어차피 나 같은 사람은 이 세상을 더 살아 보았자 아무짝에도 쓸모없는 무용지물이다.'

'나는 이 세상의 쓰레기 같은 인간이다.'

또 한편으로는 죽음이 달콤하게 속삭이고 있었다.

'앞으로 더 살아 보았자 죄만 더 짓게 된다. 우리 집의 혹독한 가난은 결국 나를 죄악의 구렁텅이에 빠트릴 것이다. 차라리 지금 순백의 영혼으로 가는 것이 더 낫다.'

몇 개월을 골똘히 생각해 왔기 때문에 이미 죽음이 하나도 무섭지 않은 경지에 도달했다.

어느새 죽음은 내 친구가 되어 있었다.

죽는 순간 세상의 온갖 번뇌, 갈등, 애증 이런 것으로부터 홀가분하게 놓여날 수 있다. 죽음은 나를 얼마나 편하게 해 주는 친절한 친구인가? 나는 '죽음'이라는 친구에게 고마움의 미소를 짓고 조용히 다가가기로 했다. 우선 그동안 소중히 간직해 왔던 사진과 편지와 일기장을 아궁이에 가져가서 모두 불태워 버렸다.

그동안 선생님들이 소풍 갈 때마다 찍어서 나눠 주신 사진들이 이십여 장이 되었고 방학 때 보내주신 선생님들의 다정하고도 친절한 가르침들이 적혀 있는 소중한 편지 묶음이 꽤 두툼했다. 그동안에 몇 번을 읽어 봐서 내용과 필체가 익은 편지들을 다시 한번 마지막으로 읽어 보았다. 눈물이 흘렀다.

초등학교 때부터 써 왔던 일기장이 이젠 20권도 넘었다. 얼른 몇 장 펴서 본 일기장은 가난으로 얼룩져 있었다.

얼마 후, 사진도, 편지도, 일기장도 모두 한 줌의 재가 되어 버렸다.

'나도 몇 시간 후에는 이렇게 홀홀히 이승을 떠나게 될 것이다.'

약국을 전전했다.

"수면제 좀 주세요."

"뭐 하게."

"잠이 안 와서요."

이런 식으로 몇 군데를 다녀 보니 금방 50여 개가 되었다.

황순원 씨의 『소나기』에는 죽음을 앞둔 소녀가 소년과 애틋한 추억이 담겨 있는 분홍색 스웨터를 입은 채로 묻어줬으면 한다는 내용이 나온다.

이날 아침에 입었던 옷은 부드러운 질감의 하늘색 블라우스와 감색 학생복 스커트였다.

내가 가장 아끼던 옷이었다. 그리고 모자를 썼다.

그것은 밀짚으로 되어 있었고 모양이 아담하면서도 전체적으로 검은 망을 씌운 후 왼쪽 옆에는 연 핑크 안개꽃이 피어 있는 것이었다.

언젠가부터 나는 지독한 탐미주의자가 되어 있었다.

예쁜 것이 가치의 척도가 되어 모든 것에 우선해서 미를 추구하고 있었다. 물건 하나를 사도 기능 못지않게 모양이 예뻐야 했고 옷을 고르는 데도 다른 사람이 편한 것, 수수한 것을 선호하는 데 비해서 나는 좀 불편하더라도 멋있고 예쁜 것을 좋아했다.

평소에도 꽃이나 모자 그리고 리본 등을 좋아해서 여름날에는 대개 모자를 썼었다.

낭만주의자요 탐미주의자인 나는 다시는 돌아올 수 없는 긴 여행을 떠나면서도 어떻게 하면 죽은 내 모습이 좀 더 예뻐 보일까 궁리를 했었고, 마지막 가는 길을 자신이 연출해서 입은 채로 묻어 주기를 간절히 염원했다.

부엌으로 들어가서 찬물을 양은대접에 담은 후 재빨리 약을 다섯 개 또는 여섯 개씩 털어 넣고 물 한 모금 마시고 또 약을 먹고 물을 마시고.

약을 다 삼킨 후에는 안방에 누워 계신 아버지께 들키지 않도록 조심해서 옆방으로 들어갔다. 다 낡은 집인 데다 옆방은 쓰지 않고 비워 둔 상태라 방 모양이 더 험악했다.

방바닥은 흙먼지가 '푸석푸석'했고 벽지는 군데군데 헐어서 너덜거렸다. 방문 고리를 안에서 단단히 걸어 잠그고 방문 옆으로 반듯이 누웠다. 눕다 보니 모자가 비뚤어졌다. 다시 모양을 바로잡아 쓴 후 두 손을 배 위에 가지런히 모으고 내 친구 죽음과 다정하게 손잡고 저세상으로 갔다.

사랑하는 이여, 나 죽었을 때
슬픈 노래를 부르지 마세요.
머리맡에는 장미도
그늘을 드리우는 사이프러스 나무도 심지 마세요.

— 크리스티나 로제티

스스로 죽음을 택한 사람들의 심정은 얼마나 비장한 것이던가! 충동적으로 죽음을 택한 사람들을 제외한다면.

죽음을 친구로 맞아들이기까지는 숱한 번뇌와 갈등의 시간이 필요하다. 흔히 이들을 비겁자라고 하지만 절대 그렇지 않다.

누구보다도 삶을 사랑하고 강한 자존심으로 이 세상을 열심히 살아 보려고 한 사람들이 이들이다. 삶에 대한 꿈과 기대가 클수록 그리고 열심히 노력해 왔을수록 좌절의 골은 깊은 것이기에 일단 한번 그 유혹에 빠져들면 헤어 나오기가 절대 쉽지 않다.

이것이 죽음을 심각하게 생각해 보지 않은 사람들이 삶을 아파하며 간 이들을 쉽게 매도해 버리면 안 되는 이유이다.

사랑 하나 그리움 둘

누가 뺨을 때리고 소리치는 바람에 깨어난 나는 속이 몹시 쓰린 것부터 느꼈다.

이상한 예감을 느낀 남동생 한규가 문고리를 부순 후 나를 꺼냈단다. 서둔동에 사는 여의사가 불려 와서 나를 깨웠단다.

사건 이틀 만에 아름다운 초록별, 지구상에 다시 살아서 숨을 쉬게 되었다. 허탈한 심정이었다. 그리고 말도 못 하게 치욕스러웠다. 이 세상과 결별하기로 하고 그 어려운 일을 단행했는데 그것이 수포가 되다니….

'아! 싫어 정말 싫어! 세상이 싫어서 죽어 버렸는데 왜 다시 살아난 거야…왜….

나는 살고 싶지 않아! 정말 살고 싶지 않아! 나는 죽어야 해….'

속으로 울부짖을 때 눈에서는 하염없이 눈물이 흘러내렸다.

병환 중에 계신 아버지가 수척하신 모습으로, 누워 있는 나를 보고 울고 계셨다.

"모자까지 쓰고…." 이렇게 말끝을 흐리시며 눈물을 뚝뚝 흘리셨다.

나 때문에 눈물을 흘리고 계신 아버지였지만 나는 그런 아버지에 대해서 냉담했다. 마음 깊숙이 자리 잡은 아버지에 대한 원망이 가슴을 싸늘하게 식혔다.

'아버지 울긴 왜 우세요. 아버진 우실 자격도 없어요. 삶의 패배자가 된 이 둘째 딸의 모습을 두 눈으로 똑똑히 보세요. 전 죽으면 죽었지 자존심이 상해 가며 비굴하게 살고 싶지는 않아요. 상자 안에 갇힌 참새는 제 성질에 못 이겨서 죽는대요!

아버지가 조금만 정신을 차리고 자식들을 건사했으면 우리가 왜 이렇게 비참하게 됐겠어요. 아버지가 그동안 우리에게 얼마나 큰 상처를 주셨는지 아세요. 전 절대로 아버지 용서 못 해요.'

속으로만 큰소리로 울부짖었다.

부모님에 대한 원망이 커서인지 가족에게서 통째로 정이 떨어졌던 나는 집안 식구들, 엄마를 비롯한 동생들이 이 사건에 대해서 어떻게 반응했는지 전혀 기억에 남아 있지 않다. 마음의 문이 요지부동 모질게 닫혀 있었다.

'중용'이란 얼마나 좋은 말인가?

그러나 나는 성격상 이 중용이란 말과 가장 어울리지 않는 사람 중 하나이다. 집요하면서도 격렬한 성격의 나는 호불호가 분명했다.

한 번 은혜를 입으면 끝까지 좋은 감정을 가지고 은혜를 갚으려 하는가 하면 내게 상처를 준 사람들은 쉽게 용서를 못 하고 끝까지 물고 늘어지는 불독이었다.

부모님에 대해서 원천적으로 가져야 할 육친의 정보다 피 한 방울 섞이지 않은 야학 선생님들께 집착하는 내 애정은 어쩌면 비뚤어진 것일지도 모른다. 그러나 아버지가 내 애정에 등을 돌리고 무관심할 때 실질적으로 내 추위와 외로움을 살뜰히 보듬어 주신 분들은 야학 선생님들이었고 가뭄에 콩 나듯이 한 번씩 뵐 수 있었던 아버지보다 더 많은 시간을 나와 같이해 주신 분들은 야학 선생님들이었다.

죽음에서 깨어나서 '텅' 빈 가슴으로 찾아간 곳은 내 영혼의 안식처인 서둔야학이었다.

사랑 하나 그리움 둘

"너 무슨 일이 있었구나?" "얼굴빛이 왜 그러니?"

"제발 말 좀 해 봐라."

심상치 않은 내 안색을 살핀 후 걱정하시는 선생님들께 끝내는 털어놓지 않을 수 없었다.

선생님들은 놀라시며 한 분 한 분 각기 다른 모습으로 나를 격려해 주시고 절망에서 구해 주시려고 며칠 동안이나 온갖 애를 다 써 주셨다.

야학 시절 우리의 가정 선생님이었던, 우명옥 선생님이 내게 쏟은 정성은 각별했다. 며칠 동안이나 나와 함께 있어 주며 의욕이라고는 눈곱만치도 없는 내게 다시 삶의 의욕을 불어넣어 주려고 무진 애를 쓰셨다. 내가 일기를 꼬박꼬박 쓰고 있다는 것을 잘 아시는 우 선생님은 겉표지가 빨간색으로 되어 중앙에 흰색의 들국화가 서너 송이 피어 있으며 역시 흰색으로 윗부분에 들국화 일기라고 씌어 있는 일기책을 내 손에 쥐여 주셨다.

"애란아 일기를 꼭 써야 한다."라고 하시며.

얼마 후에는 당신도 학생의 신분으로서 쉬운 일이 아니었을 텐데도 내 취직자리를 알아봐서 백화점에 취직까지 시켜 주신 우 선생님의 세심한 배려를 어찌 잊을 수가 있을까!

그리고 변종식 선생님은 내가 다시 또 약을 먹을까 봐서 아예 나를 당신 하숙집에 데리고 가서는 온종일 감시하는 한편 내가 다시 용기를 가지고 살 수 있도록 격려의 말을 아끼지 않으셨다.

'한 번 죽으려다 실패한 사람들은 무서워서 다시는 그런 짓을 하지 못한댄다.'

한편으로는 이런 말을 하시며 내 눈치를 보기도 하셨다.

또 내가 죽음의 잠에서 깨어난 후 야학을 찾아가기는 했지만, 다리에 힘이 없어서 비척거리며 온전히 걷지를 못하니 아예 나를 업어서 우리 집까지 데려다주신 분은 후배들의 선생님인 박봉현 선생님이다.

조용민 선생님 또한 내게 어떻게 해서라도 다시 희망을 품게 해주려고 굉장히 노력하신 분 중의 한 분이다. 그 사건의 후유증으로 실의에 빠져서 며칠간 거의 밥을 먹지 않았던 나를 본 조 선생님은,

"얼굴이 너무 파리하다. 너 혹시 또 약을 먹은 것은 아니지?" 하시며 안쓰러운 표정으로 쳐다보시다가는 수원 시내로 데리고 나가서 볶음밥을 시켜 주셨다.

남문 옆에 있는 자그마한 중국집 2층이었다.

식욕이라곤 전혀 없는 내게 "잘 먹고 기운을 차려야 한다."고 설득하시며 먹는 것을 끝까지 지켜봐 주셨다.

평소에 누가 쫓아오기라도 하는 듯이 밥을 '후다닥' 먹어 치우는 습관이 있는 내게 가장 긴 식사시간이었다.

내가 죽을 때 꽃을 꽂은 모자를 쓰고 죽었는데 후에 나 스스로 생각해 봐도 너무너무 낭만적인 것 같아서 선생님께 말했다.

"선생님 저 그때 꽃을 꽂은 모자를 쓰고 죽었어요."

"그럼 누가 너 죽은 모습을 보고 '아! 아름답다.' 그러니?"

선생님은 허탈하게 웃으며 이렇게 꼬집으셨다.

'그렇지만 선생님. 유리관 안에 잠들어 있는 백설 공주를 본 왕자님은 'Oh what a beautiful girl!' 했단 말예요.' 속으로만 종알댔다.

사랑 하나 그리움 둘

하루에도 각종 사고나 자살 사건으로 수십 명의 생명이 스러지는 것이 오늘날의 현실인데 야학 선생님들은 한 제자의 생명을 끝까지 소중하게 생각하여 내게 다시 삶의 의욕을 심어 주시고자 그렇게 눈물겹게 마음을 써 주셨다.

죽음을 시도했다가 다시 깨어나서 보니 나를 그토록 염려해 주고 사랑해 주신 서둔야학 선생님들을 잠시 잊었다는 사실을 깨달았다. 커다란 배은망덕이었다. 깊은 좌절의 늪에 빠져서 헤어날 줄 모르는 한 제자의 절망을 당신들의 일인 양 아파하시고 그곳에서 끄집어내 주시고자 애쓰시는 선생님들의 사랑이 새삼 뼈에 사무치도록 고마웠다.

천사표 내 동생 연희

내가 스무 살, 내 동생 연희가 열여덟 살이던 어느 날이었다. 동생 연희가 헐레벌떡 집을 향해 달려오고 있었다. 그러던 연희는 우리 집 대문 앞에 있는 나를 발견하곤 눈을 흘겼다. 또 죽는 줄 알았던 언니가 생생히 살아있으니 한편으로는 안심이 됐지만 얄미웠던 것이다.

용인에 있는 방직공장에서 하루 12시간씩 중노동을 하며 고생하는 연희에게 며칠 전 내가 편지를 보냈었다. 언니로서 동생이 고마우면서도 안쓰러워서였다. 엄마와 함께 우리 가족의 생계를 짊어지고 있었던 연희는 회사 기숙사에서 지내고 있었다. 시를 좋아하는 내가 유치환 시인의 '행복'을 같이 적어서 보냈는데 내용 중에 '사랑

하는 이여 그럼 이만 안녕! 설령 이것이 이 세상 마지막 인사가 될지라도 사랑하였으므로 나는 진정 행복하였네라' 하는 구절에 놀라서 일하다 말고 집으로 달려왔다고 했다. 2년 전 자살 사건을 벌였던 언니가 또 죽는 줄 알았다고 놀란 가슴을 쓸어내리고 있었다. 스무 살이 돼서야 고교생이 된 내가 내 공부하려고 발버둥을 치던 시절이었다.

시를 잘 모르는 연희는 언니가 자기에게 이 세상 마지막 인사를 하는 줄 알았던 것이다. 병석에 계신 아버지가 눈물을 뚝뚝 흘리시던 것만 기억하고 있는 나였다. 다른 형제들이 그 사건에 어떤 반응을 보였는지 전혀 생각나는 게 없다. 그런데 천사표 내 동생 연희에게는 그 사건이 트라우마로 남았다는 것을 이 일로 인하여 알게 되었다.

둘째로 태어난 나와 셋째로 태어난 연희는 어려서부터 사랑과 관심을 받지 못해도, 배가 고파도 투정 한 번 할 줄 모르던 무던한 성격의 아이들이었단다. 엄마는 우리가 울 줄도 모르고 그저 방바닥에서 뒹굴뒹굴하며 놀았다고 했다. 우리에게까지 관심을 쏟기에는 엄마의 삶이 너무 고달팠고 시간은 턱없이 부족했다.

"엄마 것부터 닦아야지 호호호."

수돗가를 지나가던 동네 아줌마들이 한마디 하면 이번에는 남자 어른이

"아니야 아버지 것부터 닦아야 한다."

고 말하셔서 나를 헷갈리게 하던 이 때는 내가 수세미에 비누를

묻혀 열심히 신발을 닦고 있을 때의 일이다. 초등학교 들어갈 무렵의 나는 부모님의 하얀 고무신을 동네 한가운데 있던 공동 수돗가에서 닦았다. 영등포에 살 때였고 엄마가 시키지 않으셔도 내가 알아서 하곤 했다.

"못 먹는 나물이 첫 정월에 나온다더니…"

초등학교에 막 입학한 내가 새벽부터 일어나서 아침밥 준비하시는 엄마를 도와드린다고 설치면 엄마가 웃으며 내게 단골로 하시던 말씀이다. 엄마가 빨래를 만질 때 맞은편에서 잡고 있다가 엄마가 휙 하고 잡아당기면 작은 몸집의 나는 번번이 나둥그러졌다. 그러면 엄마와 나는 마주 보고 깔깔대고 웃곤 했다.

"엄마 조르지 말고 이거 먹어."

엄마가 우리 형제들에게 먹을 것을 나눠 주면 나는 먹지 않고 남겨 두었다가 동생들이 엄마에게 또 달라고 조르면 내 것을 주곤 했었다. 그러다가 자아에 눈을 뜨게 된 나는 서서히 이기적으로 변해 갔지만 천사의 심장을 가지고 있는 연희는 착한 심성을 그대로 이어 갔다.

"언니 먹어."

"아니야 괜찮아."

새벽에 일을 가야 하는 연희에게 엄마는 달걀부침 두 개를 해서 주셨다. 그 시간에는 밥맛이 없으니 그거라도 먹고 가게 하려는 것이었다. 그때 잠이 깬 내가 쳐다보고 있으면 연희는 늘 내게 양보를 하곤 했다. 그게 내 입에 어떻게 들어가겠는가? 힘든 공장 일을 하러 가는 연희의 허기를 달래 줄 영혼의 음식인데…. 그건 언니로서

할 짓이 아니고 내가 먹어서는 절대로 안 되는 음식이었다.

'내가 지금 연희의 피를 빨아먹으며 살고 있구나!'

여름날 밤일을 하고 와서 낮에 곤히 잠을 자는, 비쩍 마른 연희를 보고 있노라니 눈물이 났다. 더운 날 모기장 속에서 땀을 뻘뻘 흘리며 혼수상태로 잠을 자는 연희가 너무 불쌍해서 가슴이 아파 왔다. 잠자고 있는 연희는 가끔 얼굴을 찡그렸다. 꿈속에서도 힘든 일이 있는 것일까?

"한 푼만 도와주세요."

'이걸 어떡하지.'

그로부터 몇 년의 세월이 지나서 20대 중반의 연희가 버스를 탄 1977년 어느 날이었다. 버스에 걸인이 올라와서 동냥하더란다. 불쌍한 사람을 그냥 지나치지 못하는 인정 많은 연희였다. 공교롭게도 그때 가지고 있는 돈이라곤 달랑 천 원 한 장뿐이었단다. 연희는 공장에서 힘들게 번 돈을 반드시 봉투째 엄마에게 갖다 드렸다. 자신이 봉투를 뜯어서 돈을 허무는 것은 있을 수 없는 일이고 그것은 엄마에게 불효라고 생각하던 연희였다. 그런 다음 엄마에게 조금씩 용돈을 받아서 썼기에 늘 여유가 없었을 것이다. 농대에 근무하던 내 한 달 봉급이 오만 원 하던 시절이었다. 버스비를 낼 돈이기에 잠시 갈등을 느끼고 있던 연희는 그 돈을 걸인에게 주었다. 그러자 그는 황급히 버스에서 내리려고 출입문 쪽으로 가더란다. 아마도 '이게 웬 횡재인가?' 했을 것이다. 아직 차비도 내지 않았던 연희는 당혹스러워서 얼른 달려가서 거스름돈을 돌려받았기에 무사히 버스비를 낼 수 있었단다. 큰돈이기에 걸인이 거스름돈을 줄 줄 알았다는 연희. 아마도 이 세상에 걸인한테 거스름돈을 돌려받은 사람은 오직 내 동생 연희뿐이 아닐까 싶다.

인생은 페르시아의 양탄자다

수원의 공군부대 110대대 라운지에 근무한 지가 몇 개월이 지나서였다. 공부하고자 백화점을 그만둔 것인데 근무가 끝난 다음에야 내 시간을 갖는 것으로는 아무래도 양에 차지를 않았다.

이번에는 과감하게 아예 직업을 갖지 않고 전적으로 공부에만 매달리기로 했기에 110대대를 그만두었다.

그런 다음 새벽에 서둔야학에 가서 혼자서 공부를 했다.

연습림의 새벽 공기는 차다.

그리고 신선하다.

공기가 맑아서인지 머리 또한 맑았다.

도서실에 있는 헌 참고서를 뒤적이며 공부를 했다.

어쩌면 공부가 그렇게 재미있고 머리에 '쏙쏙' 잘 들어가는지 몰랐다. 몇 개월 동안 못 만져 본 책과 공부에 대한 갈증이 보통 심한 것이 아니었기에 나는 목마른 사슴같이 마셨다.

애타게 마셨다. 지식이라는 단물을.

오랜만에 책을 잡는 기쁨이 칠 년 대한에 단비를 만난 듯한 기쁨이었고 물고기가 물을 만난 듯한 감격이었다.

그렇게 하고 싶던 공부를 하게 되니 한참 하다가 보면 머리가 '지끈지끈' 아팠는데 나는 그 아픈 머리에서 강한 행복감을 맛보게 되는 것이었다.

'내가 공부를 열심히 했기에 머리가 아픈 것이다.'라는.

선생님들이 보시던 것 혹은 당신 친구들에게 얻어서 도서실에 마련해 주신 각종 참고서가 내게는 무엇보다도 요긴하게 쓰였다. 참고서 하나 변변히 사 볼 형편이 못 되었던 나는 순전히 야학 도서실에 있는 참고서만을 의존해서 공부했다.

그즈음에 야학 도서실에 있는 책 중에 우연히 손에 쥐고 보게 된 것이 윌리엄 서머싯 몸의 『인간의 굴레』였다.

책을 보던 중 '인생은 페르시아의 양탄자다.'라는 구절이 내 머리를 전광석화같이 스치고 지나갔다.

'그래 바로 이것이야!' 혼자 회심의 미소를 지었다.

별안간 세상이 밝아지는 느낌이었다.

'그래 나는 나 나름대로 무늬를 짜 가면 되는 것이다. 남이 뛰어 간다고 초조해하지 말자. 나는 걸어가면 된다.

나는 나 나름대로 삶의 형태가 있는 것이다.

인생의 궁극적인 목적은 하나이다. 보다 잘 죽는 것이다.

임종의 침상에서 웃으며 죽을 수 있으면 되는 것이다.

나는 결코 후회 없는 삶을 살았노라 생각하며.'

웃자. 밝게 살자. 사물을 긍정적으로 바라보자. 하루하루 최선을 다하며 살자. 감사하며 살자.

내 나이 열아홉 살, 그때부터 나는 내 인생관을 확립하게 되었다.

사랑 하나 그리움 둘

이제껏 남과 비교해 보고 좌절하고 열등감에 빠지곤 했던 자신이 우습게 생각이 됐다.

이젠 하나도 초조하지도, 괴롭지도 않았다.

'이젠 웃으며 살 수 있을 것 같다.'

그때부터 나는 웃으며 살 수 있었는데 이따금 사람들이 내게 물었다.

"어떻게 항상 웃으면서 살 수 있어요?"

그러면 나는 그냥 웃었다.

내 웃음은 그냥 얻어진 웃음이 아니다.

10대의 혹독한 시련 속에서, 그 모진 아픔 속에서, 오랜 산고의 진통 끝에 얻어진 웃음이다. 재미있는 것은 '인생은 페르시아의 양탄자다.'라는 말이다. 후에 이 말의 뜻을 분석해 보니 이것은 그 당시 내가 생각했던 대로 각기 나름대로의 무늬 즉 사람 각각의 삶에 의미와 가치가 있다는 뜻이 아니었다.

그 반대로 페르시아의 양탄자 무늬가 아무런 의미가 없듯이 인간의 삶도 별 의미가 없다는 말이다.

'지구상에 생겨난 그 많은 생물 가운데 하나인 인간에게 의미 따위가 있을 리 없다.'라는 단정으로, 인생의 허무에 초점을 맞춘 말이다.

나는 단단히 오해했던 것이었다.

그러나 소설을 내 것으로 소화하면서 작가의 의도대로 이해가 됐든 오해를 했든 그것이 문제가 될 것은 하등에 없다고 본다.

나름대로 얻는 게 있으면 되는 것이다.

그로 인해서 삶의 갈등과 의혹에 빠져 있던 내가 길고 긴 어둠의 터널에서 빠져나올 수 있었다. 그것으로 충분하지 않은가?

체험으로 알게 된 것 중의 하난데 무엇보다도 기쁜 일은 모르는 것을 알게 되는 일일 것이다.

요즈음, 가르치는 데 필요해서 컴퓨터 관련 서적을 보다 보니 참 재미있었다. 똑같은 공부를 해야 하는 제자들에게 "어때, 공부하기 재미있지." 물으니 "아니요 재미없어요.", "지루해요." 하며 여기저기서 터져 나오는 소리는 하나같이 부정적인 소리뿐이다.

그럴 때 내가 하는 소리는 다음과 같다.

"공부를 할 수 있다는 것이, 안다는 것이 얼마나 기쁜 건데요. 불행히도 여러분은 너무 좋은 부모님을 만나서 배움에 굶주려 본 적이 없으니 그렇게 소중한 기쁨을 느껴 볼 새가 없었던 거예요. 공자님도 말씀하셨죠. 인생삼락을.

사람의 삶에 있어 공부하는 즐거움은 참으로 소중한 것이에요.

가장 감수성이 예민하고 기억력이 왕성한 여러분 나이에 하나라도 더 알아야겠다는 마음가짐이 정말 필요해요.

농부가 봄에 씨를 뿌리지 않으면 가을에 추수할 것이 없는 법이지요. 마찬가지로 인생의 봄에 있는 여러분 나이에 어떻게 해야 할까요."

물질의 풍요를 누리고 있는 요즘 아이들은 배고픈 것이 얼마나 고통스럽고 서러운 것인지 모른다. 배움에 굶주리는 것이 얼마나

사랑 하나 그리움 둘

답답하고 절망스러운지도 모른다.

　가만히 앉아서 공부하기가 싫증이 나서 몸을 뒤트는 제자들을 보면 안타깝다. 그 시간에도 청계천 평화시장 한 모퉁이에서는 그들 나이의 봉제공들이 불과 4, 5평의 공간에서 먼지를 들이마시며 온종일 재봉틀을 돌려야 하는가 하면 밤잠도 제대로 못 자며 중노동에 시달리는 소녀들이 있다.

　교복이 입기 싫어서 될 수 있으면 사복을 입으려 하는 제자들을 보고 있노라면 마음이 착잡해진다. 교복 입고 학교에 다니는 것이 소원이었던 시절이 생각나서이다. 자신이 요구하기 전에 미리미리 다 채워지니 아쉬울 것이 없는 세대들이다.

　밥을 먹다 보면 걱정 없이 밥을 먹을 수 있음이 고맙고 공부를 하다 보면 지금의 내 처지가 참으로 고맙고도 행복하다.

　부족할 것 없이 다 채워진 그들이 삶을 바라보는 시각과 어려운 항해를 마치고 바라보는 내 시각과는 근본적인 차이가 있기 마련이다.

고입자격 검정고시

　그해 1969년 가을에 검정고시 시험이 있다는 소식이 들려왔다.

　그동안 이 검정고시를 목표로 꾸준히 공부해 오기는 했지만, 막상 시험을 보려니까 자신이 없었다.

　그렇지만 원서 접수를 했고 드디어 시험 보는 날이 왔다. 시험장에는 많은 사람이 북적댔다.

　정해진 교실에 들어가서 앉아 있으려니 가슴이 이만저만 떨리는 것이 아니었으나 하나님께 모든 것을 맡기기로 하고 열심히 기도드렸다.

　시험 한 시간이 끝나면 다른 애들은 책이나 노트를 한 자라도 더 보려고 부산을 피웠으나 나는 내 온 정성을 다해서 기도만 드렸다.

　쉬는 시간마다 화장실을 갔다 오는 시간만 빼고는 기도를 드렸는데 그것은 아마도 내 일생에서 가장 절실한 형태의 기도였을 것이다. 다른 사람들에게 들키지 않게 책상 속에서 손을 모으고 간절히 기도드렸다.

　야호! 이렇게 반가울 수가!

　영어시험 시간이었다. 지문으로 이솝 우화가 나왔다. 여러 번 봐서 빠삭한 이야기인지라 일사천리로 답을 쓸 수 있었다. 책을 좋아하다 보니 살아가면서 유리한 점이 한둘이 아녔다.

　"책에는 삶의 지혜가 담겨 있고, 책은 삶의 방향을 제시해 준다."

　시험이 끝난 후에도 붙을 자신이 없었기에 초조하게 시험결과를 기다렸다.

　내일이 합격자 발표 날인데 그날 밤 꿈을 꾸었다.

　학교에 가려고 층계를 밟아 올라가는데 어떤 사람이 층계 위에서 말했다.

　'너 시험에 떨어졌어.'

　그 말을 듣자 다리에 힘이 풀려 더는 계단을 올라가지 못하고 그 자리에 '털썩' 주저앉으며 탄식했다.

　　　　　　　　　　　　　　사랑 하나 그리움 둘

'그래 역시 내가 떨어졌지… 그렇지 뭐…'

너무 절망스러웠다. 그러다가 꿈이 깬 나는 어찌나 낙심이 되던지 더는 잠이 오지를 않았다.

이튿날 간밤에 떨어지는 꿈도 꾸었겠다 더 이상 기대를 하지 않고 발표장에도 가 보지 않은 채 빨래를 하고 있었다.

그런데 야학 후배 S가 마구 울면서 뛰어와 내게 소리쳤다.

"언니, 언니는 붙었어. 나는 떨어졌고."

"정말, 그 말이 정말이니?"

이게 꿈인가? 생시인가? 걷잡을 수 없이 기쁨의 눈물이 '줄줄' 흘러내렸다.

태어나서 처음으로 기쁨의 눈물을 흘린 순간이었다.

너무 기뻤다. 정말이지 너무 기뻐서 어쩔 줄을 몰라 했다.

드디어 해낸 것이다.

서둔야학 졸업생 중에 최초로 고입자격 검정고시에 합격한 것이다.

이후 후배들은 여러 명이 합격해서 현직 초등학교 교사가 있는가 하면 연대를 나온 후 대학 학장님으로 재직하는 후배도 있다. 우리 선생님들은 중학과정은 우리가 최초였기에 우리의 메말라 버린 정서를 순화시키는 데 중점을 두는 등 이상적인 수업을 하셨다. 그러다가 검정고시의 필요성을 느낀 후배 선생님들은 검정고시 준비도 병행하셨다고 한다.

'이 기쁜 소식을 아버지가 살아 계셨으면 얼마나 좋아하셨을까?' 하는 아쉬움이 컸다.

그날 저녁 서둔야학에 가서 선생님들께 알려 드렸다.

"그래! 정말 잘했다."

"그동안 고생 많았다."

함박웃음을 지으시며 힘차게 축하의 악수들을 해 주셨는데 여러 선생님이 내 손을 어찌나 세게 잡으셨던지 손이 으스러지는 게 아닌가 싶었다. 그날 내게 보여주신 선생님들의 함박웃음과 얼얼할 정도로 아팠던 손은 내 추억의 골짜기에 뿌듯하게 남아 있다.

슬픈 일이나 기쁜 일이 생기면 당연히 서둔야학 선생님들부터 떠올리던 나였고 그런 나의 슬픔이나 기쁨을 당신들의 일인 양 같이 아파하거나 기뻐해 주시던 선생님들이었다.

물론 하나님께는 제일 먼저 감사 기도를 드렸다.

기쁨의 눈물을 철철 흘려가며.

농대 교양학과 사무실

초등학교 친구인 옥자가 자신이 근무하던 서울대 농대 교양학과 사무실의 사환 자리를 내게 물려주었다. 내게 기회를 준 옥자가 참으로 고마웠다. 처음에 근무하던 자동차 노조 사무실은 한 달 봉급이 오천 원이었지만 농대는 그 반밖에 안 되었다. 그래도 그곳에 더 있다가는 숨통이 막혀 버릴 것 같았기에 과감하게 사표를 썼다.

'인생은 선택이다.'

사랑 하나 그리움 둘

나는 단 하루를 살아도 탁한 분위기가 아닌, 맑은 공기를 나눠 마실 수 있는 사람들하고 같이하고 싶었다. 나는 진흙탕에서도 살 수 있는 미꾸라지는 결코 아니다.

물이 탁해지면 금방 숨이 끊어져 버리고 마는 은어였다.

농대는 야학 시절 음악회나 연극이 있을 때 수시로 드나들던 곳이다. 농대 캠퍼스를 유난히 좋아하던 나는 그곳에 근무하게 된 것이 뛸 듯이 기뻤다.

마음속에 '농대 교수님들은 내가 그리도 좋아하는 서둔야학 선생님들의 선생님들이다.'라는 생각을 가지고 있었기에 무조건 교수님들을 좋아하고 존경했다. 교양학과 교수님들은 한 분 한 분이 참으로 학구적이고 매너가 부드러운 신사들이었다. 내게도 무척 친절하고 따뜻하게 대해 주셨다.

교양학과 과장님은 영어를 담당하신 조성지 교수님이었다.

키가 크고 체구가 당당하시며 혈색이 좋으신 조 선생님은 내가 붙여 드린 '영국신사'라는 별명이 너무 잘 어울리는 분이셨다. 인간성이 좋으신 조 선생님은 흐트러진 구석을 절대로 보이지 않으시며 학자로서 늘 교재연구를 착실히 하셨다. 그러는 한편 글쓰기를 즐기던 선생님은 생활수필을 써서 신동아 등에 기고하기도 하셨다.

애초에는 열렬한 기독교인이었으나 도중에 가톨릭으로 개종하신 조 선생님은 "가톨릭이야말로 진짜 종교이다."라고 역설하곤 하셨다. 고향이 이북인 조 선생님은 그야말로 근검절약의 표본이 아닐까 싶었다. 구두 뒤축이 다 닳으면 각기 바깥쪽만 닳아 버리니까 일

단 굽을 떼어 왼쪽과 오른쪽의 굽을 바꿔 달아서 신으시는 등 꼭 필요한 것 외에는 절대로 지출을 하지 않으셨다.

내게 심부름을 보내실 때는 1원짜리로 세어서 왕복 14원을 주실 때도 있었는데 처음에는 '체구 큰 남자 어른이 잘아도 너무 잘다'라는 생각도 했지만, 근검절약하시는 모습을 늘 보면서 이해가 되었다. 그렇게 절약하고 사셔서 그런지 자제분들을 꽤 많이 두었음에도 모두 대학교를 보냈다. 점심에는 주로 라면을 드셨다. 나는 라면을 끓여 드리곤 했는데 뚱뚱하신 체구에 땀을 뻘뻘 흘리며 드시는 모습을 뵙기가 안타까워 옆에서 부채질을 해 드리기도 했다.

처음에 사양하시다가도 내가 고집을 부리면서 부채질을 해 드리면 어린애같이 좋아하셨다.

"내가 애란이 덕분에 너무 호강한다."

고교 시절, 나는 적어도 세계 문학 전집만큼은 다 읽어야겠다는 목표를 세워 놓고 농대 도서관이나 우리 학교에서 책들을 빌려다가 틈만 나면 그 속에 빠져 있곤 했다. 그때 조 선생님이 넌지시 지적해 주셨다.

"애란아 책은 그만 보고 공부에 더 신경을 써야 하지 않니?"

그날 밖에서 다른 선생님들하고 점심식사를 하신 조 선생님이 '싱글벙글' 웃으시며 들어오더니 주머니에서 시계를 꺼내며 말씀하셨다.

"이거 우리 약혼 시계야."

'껄껄' 웃으시며 시티즌 손목시계를 내 손목에 맞게 조절해서 채워 주셨다. 60대 노교수님 얼굴에는 어린애같이 순진한 즐거움이 넘쳐흐르고 있었다. 난생처음 차 보는 손목시계의 차가운 감촉이 내게 퍽 신선한 느낌으로 와닿았다.

시계는 얼마 안 가 고장이 났지만 조 선생님의 따뜻한 마음만은 기억 속에 그대로 살아남아 있다.

"꼭 베일을 쓴 신부 같네."

내가 근무하는 곳을 깨끗하고 아름답게 꾸미고 싶었다. 사무실 탁자에 언제나 꽃을 꽂아 놓고 싶었으나 너무 가난했기에 여의치 않았다. 그러던 어느 날 우리 동네 농장에서 흰 국화와 아스파라거스를 싸게 살 수 있었다. 커피 병에다 정성껏 꽂아 놓았더니 교수님들이 즐거워하며 하신 말씀이다.

교양학과 교수님들은 대개 인품이 훌륭하셨다. 그중에서도 선하신 데다 겸양의 미덕까지 갖춘 이상철 철학 교수님은 어느 모로 보나 철저한 학자님이셨다. 이 교수님은 앉으나 서나 책만 보셨다. 책을 너무 좋아하는 바람에 눈을 혹사시켰기에 그즈음 의사가 처방을 내리기를 "책을 그만 봐야 한다. 그렇지 않으면 시력을 아주 잃어버릴 수 있다."라고 했다고 하셨다.

교수님은 걱정이 태산이었다. 그분은 책을 안 읽고 살 수 없는 분이셨다. 차라리 밥을 먹지 않는 게 그보다 덜 고통스러웠을 것 같았다. 어떤 사람은 너무 좋은 눈으로 책 한 권 읽지 않고 방탕하게 세월을 보내는데, 열심히 연구하시는 분의 눈은 왜 나쁜 것일까. 안타까웠다. 이 교수님은 세상 물정은 하나도 모르고 오로지 연구에만 몰두하는 백면서생인 데다가 세속적인 영달도 바라지 않는 듯하여 내가 좋아하는 전형적인 학자 타입의 남자였다.

독신주의자이면서도 막연하게 이런 분의 뒷바라지를 하며 내 생을 보내면 제일 행복하고도 보람 있는 삶이 될 것 같다는 생각이 들었다.

독어 교수님은 릴케의 시 '가을날의 기도'를 번역하신 송영택 시인이었다.

배가 튀어나온 송 선생님은 흘러내리는 허리띠를 연신 추켜 올리는 습관이 있었다. 날렵한 몸매에 순수한 눈빛의 윤동주 님을 전형적인 시인으로 알고 있던 내게 배 나온 시인은 아무래도 이상해 보였다.

"남자가 먼 산을 바라보고 있을 때는 생각을 하고 있는 거예요."

라고 말하신 분은 윤리과 정명오 교수님이었다. 그럴 때 여자가 아무것도 하지 않는다고 바가지를 긁으면 아니 된다고 말하셨다.

가장 젊은 국어과 홍윤표 교수님은 정의감과 의협심이 제일 투철하셨다. 그야말로 순수와 열정의 덩어리이며 날카로운 지성과 달콤한 감성을 동시에 가지고 계신 분이었다.

교수님은 나만 보면 "이빨 두 개 내놔라. 이빨 두 개 내놔." 하셨는데 배비장전에 나오는 요망한 기생 애랑과 이름이 비슷했기 때문이었다. 교수님의 악의 없는 농담에 서로 바라보고 한바탕 웃곤 했었다.

평소에 교수님의 아버님은 "사람을 믿어라. 사람은 근본적으로 착하다."라고 말씀하셨다는데 당시 돈으로 어마어마한 3천만 원

(?)인가를 사기당한 후부터는 "사람을 믿지 말아라."라고 하셨다고 한다. 그래도 교수님은 사람을 믿고 싶고, 믿을 것이라고 하셨다.

천사가 따로 없었다. 내 눈에 비친 교수님이야말로 정말 천사 같은 분이었다. 안경 쓴 남자 천사가 있는지는 모르겠지만.

교양학과 사무실이 들어 있던 농대 신관은 가운데가 사각 공간으로 설계되어 있었는데 그곳에 잔디가 파랗게 심어져 있었다. 늦은 봄이면 초록색 잔디 위에 노란 민들레가 여기저기 소담스럽게 환히 피어 있어서 너무도 아름다웠다.

창문을 열고 내다보면 아침마다 방긋 웃던 샛노오란 민들레의 미소가 나에게 행복감을 듬뿍 안겨다 주곤 했다.

그런데 5월 어느 날 아침 창문을 열고 아래를 내려다본 나는 금세 참담해졌다. 어제까지 찬란히 빛나던 민들레들이 모두 날카로운 낫에 베어져서 한쪽에 모아져 있었던 것이다.

홍 교수님께 베어져서 웃음을 잃어버린 민들레들을 가리키며 이렇게 말했다.

"선생님 저기 좀 보세요. 민들레들이 마치 여인네 퇴색한 옷자락 같아요."

다른 교수님들도 있었지만, 특별히 홍 교수님께 인정받고 싶었던 내 전략이 빛나는 순간이었다. 교수님은 이렇게 감탄하셨다.

"야! 박 양 표현력이 대단하구먼."

따가운 햇볕에 지친 나무들이 '자울자울' 졸고 있는 듯한 어느 날 오후였다. 모처럼 시간을 내어 홍 교수님과 같이 서호둑을 거닐고

사랑 하나 그리움 둘

있었다. 햇살은 온 천지에 내려앉아 눈이 부셨고 호수의 잔물결은 가장자리에 박혀 있는 돌들을 가볍게 쓰다듬고 있었다.

"지방에 산재해 있는 비속어를 조사해 봤는데 배의 비속어에는 '배때기', '배때지' 등이 있다니까 여대생들이 어찌나 배를 잡고 웃던지 강의를 계속할 수가 없었어요."

교수님이 강의 중에 있었던 에피소드들을 말씀해 주셨다. 그때 재미있게 들으며 웃던 내게 호수 둑 밑에 피어 있는 자그마한 노란 꽃이 들어왔다.

"어머, 저 꽃 참 예쁘다."

무심결에 감탄했더니 교수님이 말하셨다.

"박 양 내가 저 꽃을 따다 줄까요?"

가지고 있던, 교재연구 노트가 들어 있는 자그마한 손가방을 내게 맡기시고는 조심조심 내려가 그 꽃을 따다 주셨다. 그 장면은 나로 하여금 물망초의 전설을 연상시켰다.

'나를 잊지 말아요(forget me not)' 했다는 슬프디슬픈 전설이.

다행히 교수님은 아무 일도 없이 그 꽃을 따다 주셨고 무척 행복해하며 그 순간을 기다렸던 나는 기쁨에 들뜬 목소리로 이렇게 말하며 그 꽃을 소중하게 받아 들었다.

"선생님 고맙습니다."

생각하는 것은 자유라 했다.

그날 홍 교수님은 너무나도 멋진 나의 기사님이었다.

첫 번째 기사님은 서둔야학 시절 내게 만년필을 주셨던 J 선생님이고.

세상에서 제일 값진 것은 역시 사람의 인품이다.

교양학과 교수님들은 내가 근무하는 3년 동안 늘 화목한 모습만을 보여주셨고 갈등을 겨자씨만큼도 보여주신 적이 없다. 주간으로 나오던 대학신문 또한 내게 좋은 선생님이 돼 주었는데 훌륭한 소설평이나 칼럼 등은 반드시 그날 일기에 적어두고 몇 번씩 반복해서 읽었다. 참으로 훌륭한 집단에서 보낸 세월이었다. 그래서 취업을 앞둔 제자들에게 나는 늘 이렇게 강조했다.

"돈 몇 푼 더 받는 곳보다는 분위기 좋은 직장을 골라서 가라. 그래야 배울 것이 많고 좋은 배우자를 만날 확률도 높은 것이다."

민주주의라는 나무는 피를 먹고 자라는 나무이다

1974년 봄날 내가 근무했던 곳은 서울대 농대 학생 담당 학장보실이었다. 당시의 학생과장님은 인간성 좋기로 소문이 난 윤석봉 교수님이라서 모시기에 더없이 편했다.

싱그러운 캠퍼스에서 내가 좋아하는 농대생들과 생활을 하게 되니 하루하루가 너무 즐거워서 마치 꿈만 같았다. 특히 대학 캠퍼스의 봄날은 눈이 부시게 아름다웠다. 본관 앞에는 피튜니아, 팬지가 미풍에 살랑댔고 넓게 펼쳐진 초록빛 잔디와 나무 아래 여기저기 무리 지어서 피어나는 노오란 수선화와 튤립들. 금방이라도 깨져 버릴 것같이 투명한 새소리는 명랑하게 울려 퍼졌고 연못 옆의 낙엽송은 귀여운 새순을 뽀죽이 내밀고 있었다.

강당 앞 커다란 은사시나무에 앉아 있는 스피커에서는 주페의 '시
인과 농부'가 장중하면서도 아름답게 흘러나오고 있었는데 그 가운
데를 거니노라면 나는 마치 날개를 단 새처럼 가볍게 나는 듯했으며,
무한한 행복감이 온몸을 '노골노골' 적셔 왔다.

커피 한 잔을 타도 정성을 집어넣는 것과 그렇지 않은 것은 맛의
차이가 나기 마련이다.

우리 선생님들의 선생님인 교수님들을 마음 깊은 곳에서부터 존
경했던 나는 커피 한 잔을 타도 정성껏 대접해 드리니, "이상하단 말
이야, 같은 재료인데도 Miss 박이 타는 것은 유난히 맛이 있거든."
하는 얘기를 듣고는 했다. 그분들의 그 선한 눈빛과 후덕한 웃음은
지금도 내게 따뜻한 화로가 되어 주고 있다.

그해 74년 말에는 내가 여유가 없어 보였던지 '불우이웃돕기'라
고 하시며 학생과장실에 자주 오셨던 분들이 주축이 되어 내게 만
원을 걷어 주셨다.

그때 내 한 달 봉급이 만삼천 원 하던 시절로 그것은 단순한 물질
이 아니라 교수님들의 따뜻하신 마음이었다.

T. S. 엘리엇은 '황무지'에서 죽은 땅속에서 라일락을 피워 내는
4월을 잔인한 달이라고 했는데 이 나라는 언제부턴가 봄 전체가 잔
인한 계절이었다. 30여 년이라는 긴 세월을 국민의 의사와는 상관
없이 군부독재로 지새운 이 나라의 봄은 언제부턴가 젊은이들의 피
를 필요로 했다. 4.19 학생 의거, 5.18 민주화운동 등 이 나라 역사
에 한 획을 그어야 할 굵직굵직한 사건들은 늘 봄철에 일어났다.

이 나라의 봄은 민주인사들의 피로써 꽃을 피웠다.

'가야 할 때가 언제인가를 분명히 알고 가는 이의 뒷모습은 얼마나 아름다운가?' 이 시 구절은 이 나라 정치 현실을 생각하는 이들에게 얼마나 많은 공감을 갖게 했던가?

이제 그만하면 자리를 떠나야 했건만 '내가 아니면 안 된다.'는 한 정치군인과 권력 중독에 빠져버린 일부 추종자들의 무서운 아집과 독선은 끝내 유신헌법이라는 기형아를 만들어 내기에 이르렀고 이에 뜻있는 젊은이들의 분노에 찬 목소리가 여기저기서, 날이 갈수록 높아져 가고 있었다.

"민주주의라는 나무는 피를 먹고 자라는 나무이다."

라고 김상진 열사는 말했다.

1975년 4월 11일 강당 앞 잔디밭은 한 고귀한 젊은 피로 물들여졌다. '유신헌법 철폐'를 외치며 할복자살한 그는 축산과 복학생인 김상진 학생이었다. 훗날 무죄로 밝혀진 인혁당 사건의 주모자이자 민주인사였던 운동가 8명을 사법살인 하는 것을 보고 결행한 것이다. 이제 갓 입학한 철모르는 신입생도 아닌, 군대도 갔다 온 스물일곱 살의 지각 있는 청년이 얼마나 비분강개했으면 그 귀중한 생명을 초개와 같이 버렸을까? 싶으니 너무 가슴이 아팠다.

도대체 이 나라 정치풍토는 왜 이 모양일까?

우리나라의 민주 제단에는 고귀하고 순수한 젊은 피를 얼마큼이나 더 바쳐야만 진정한 의미의 '민주주의'라는 장미꽃을 피워낼 것인가? 생각하면 할수록 가슴이 답답했다.

나라의 희망, 민족의 빛인 젊은이들의 희생이 더는 불필요한 정치를 펼 수는 없는 것인가?

사랑 하나 그리움 둘

캠퍼스가 연일 통째로 술렁거리는가 하면 학생과는 벌집을 건드려 놓은 듯했다. 정보과 형사들은 아예 학생과로 출근을 하여 온종일 진을 치고 앉아서 학생들의 동태를 살폈고 사건의 경위, 데모 주동자들의 인적사항을 사안에 따라서 몇 번이라도 타이핑을 해야 했던 내 머리에는 활동사진 필름인 양 사건의 전모가 세세히 새겨졌다. 조금이라도 책임을 면해 보고자 해서일까?

가증스럽게도 그분의 죽음을 애써 축소하고 곡해하려는 사람들이 있었다. '신병을 비관해서' 또는 '복학 후 학교생활에 적응을 못 해서…' 라는 등으로.

대를 위하여 소를 희생한 그분의 애국애족의 큰 뜻이 이미 오염돼 버린 기성세대들의 단세포적 사고방식으로 왜곡 해석되는 것은 천부당만부당한 일이었다.

곁에 서면 금방이라도 논두렁 밭두렁 내가 구수하게 날 듯한 순박한 인상의 황연수 학생회장은 죄도 없이 학생과를 풀방구리 제집 드나들듯 들락날락했고 결국은 군에 입대해야만 했다.

그런 식으로 강제징집을 당하게 되면 하루하루가 참으로 고달프다고들 하는데 착한 심성의 그가 잘 견뎌 낼지 못내 마음 쓰였다.

선생님들이 농대생이므로 야학생들은 음으로 양으로 농대의 영향을 받기 마련이었다. 농대의 학사일정에 맞춰서 야학이 운영됐는가 하면 64년엔가 있었던 한일회담 반대 데모의 현장에는 서둔야학 선배들이 같이 있었단다.

혹시나 선생님들이 다치실까 봐 가슴 졸이며 지켜보다가 선생님들이 경찰에게 쫓기기라도 하게 되면 아우성을 치고 울었는가 하면

단식투쟁을 하고 계신 선생님들이 안타까워서 밥을 싸다 드렸으나 선생님들이 끝내 드시지 않았다는 얘기를 야학 선배들이 무슨 무용담이라도 되는 양 신나게 들려주었던 기억이 있다.

그 시절 어느 정도 생각이 있는 국민이라면 이따금 윗배가 거북했거나 목에 무엇인가가 걸린 듯 답답했던 경험이 있을 것이다. 정치 돌아가는 꼴이 하 수상하니 국민이 단체로 소화불량에 걸렸던 것이다.

'끝이 좋아야 모든 것이 좋다.'

혁명을 일으킨 애초의 명분이 '나라와 민족을 위해서'라는데, 좋다. 거기까지는 순수하게 인정을 하고 들어간다 해도 왜 막판에 노욕이 나서 국민을 기만해야만 했을까? 이승의 삶은 찰나적이나 역사에는 길이 오명으로 남는 줄을 정녕 몰랐더란 말인가?

속이 빤히 들여다보이는 장기집권의 음모. 유신헌법.

도대체 그것이 말이나 되는 소리인가?

김상진 학생의 의로운 죽음은 화약고에 불을 붙인 격이었다.

그 후 농대의 하늘은 연일 최루탄으로 뒤덮였고 분노의 함성은 서둔벌에 메아리쳤다. 끝없는 혼돈의 시간이었다.

'Time is Gold.'

이 말은 틀린 말이다. 금은 없어지면 또 얻을 수 있지만 한번 간 시간은 다시는 돌이킬 수 없다.

시간! 그 아까운 시간이 공중분해되고 있었다.

나라의 앞날을 등에 지고 한창 학업을 닦아야 하는 푸르른 젊음의 금쪽같은 시간이.

사랑 하나 그리움 둘

정치는 정치인에게 맡기고 학생의 본분은 공부하는 것이건만 불행히도 이 나라 정치 현실은 그들이 강의실이나 도서관에만 머물러 있는 것을 용납지 않았다. 김상진 학생의 죽음. 수많은 젊음의 속절없이 가버리는 시간. 생각하면 할수록 어찌 마음이 무겁지 않고 착잡하지 않으랴!

'혹시 다치지는 않았나?'

며칠째 데모로 지새우던 봄날의 중간지점이었다.

전날 데모가 극심했기에 내가 알고 있는 사람들의 안부를 은근히 걱정하지 않을 수 없었다. 그때 마침 인사 정도를 하고 지내는 축산과 학생(서둔야학 후배들 선생님)이 내 곁을 지나가고 있었다.

"어제 괜찮았어요?"

"나는 데모 같은 것은 안 해."

순간 그에게 물은 내가 무색해졌는데 하얀 피부의 미소년인 그는 시국에는 도통 관심조차 없다는 듯한 이방인의 표정이었다.

피 끓는 나이의 대학생이 시대의 아픔을 '나 몰라라' 한다면 도대체 그가 진정한 지성인인가 묻고 싶었다.

가장 순수하고 열정적인 시절에 나라와 민족을 생각하지 않는다면 그것은 이미 죽은 젊음인 것이다.

그 당시 철저한 주변인이었던 나로서 그 사건은 지울 수 없는 앙금으로 남아 있었다. 해마다 벼르던 중 20여 년이 지난 1997년 봄에야 비로소 그분의 묘소에 참배할 수 있었다.

1997년도에 어떻게 알게 됐는지 김상진 기념사업회에서 나를 인터뷰하러 왔다. '서울대 농대의 전설적인 인물'이라고 하면서.

임 계신 곳에 피어 있는 진달래꽃!

그 서럽도록 고운 빛을 보는 순간 눈물이 났다. 그분의 넋이 깃들어서 그리도 고운 것일까? 평생 본 진달래꽃 중 가장 고운 빛깔이었다.

지금 이 시각도 여러모로 어려운 가운데서도 '김상진 기념사업회'를 묵묵히 이끌어 가고 있는 운영진들께 힘찬 박수를 드린다. 나라의 근본은 교육과 농업에 달려 있다고 생각한다.

이 사업회를 구심점으로 하여 전 농대인들이 하나로 뭉쳐서 이 나라 농업을 지켜 나가야 한다고 생각한다.

내 사랑 서울대학교 농과대학

2000년 어느 날 아침 조간을 펼쳐 든 나는 온종일 우울 속에 갇혀 있을 수밖에 없었다. 그날 아침에 본 것은 서울대 농대의 관악산 캠퍼스로의 이전계획이었다. 농대의 발전을 위해서, 또 다수의 재학생이 원하는 것이니까 이전해야 하겠지만 내 마음의 고향 농대가 없어지면 내 영혼은 어디를 맴돌 것인가?

애초에 우리 가족이 1959년 영등포에서 수원으로 이사 온 이유는 건축청부업자인 아버지가 서울대학교 농과대학의 건물 하나를 청부 맡아서 짓게 되었기 때문이다. 나와 서울대 농대와의 인연은 이렇게 시작이 됐고 그 후 농대는 내 삶에서 끈질기게도 항상 주위를 맴돌았다.

9살 때 농대로 인해서 수원으로 이사 오게 되었고, 1964년부터

사랑 하나 그리움 둘

1967년도까지는 서둔야학에서 공부를 했으며 1970년부터 1978년까지는 농대에서 일반 직원으로 근무를 하였다. 지금은 서둔야학회 회원이며 김상진 기념사업회 후원회원으로서 농대인들과 계속 유대 관계를 맺고 있다.

나는 농대 캠퍼스를 사랑하고 성실하고 학구적인 농대 교수님들을 사랑한다. 또한, 농대 근무 시절 이따금 서호, 낙조, 민들레 등의 자작시를 적어서 내게 주던 잠사과 학생의 동그란 눈을, 내 서투른 솜씨로 매번 심부름만 시켜도 골 한번 내지 않고 부드러운 미소를 지으며 끝까지 매너 좋았던 고운 얼굴의 탁구 파트너를, 아이보리색 투피스를 하늘거리며 걷는 내게 "햐 선녀 같다!"고 감탄하던 이름 모를 농대생을, 눈이 온 날 아침이면 같이 눈싸움을 하자고 눈 뭉치를 던지던 학생의 천진한 모습을, 내가 퇴근할 무렵이면 상록사 옥상에 올라가 내 모습이 보이지 않을 때까지 지켜봤다는 조경과 학생을, TV에서 60대 할머니인 마고트 폰테인이 춤추는 모습을 보며 "어쩜 저렇게 선녀 같아요?" 내게 말하며 눈빛을 반짝이던 농대생들을 사랑한다.

대부분의 농대 교수님들은 흙을 사랑하셨고 "농업은 철학을 가지고 해야 한다."고 강조하고는 하셨다.

내게는 인간의 세 가지 본능 못지않게 그리움의 감정도 절실한데 어느 때는 교무실에 앉아 있으려니 농대가 너무 그리웠다.

생각 같아서는 당장에 가 보고 싶었으나 현실이 내 발목을 붙잡고 놓아주지를 않곤 했다. 우리 학교가 방학을 하면 나는 마음먹고 한 번씩 농대를 돌아본다. 그러면 내 사랑 농대는 언제나 나를 포근

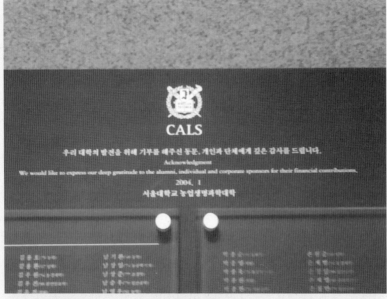

히 안아 주고는 한다.

구석구석 추억이 서린 곳을, 옛날을 음미하며 천천히 돌아본다. 농대 본관 현관 앞을 장식하고 있는 아름답고 커다란 향나무, 샌드 페블즈의 공연과 피아노와 바이올린 연주가 있었고 이따금 강연회 가 열렸던 강당을 돌아본다.

눈부신 신부같이 순결해 보였던 마아가렛이 만발했던 원예과 실 험실 농장, 그 두터운 도스토옙스키의 장편들인『악령』,『백치』,『카 라마조프 가의 형제들』,『죄와 벌』등을 빌려다 이를 악물고 끝까지 보려고 노력했던 도서관, '신을 벗으시오, 단 하이힐은 환영함.'이라 고 써 붙여져 우리를 의아하게 했던 금녀의 구역이었지만 야학생들 인 우리에게는 출입이 허용됐던 농대 남학생 기숙사인 상록사.

서둔야학 선생님들이 우리에게 백일장을 열어 주셨던, 봄이면 벚꽃이 흐드러져서 나를 몸살 나게 했던 농교육과 잔디밭, (그 나무만 보면,) '그에게선 늘 비누 냄새가 난다'로 시작되는 강신재 씨의 소설 『젊은 느티나무』가 연상되곤 했던 농대 후문 입구의 아름드리 커다 란 느티나무.

갈참나무숲 사이로 유유히 걷고 있는, 젖소들의 등을 다정하게 쓰다듬던 저녁노을. 저녁노을은 농대 부속 축산과 실험실에서 한참 을 쉬었다 갔다.

우리가 수업을 마친 후, '목장길 따라', '등대지기', '켄터키 옛집', '대니 보이', '매기의 추억', '바위고개', '산골짝의 등불', '가고파' 등의 노래를 야학 선생님들과 같이 부르며 집으로 돌아오곤 했던 가슴이 아릴 정도로 애틋한 정을 간직한 농대 연습림.

정말이지 내 나이 아홉 살부터 인연이 시작되어 지금까지도 사랑하고 있는, 그 외로운 짝사랑의 고통을 기꺼이 짊어지고 있는, 서울대학교 농과대학을 나보다 더 깊게, 아프게 사랑하는 사람이 있으면 나와 보라고 하고 싶다.

후유! 이제야 그 일을 해냈구나!
'자신이 쓰고 싶은 곳에 돈을 쓰면 이렇게 기쁜 것이구나!'
지금 서울대 관악캠퍼스 농생대 행정실 2층 벽에는 농생대 발전기금을 낸 사람들의 명단이 나란히 적혀 있다.

박애란(서둔야학 졸업생)

그곳에 적혀 있는 내 소속기관이다.
시인 서정주 님은 '자신을 키워준 것은 팔 할이 바람이었다.'라고 했는데 나를 키워준 것은 팔 할이 서둔야학 선생님들이었다.
서둔야학 선생님들의 사랑이 뼈에 사무쳤던 나는 내게 한없는 사랑을 주신 선생님께 조금이나마 보답할 길을 궁리한 끝에 서울대 농대 연구발전기금을 내기로 결정했다. 그것은 우리 선생님들을 키워 준 서울대 농생대에 대한 사랑이었다. 농생대의 발전에 조금이라도 보탬이 되었으면 하는 간절한 바람으로, 1997년 여름에 어려운 내 형편에는 적지 않은 한 달 봉급의 3분의 2인 백만 원을 농생대 발전기금으로 낸 것이다.
오랫동안 마음에 빚으로 남아 있던 그 일을 하고 나니 얼마나 뿌

사랑 하나 그리움 둘

듯하고 가슴이 벅찼는지 모른다. 이제껏 살아오며 가장 잘한 일 중에 하나라는 생각이다.

"야학 출신인 미쓰 박이 백만 원을 냈는데 우리도 가만있으면 안 되겠네!"

내게서 서울대 농생대 발전기금을 내게 된 사연을 들은 후 이렇게 말씀하시던 농화학과 박창규 교수 사모님은 천만 원의 기금을 내셨다. 이후 이 일은 다른 교수님들과 사모님들도 서울대 농대 발전기금을 내는 기폭제가 돼 주었다. 내 행동이 작은 '나비의 날갯짓'이 된 것이었다.

Y실업 전수학교

'서둔야학 선생님들이 내게 베풀어 주셨던 사랑을 조금이라도 내 제자들에게 나눠 주어야겠다.'

이런 다짐으로 처음으로 근무하게 된 곳이 시흥에 있는 Y실업 전수학교였다. 사립인 Y학교에서 최초로 담임을 맡게 된 아이들은 고3 여학생들이었다.

'내 제자를 갖는다는 것은 얼마나 감격스러운 일인가.'

교회에서는 다년간 반사 생활을 해 보았지만, 학교에서 가르치기는 처음인 내게 선생님이란 의미가 어찌나 소중해 보였는지 모른다. 우리 반 아이들이 무척이나 예뻐 보였던 나는 말끝마다 "우리 애들, 우리 애들." 했는데 다른 선생님들은 우리 반 아이들이 작년보다 훨씬 명랑하고 밝아졌다고 했다.

나는 목에 깁스한 선생님이 아니라 그들과 눈높이를 맞춘 친구 같은 또는 언니 같은 선생님이 되고자 했다.

사제지간은 우선 사랑으로 맺어져야 하고 서로의 마음 문이 열려야만 인성 지도를 제대로 할 수 있다.

'선생님이란 얼마나 즐거우면서도 신나는 일인가!'

하루 24시간 잠자는 시간만 빼고는 어디서나 '우리 애들에게 무슨 좋은 말을 해 줄까?' 생각하며 살았다.

밥을 먹을 때나 전철에서도 심지어는 화장실에서도.

교실에 들어간 내가 우리 애들에게 물었다.

"여러분 꿈이 없는 인간은 무엇이지요?"

그러면 내 귀여운 병아리들은 입을 모아서 대답했다.

"시체요."

희망이 있는 한 그곳은 지옥이 될 수 없다. 주경야독을 하는 불우한 환경의 우리 애들이 어렵고 고달픈 삶 가운데서도 자기만의 꿈과 희망을 품기를 바랐던 나는 이따금 이 점을 상기시켜 주곤 했다.

천국과 지옥의 차이는 간단하다.

'사랑이 있으면 그곳이 천국이요, 사랑이 없으면 지옥이다.'

소설가 막스 밀러는 말했다. '사랑은 우리가 날 때부터 가지고 온 것이다.'라고.

'사랑은 우리가 살아가는 데 있어 가장 원천적인 힘이 된다.'는 점을 강조했던 나는 우리 반 아이들에게 물었다.

"여러분 내가 세상에서 제일 좋아하는 말이 무엇이지요."

사랑 하나 그리움 둘

"사랑이요."

그때 활기찬 목소리로 대답하던 아이들의 얼굴엔 봄 햇살이 '하롱하롱' 머물고 있었다.

이제 생각해 보면 교단에 선다고 하는 것이 얼마나 어려운 일인가? 그러나 그때는 물불을 가리지 않고 내 온 열정을 아이들에게 바쳐서 내가 가지고 있는 지식을 몽땅 다 아이들에게 전해 주려는 사명감에 불탔다.

영국의 계관시인인 워즈워드의 시 '초원의 빛'을 칠판에 적어주고 낭송해 주었더니 '초원의 빛 선생님, 초원의 빛 선생님' 하며 내 뒤를 졸졸 따라다니던 고1 남학생들의 까만 눈동자는 얼마나 사랑스러웠던가!

전 문교부 장관이었던 오천석 씨가 엮은 감동 깊은 실화 모음집, 『노란 손수건』을 읽어 주면 '반짝반짝' 빛나던 흑진주 같은 눈에 눈물이 '그렁그렁'한 여학생들이 군데군데 보였다.

워낙 학교 운영비가 영세한 학교라서 도서실이 없는 것을 안타깝게 여기던 나는 생각다 못해 적은 돈이지만 책을 사들여 학급문고를 만들어 책을 돌려 보게 했고 좋은 음악을 접하기가 쉽지 않은 아이들에게 휴대용 유성기를 사 피아노 소품이나 우리의 가곡 등을 들려주었다.

담당 선생님이 오지 않아서 결강이 되는 수업은 내 수업과 중복이 되지 않는 한 자청해서 보강을 들어갔다.

그러다 보니 수업을 주, 야간 합해서 8시간 하는 날도 빈번히 있었고 아침 8시 40분서부터 밤 10시까지 꼬박 학교에서 살았다.

내가 열심히 가르쳐 주고 있을 때 아이들의 눈 또한 얼마나 진지하게 반짝이는지 몰랐다.

힘은 들어도 재미있고 보람 있는 나날이었다.

고등학생들에겐 타자를 가르치고 중학생들에겐 도덕을 가르쳤는데 가르치는 자는 확실히 알아야 가르칠 수 있으므로 배우는 학생보다도 더 열심히 공부해야만 했다.

도덕책은 재미있으면서도 배울 점이 많은 과목이었기에 가끔 그 속에 빠져 있고는 했다.

지저분하고 환경 정리가 돼 있지 않았던 타자실을 아이들과 함께 쓸어 내고 닦아 낸 후 르느와르가 그린 소녀상을 붙이고 달력을 걸어 놓는 한편 때마침 피어오르던 팬지, 피튜니아가 심어진 조그마한 화분도 사다 놓으니 먼지투성이에다 너저분한 것이 쌓여 있던 타자실이 몰라보게 훤해졌다.

타자 CA반은 아이들이 넘쳤다. 고등학생도 자리가 모자란데 남자 중학생까지 타자반에 들어오겠다고 아우성이었다. 타자기가 턱없이 부족하여 애들을 그냥 돌려보내게 되니 매우 안타까웠다.

봄 소풍을 성남시에 있는 헌인릉으로 가게 되었다.

우리 반 아이 중에 혹시 도시락을 싸 오지 않는 애가 있지 않을까 염려되었던 나는 도시락을 세 개인가를 싸서 가져갔는데 아닌 게 아니라 싸 오지 않은 애가 두세 명인가 있는 것을 보니 '도시락을 여유 있게 준비해 오기를 참 잘했다.'라는 생각이 들었다. 새벽부터 부지런을 떨었기에 가능한 일이었다.

사랑 하나 그리움 둘

아이들을 널따랗게 둘러앉혀 놓고는 레크리에이션을 주관하여 서둔야학교 선생님들이 가르쳐 주신 게임들을 번갈아 가며 했다. 호랑이와 포수놀이라던가, 어, 조, 목 놀이, Give little motion to by to 등을. 우리 반 아이들은 내게 지목되었을 때 즉시 못 하게 되면 종이 방망이로 어깨를 한 대씩 얻어맞으면서도 연신 '하하, 호호' 웃으며 즐거워했고 같은 장소로 소풍 온 다른 학교 아이들은 우리 애들 곁에서 물끄러미 쳐다보고 있었다.

남들이 즐거울 때 그렇지 못한 사람은 더욱 소외감을 느끼기 마련이다.

내 딴에는 우리 반 아이들이 한 사람도 소외되지 않도록 배려를 한다고 했는데 받아들이는 피교육자로서는 어땠는지 모르겠다.

주번 교사 활동을 할 때는 지저분한 곳을 눈여겨보아 두었다가 아이들에게 시켜 보고 내 마음에 미흡하면 아예 내 손으로 직접 깨끗이 치웠다. 특히 지저분한 재래식 화장실은 물을 끼얹어 가며 벽까지 말끔히 닦아 내었다.

다른 선생님들은 내가 주번 교사가 되니 학교가 반짝반짝해졌단다. 아이들이 청소를 잘할 수 있도록 지도하는 것도 교육이다.

영화는 인생의 축소판이다.

감동적인 영화 한 편이 다른 어떤 공부보다도 더 효과적인 수업이 될 수도 있다.

내가 10대 후반에 본 영화 '로미오와 줄리엣'은 두 어린 연인들의 절절한 사랑이 두 집안의 뿌리 깊은 반목으로 인하여 끝내는 결실을 보지 못하고 둘 다 죽어 버리는 슬프고도 아름다운 사랑의 이야기인데 그 시점에 다시 리바이벌되어 학교에서 비교적 가까운 극장에서 상영되고 있었다.

10대 때 감명 깊게 보았던 나는 우리 애들에게도 그 영화를 꼭 보여 주고 싶었다. 그러나 Y학교는 학생들에게 학교에서 영화를 단체 관람 시키는 일이 없으니 난감했다. 별도리 없이 우리 반 애들에게만이라도 그 영화를 관람시키고자 마음먹은 나는 몇 날 몇 시에 어디에서 만나자고 약속해서 나온 아이들을 인솔하여 영화관으로 갔다.

이튿날 학교에 온 아이들은 "선생님, 오! 로미오." 하며 숨넘어가는 소리로 줄리엣 흉내를 내며 '까르르' 즐겁게 웃었다.

겁이 유난히 많은 나기에 '교장 선생님께 들키면 어쩌나' 하는 불

안감이 컸었는데 우리 아이들이 너무 좋아하는 것을 보니 '모험을 하기를 잘 했다'라는 생각이 들었다.

　재정이 빈약한 Y학교는 생활관을 따로 운영하지 않았다.

　그래서 예절교육을 받지 못하는 우리 아이들이 안쓰러웠던 나는 우리 반 아이들이 고교 시절에 반 친구들과 함께 한복을 입고 찍은 사진이라도 한 장 남겨 두게 하고 싶었기에 아이들에게 의사를 물었고 아이들은 "좋아요. 선생님!" 하고 함성을 질렀다.

　날짜를 정하여 경복궁으로 한복을 입고 모여서 사진을 찍었다. 교복을 벗고 각기의 개성을 살리는 한복을 입은 아이들은 저마다 독특한 아름다움을 뽐냈다.

　단풍이 곱게 물들기 시작한 경복궁의 고풍스러운 건물들과 장밋빛 뺨 아이들의 함박웃음이 어우러지니 경복궁이 일시에 다 훤해진 듯싶었다. 내 눈에만 예뻐 보인 것이 아닌지 관광차 한국에 온 어느 독일인 여인이 우리 아이들이 "예쁘다."라고 감탄하며 카메라에 담아 가더니 내게도 두 장 보내 주었다.

　교내 합창경연대회가 열렸는데 우리 반이 전교에서 2등을 했다. 팔은 안으로 굽기 마련이다. 그런데도 내가 보기에 우리 반이 다른 반보다 비교적 못했는데도 불구하고 2등을 기록한 것은 우리 반 애들의 꾀가 적중하지 않았나 싶다.

　자유곡을 선정할 때 우리 반 애들은 "음악 선생님이 '애니 로리'를 좋아하시니까 그걸로 해야 돼요." 하며 자유곡을 '애니 로니'로 불렀던 것이다.

　'꿈벅꿈벅' 황소같이 커다란 눈이 선해 보이기만 하는 영어 선생님은 이제 대학을 갓 졸업한 여선생님이었다.

이분이 수업 중이었는데 몸집이 커다란 1학년 남학생이 뒤에서 떠들고 있더란다. 주의를 시키려고 "야 너 이리 나와 봐." 했더니 고릴라 같은 표정으로 큰 몸을 '씩씩'대며 나오더란다.

몸집이 큰 남학생이 드디어 교탁의 한 중반쯤 걸어 나올 때 보니 아무래도 겁이 '덜컥' 나더란다.

다급해진 영어 선생님은 손짓까지 해 가며 이렇게 소리쳤단다.

"야, 너 빨리 도로 들어가, 빨리."

수업이 끝나고 나서 들려주는 초임 여교사의 경험담에 교무실 선생님들은 일제히 배를 잡지 않을 수 없었다.

다음 해 2월에는 졸업식이 있었다.

그런데 졸업식장에 꽃 하나 없으니 여간 썰렁해 보이는 것이 아니었다. 내 제자들을 꽃 하나 없이 삭막한 곳에서 졸업시킬 수는 없는 노릇이었다. 재빨리 근처에 있는 꽃가게로 달려가서 소재로는 소철과 버들강아지를, 꽃은 빠알간 카네이션 몇 송이를 사 가지고는 하얀 수반에 급히 꽃꽂이하여 단상에 올려놓았다.

내 첫정을 듬뿍 주어서 기른 제자들의 졸업식이라 그런지 졸업하는 제자들보다도 그들을 졸업시키는 내가 더 많이 울었다.

반장인 숙이가 아주 착하고 성실하면서도 일 년 내내 나를 성심성의껏 도와준 것이 고맙기에 상을 주고 싶어서 알아보니 담임인 내가 재량을 보일 수 있는 상으로는 제일 큰 상이 대외 상이었다. 그래서 숙이가 그 상을 받을 수 있도록 수상자 명단에 올렸는데 뜻밖에도 그 상이 감감무소식이니….

'애초에 그럴 줄 알았으면 작은 상이라도 확실한 것을 받도록 해 주는 것인데…' 때는 벌써 늦어 버리고.

상을 못 받게 된 숙이는 서운해서 울고 나 역시 그렇지 않아도 제자들과의 이별이 슬픈데 이 일 때문에 속이 엄청 상해서 눈물이 더 펑펑 쏟아졌다. 이래저래 졸업식 날은 눈물로 시작해서 눈물로 끝을 내게 되었다.

너무도 애를 많이 쓴 숙이를 그냥 보내기가 아무래도 서운했던 나는 심사숙고하여 임어당의 『생활의 발견』, 크로닌의 『천국의 열쇠』등 몇 권의 양서를 골라서 사 주며 상처받은 그녀의 마음을 가만가만 다독여 주었다.

내 꿈은 선생님, 제자의 꿈은 교수님

"선생님, 흑흑…"
"영애야, 흑흑…"

영애가 남편, 아이들과 함께 평택여고로 찾아온 것은 10여 년 전의 일이었다. 우리는 누가 먼저라 할 것도 없이 서로 부둥켜안고 한바탕 울 수밖에 없었다. 힘들게 살아 낸 영애나 나나 만감이 교차했다.

영애는 1985년도 1학년 담임 반 학생이었다. 얼굴이 예쁘고 공부를 잘하던 모범생 영애는 나무랄 데 없이 훌륭한 학생이었다. 그해 겨울에 영애의 어머님은 고운 살구 톤의 털실로 내게 목도리와 장갑을 떠서 선물해 주셨다.

사랑 하나 그리움 둘

"선생님 우리 영애 좀 잘 부탁드립니다."

우리 집까지 찾아오신 아버님은 눈물까지 흘리며 영애를 내게 부탁하셨다.

30대 중반의 내게 50이 넘어 보이는 아버님이 눈물까지 흘리시며 부탁하는 것이 찡하게 느껴졌고 '그깟 담임이 뭐라고 이렇게까지 하시나.' 하는 생각이 들었다.

"아버님, 영애는 워낙 똑똑하고 성실해서 걱정하지 않으셔도 돼요. 다 잘 될 거예요."

영애가 졸업한 후 회사에 취직하여 몇 개월이 흐른 시점이었다. 어느 날 영애 어머님이 전화로 하소연을 하셨다. 영애 문제로 맘고생이 되어 기도하는 중에 내가 떠올랐다고 하셨다.

"선생님 우리 영애가 서울로 회사에 다니는데 길바닥에 깔고 나면 남는 게 없어요."

평택여고는 3학년 때 성적순으로 취업을 내보냈는데 운 나쁘게도 마침 영애 차례에 서울에 있는 작은 회사와 연결이 된 것이었다.

"어머니 염려 마세요. 제가 좋은 데로 옮겨 주겠어요. 그렇지 않아도 영애가 왜 그런 회사를 갔는지 저도 속상해 하고 있었어요."

그날부터 적극적으로 영애가 갈 만한 괜찮은 회사를 물색해 보았다. 그중에 평택의 대한보증보험회사가 괜찮을 것 같아서 영애에게 옮기자고 하였다. '학교에서 보낸 데는 마음대로 그만두면 안 된다'고 고집부리는 영애에게 '괜찮아 영애야 내가 다 책임질 테니 걱정하지 말고 옮기자.'라며 몇 번이고 간곡히 설득하여 옮기도록 했다.

컴퓨터 박사인 능력 있는 영애는 회사 컴퓨터 업무를 장악했는데 본봉만 해도 먼저 회사보다 여섯 배나 많았다고 했다. 영애는 몇 년간 알뜰살뜰 모아서 부모님께 15평 주공아파트를 사 드린 후 다시 봉급을 모아서 캐나다로 유학을 떠났다. 교수가 되려는 꿈을 안고서 미국으로 가고자 했으나 26세 나이에 걸려서 못 가고 캐나다로 선회한 것이었다.

그곳에서 숙소와 학교 그리고 교회. 이 세 군데만 한눈팔지 않고 열심히 다니고 있는 영애에게 필이 꽂힌 한 남성이 있었다. 그가 바로 지금의 남편으로 캐나다 사람이었고 같은 교회 교인이었다. 공부가 목적인 영애는 처음엔 들은 척도 하지 않으나 10개월을 집요하게 구애를 하는 그에게 설득당해 마지못해 결혼하게 되었다. 결혼할 때 스무 살 대학생이었던 남편은 그 후 MBA 과정을 마치고 외무고시까지 합격하여 캐나다 영사가 되었다.

"영애야 스무 살짜리 대학생 뭘 보고 결혼했니?"

궁금해서 묻는 내게 영애는 미소 지으며 대답했다.

"눈빛이 초롱초롱했어요."

영애네 집에 제라늄 꽃 화분을 사 들고 방문한 내게 부모님은 말씀하셨다.

"선생님은 우리 가족 평생의 은인이에요."

몸이 불편하신 어머님은 손수 수백 개의 종이를 접어서 만든 백조 한 쌍을 내게 주셨다. 수컷은 흰색이고 수컷보다 크기가 작은 암컷은 주황색이었다. '불편하신 몸으로 얼마나 오랜 시간 공을 들이셨을까?' 어머님의 지극한 정성으로 태어난 소중한 선물이었다.

결혼 후 영애는 남편의 임지를 따라서 (대만, 대한민국, 브라질, 에

콰도르, 이스라엘 등) 세계 일주를 하며 살고 있다.

영애의 초청으로 그녀의 가족이 거주하고 있는 홍은동 힐턴 레지던스를 방문했을 때였다. 흰 티에 청바지를 입고 유모차를 끌고 있는 그녀에게 호텔 직원들은 깍듯이 인사하였다. 수수한 옷차림과 관계없이 그녀는 캐나다 영사 부인이었다.

참 고르지도 못하다. 어떤 여학생들은 공부에는 관심 없고 수업 시간이 끝나면 화장을 고치느라 거울을 들여다보고 분첩을 토닥거리는 등 외모에 엄청 신경을 쓴다. 학창시절부터 오로지 공부에만 몰두하던 영애는 영사 부인이 되어서도 화장도 나 몰라라, 옷차림도 신경을 쓸 줄 모른다. 외교관 부인이면 반은 외교관인데 도통 신경을 쓰지 않는 것이 참으로 안타까워서 잔소리해도 영애는 자기 소신대로 살았다. 여자하고 집은 가꾸기 나름인데 고등학교 때 우윳빛이었던 그녀의 피부가 이젠 많이 상해 있어서 안쓰럽고 속상했다.

몇 년 후 다시 나를 만나고자 평택여고에 온 영애네 가족은 그새 2명이 늘어서 아이들이 다섯 명이나 되었다. 엄마 아빠를 닮아서 한 인물 하며 똑똑하게 자란 아이들은 국제 캠프에서 글로벌 인재로 활동하고 있다. 지금은 정보화 시대이다. 페이스북 친구로 그녀의 가족이 어디에서 무슨 활동을 하고 있는지 훤하게 꿰고 있다. 두 번째 나를 만나고자 학교에 온 영애에게 물었다.

"아직도 교수의 꿈을 가지고 있니?"

영애는 '그렇다.'라고 하였다.

평택여고 후배들은 그녀의 예쁜 아이들에게 열광하였고 그녀를 경외의 눈빛으로 쳐다보았다.

후배들에게 그녀는 동경의 대상, 성공의 아이콘으로 롤모델이
되어 있었다.

인생은 속도가 아니라 방향이다. 나나 영애나 방향을 확실히 정
해 놓고 매진하다 보니 좋은 결과로 이어진 것이 아닐까?

서울대에 보낸 것은 선생님입니다

H는 내 딸과 동갑내기인 평택여고 보통과 학생이었다. 딸은
문과, H는 이과였다. H를 만난 곳은 학교의 '특별한' 도서실에서였다.
그 도서실이 특별한 이유는 그곳이 필자의 건의로 만들어졌기 때문
이다.

"책은 가장 훌륭한 스승이자 좋은 친구입니다. 책 속에 삶의 지혜
가 있고 길이 있습니다."

새 학기 첫 수업시간이면 내가 독서를 강조하며 늘 학생들에게
단골로 하던 말이었다. 수업시간이나 보강시간에는 그동안 읽었던
책 얘기를 해 주었다. 다른 교사들은 보강시간에는 할 게 없어서 엄
청 지루하고 우두커니 서 있다 나온다고 했다. 그러나 내게는 완전
신나는 시간이었다. 책 얘기를 실컷 해 줄 수 있었기 때문이다. 『독
일인의 사랑』, 『화성에서 온 남자, 금성에서 온 여자』, 『노란 손수
건』, 『내 영혼이 따뜻했던 날들』 등 수없이 많은 책을 읽으며 감명받
았던 내용을 학생들에게 들려줬다.

"선생님 그런데 책을 어디서 빌려 봐요?"

"학교 도서실에서 빌리면 돼요."

"학교 도서실 문 잠겨 있는데요?"

그럴 리가? 확인해 보니 이게 웬일? 정말 교실 4칸 크기의 커다란 4층 도서실은 큰 자물쇠로 굳게 잠겨 있었다.

"교장 선생님, 도서실이 잠겨 있어서 학생들이 도서 대여를 할 수 없다는데요?"

교장 선생님은 책이 없어질까 봐 도서실 문을 열어줄 수 없다고 했다. 책이 없어지면 누가 책임을 질 거냐며. 기가 막힐 노릇이었다. 그렇다면 도서실이 왜 있는가? 더구나 국어과 선생님이면서 독서의 중요성을 모르는 게 너무 답답해서 가슴이 터질 것 같았다.

"교장 선생님 구더기 무서워 장 못 담그나요?"

당돌하게 항의해 봤자 소용없었다.

"그럼 제게 교실을 하나 내주시겠어요? 제가 도서실을 만들어 점심시간에 직접 대여하겠어요. 분실되는 책들은 제가 책임지고요."

1994년도 봄이었다. 4개의 커다란 탁자를 옮겨 놓고 탁자 보를 새로 맞춰 씌운 뒤 볼만한 책들을 4층 도서실에서 일부 옮겨 놓고 『토지』, 『태백산맥』, 『독일인의 사랑』, 『조화로운 삶』 등 몇십 권의 책을 새로 사서 도서실을 만들었다. 탁자보, 인테리어 비용, 책 구입비 등으로 내 한 달 봉급이 다 날아갔다. 교장 선생님은 보통과 학생들은 공부해야 한다며 실업계 학생들에게만 대여해 주라고 하셨다.

그 후 점심시간을 이용한 도서대여 업무를 6년 동안이나 했다. 시간이 지나자 알음알음 입소문이 나서 보통과 학생들도 찾아왔다. H도 그 아이 중 하나였다. H는 전교 1등을 하는 아주 우수한 학생

사랑 하나 그리움 둘

이었다. 공부는 물론이고 체육도 만점을 받았고 글짓기도 잘하는 학생이었다. 그런데 때마침 독서새물결추진위원회에서 주최하는 독후감 경시대회가 있었다.

"H야, 독서새물결추진위원회에서 독후감 경시대회를 하는데 참가해 보겠니?"

그러자 눈을 반짝이며 흥미를 보이는 H에게 세부적인 참가 요령을 알려 주었다. 그리고 H가 써 온 독후감을 독서새물결추진위원회에 제출했다. 결과는 '대상 수상'으로 대성공이었다. 대학입시 때 각종 경시대회의 수상경력이 도움이 되던 시절이었다. H는 그해 서울대 의대에 당당히 합격하였다. 담임에겐 격려금 10만 원이 지급됐다. 교장 선생님이 학년 초에 반 학생이 서울대에 가면 담임에게 격려금을 지급하기로 약속했던 것이다.

국어와 문학 담당교사가 10여 명이 넘었고 담임선생님도 따로 있는 상황에서 그분들이 미처 신경 쓰지 못한 부분을 내가 이뤄낸 것 같아 성취감이 엄청났다. H가 내 말을 잘 따라 주었기에 가능한 일이었는데 '대상 수상'을 확인하던 그 가슴 벅찬 순간을 잊을 수가 없다. 수상 소식을 알려주며 H를 얼싸안고 기쁨을 나눴다.

"우리 H를 서울대에 보낸 것은 박애란 선생님이에요."

H아버지는 작은 도움을 줬을 뿐인 필자를 치켜세워 주셨다.

"천만에요. H가 워낙 우수한 학생이고 부모님도 정성을 다한 결과입니다."

자녀는 부모의 종합 작품이다. 공부 잘하는 학생들을 보면 대개 부모님들도 그만큼 정성을 들인다. H가 공부할 때 부모님은 옆에서 교대로 책을 보며 시간을 같이했고 H 아버지는 내가 운영하는 도서실에 조정래의 『아리랑』, 박경리의 『토지』 전권 등을 사서 기증하기도 했다.

H는 "진짜 의사는 외과"라며 남들이 다 힘들다고 마다하는 외과를 지원했다. H의 집념과 열정을 볼 때 우리나라 외과의 중에서도 가장 실력 있는 의사가 될 것으로 짐작된다.

"선생님, 앞으로 편찮으셔도 걱정하지 마세요. 우리 H가 다 치료해 드릴 거예요."

큰소리로 약속하던 H 아버지는 그 후 꿩 구워 먹은 소식이다. 그러나 약속이 공약이 되어 버려도 괜찮다, 다 괜찮다. 추억만으로도 충분히 행복하니까.

수업은 교사의 작품이다

교직 시절, 오래전 서둔야학 은사님들이 야학생들에게 해 주셨던 교육의 기본을 기억해 냈다. 야학 선생님들은 야학생들에게 사랑과 관심을 기울여 주셨고 시와 음악으로 마음밭을 곱게 가꿔 주려고 노력하셨다. 결론은 났다.

"교육은 관심과 사랑이고, 마음밭을 곱게 가꿔 주는 일이다."

서둔야학 선생님들로 인해서 교육의 방향을 알게 된 나는 매년 새 학기 첫 시간 출석을 부르기 전에 김춘수 시인이 지은 '꽃'의 한 구절을 읊어 주었다.

"내가 그의 이름을 불러 주었을 때 그는 나에게로 와서 꽃이 되었다."

꽃보다 더 예쁜 18세 소녀들의 맑은 눈망울들이 일제히 나를 바라보고 있었다.

그 후 제자들 하나하나와 눈을 맞추며 이름을 불러 주었다. 이슬, 정아미, 김보슬, 나은별, 이다솜, 홍여울 등 요새 아이들의 이름은 예쁘고도 곱다.

첫 시간은 담당교사의 가치관과 인생철학이 드러나는 시간이다.

"수업은 교사의 작품이고 학생들과의 교감이며 소통이다."

워드 프로세서를 가르칠 때는 봄에는 박목월 시인의 '4월의 노래'로 수업을 했었다.

"목련꽃 그늘 아래서 베르테르의 편질 읽노라

....

빛나는 꿈의 계절아 눈물 어린 무지개 계절아."

빛나는 꿈의 계절이고 눈물 어린 무지개 계절인 4월은 설유화, 벚꽃, 목련, 배꽃, 라일락 등 내가 좋아하는 꽃들이 한꺼번에 피어나서 나를 몸살 나게 만드는 계절이다.

가을이면 서정주 시인의 '푸르른 날'로 수업을 했다.

제자들의 마음밭을 가꿔 주는 데 시만큼 좋은 교재가 없다는 생각에서였다.

"눈이 부시게 푸르른 날은 그리운 사람을 그리워하자.

..................."

"선생님 또 우신다."

수업 중에도 걸핏하면 눈물짓는 울보 딱지 선생이 나였다. 봄의 시 '4월의 노래'는 괜찮은데 가을의 '푸르른 날'은 거의 나를 눈물짓게 했다. 멜랑콜릭한 냄새를 솔솔 풍기는 '그리움'이라는 단어 때문일까? 프랑스에서는 입학하면 학생들에게 시를 외우게 한단다. 아마도 정서적으로 좋은 영향을 끼치니까 그럴 것이다.

"깊은 산속 옹달샘에 세수하러 온 토끼가 물이 너무 맑으니까 '차마 세수는 못하고' 물만 먹고 갔대요."

내 해석에 18세 소녀들은 깜짝 놀라곤 했었다. 의식 없이 불렀는데 내 해석을 들으니 '그런 거구나' 느낌이 왔다고 한다.

송알송알 싸리잎에 은구슬

조롱조롱 거미줄에 옥구슬

대롱대롱 풀잎마다 총총

방긋 웃는 꽃잎마다 송송송

아름다운 우리말의 정점에 있는 듯한 동요 '구슬비'는 어휘 하나하나가 이슬처럼 영롱하다. 우리말의 아름다움을 절절히 느낄 수 있는 이 동요로 수업을 한 뜻은 새삼스럽게 우리말이 얼마나 아름다운지 느끼게 해 주고 싶어서였다. 살아가다가 우리의 마음이 황폐해졌

사랑 하나 그리움 둘

거나 삭막해졌다고 느껴질 때는 동요를 생각해 보라고 말했다.

꽃밭에서 쉬어라. 나비야

날개 쉬어 가거라. 나비야

그리 가지 말아라. 거미줄에 걸릴라

이리이리 오너라. 나비야

여리고 어여쁜 나비가 혹시라도 다칠까 봐 걱정하고 있는 예쁜 어린이의 마음이 잘 그려진 동시이다. 제자들에게 이 동시를 들려줌은 그들을 맑은 동심으로 돌아가게 하는 지름길이라 생각했기 때문이었다.

평생 가꿔야 하는 것이 사람의 마음밭이다.

교재를 망가트려 죄송합니다

월요일 수업에 들어간 나는 제자들에게 90도로 머리 숙여 정중히 사과했다. 평소에 "학생들에게 교사는 머리끝서부터 발끝까지가 교재이다."라고 역설해 왔다. 옷차림도 머리끝서부터 발끝까지 완벽해야만 직성이 풀렸는데 이 노릇을 어쩌랴? 교재를 심각하게 손상시켰으니! 교사로서 참으로 체통 안 서는 상황이었다. 나는 덧붙여서 말했다. "다 나을 때까지 내 얼굴 정면으로 쳐다보는 애는 배신자다."

"교장 선생님 정말 죄송합니다."

"며칠 쉬시지. 왜 벌써 나왔어요."

걱정할 것 같아 인사 차 교장실에 들른 내 얼굴을 교장 선생님은 안쓰러운 눈으로 쳐다보셨다. 대형 사고를 쳐 놓고서 무슨 염치로 결근을 하랴! 미안해서 하루도 빠지지 않고 더 열심히 수업했다.

2005년 3월 5일 토요일. 우리나라 교육계에서 첫 번째로 시행되는 노는 토요일이었다. 전 교직원들이 처음 노는 토요일을 기념할 겸 가볍고 즐거운 마음으로 안성 서운산으로 등산을 갔다. 산 정상에 올라서자 넓적한 바위들이 눈에 들어왔다. 그때 20대 후반의 남자 체육 선생님이 이쪽 바위에서 저쪽 바위로 가볍게 몸을 날리며 건너뛰었다. 순간 '그럼 나도 한번 뛰어 볼까?' 생각과 동시에 나는 벌써 바위를 건너뛰고 있었다.

"오늘이 며칠이에요?"

"내가 왜 여기에 있어요?"

발이 미끄러지며 바위에 머리를 부딪친 나는 그대로 정신을 잃었다고 한다. 깨어난 후에도 계속 헛소리를 하는 통에 동료 교사들은 상태가 꽤 심각하다고 생각했는지 근심이 가득한 얼굴이었다. 그 상황에서도 '내가 이러면 우리 애들은 어떡하지? 이렇게 정신이 없으면 수업은 어떻게 해야 하지?' 하고 걱정을 했다. 20대 젊은 남자 선생님이 그것도 날렵한 체육 선생님이 바위를 건너뛴다고, 50대 중반의 여자가 주제 파악도 못 하고 따라 하다가 완전 대형 사고를 친 거다.

딸에게 내 별명은 럭비공이다. 어디로 튈지 모르는 럭비공이 사고

사랑 하나 그리움 둘

를 쳤으니 동료 교사들에게 너무 미안해서 고개를 들 수가 없었다.

그날의 사고 때문에 모든 일정이 취소되어 겨우 점심 한 그릇씩 먹고 헤어졌단다.

"물의를 일으켜서 정말 죄송합니다. 모처럼의 나들이를 제가 망쳐 놔서 정말 죄송합니다."

정신을 잃었다 깨어나 머리에서 피를 흘리면서도 이렇게 사과하는 내 모습을 보며 미술 선생님은 혀를 내둘렀다. 죽을 수도 있는 상황에서 어떻게 그런 예의를 차릴 수 있냐고, 자신은 절대로 그렇게 못 할 거라고. 뭘 이 정도를 가지고! 마리 앙투아네트는 이 세상 마지막 길인 단두대 위에 올라가다가 실수로 집행관의 발을 밟자 미안하다고 했다질 않나! 마리 앙투아네트나 애란이는 교양인이다. 어떤 상황에서도 예의를 지킬 줄 아는.

바위를 건너뛰었던 그 체육 선생님은 놀라서 자신의 손수건으로 지혈을 시켰고 다른 남자 과학 선생님과 양쪽에서 부축해 줘서 간신히 걸음을 옮길 수 있었다.

올라갈 때는 제법 힘들게 올라갔는데 내려올 때는 아주 쉽게 내려올 수 있었다. 119구급차를 타고 내려왔기 때문이다. 평택의 굿모닝 병원에서 정수리 머리를 다섯 바늘 꿰맸고 바위에 무참하게 갈려 버린 왼쪽 얼굴을 치료받은 후 귀가할 수 있었다. 지금도 고마운 분은 정보처리과 부장님이었다. 내 직속상관이었던 그분은 당신이 사는 14층 아파트로 달려가 손수 키우던 알로에를 잘라서 가져오셨다. 심각했던 얼굴의 상처가 깨끗이 아문 것은 순전히 그 덕이 아닌가 싶다. 게다가 그날 아파트 엘리베이터가 고장 나 14층을 걸어서 올라갔다가 내려왔다고 하니 지금도 두고두고 감사한 마음이다. 인간은 결코 혼자 살 수 없다. 세월이 지나 보면 늘 누군가의 정성과 배려 속에서 살아왔음을 알 수 있다.

굵은 뼈가 삭은 곳, 평택여자고등학교

평택여고는 경기 남부의 공립 명문 여고로 평택은 물론 송탄, 성환, 안중, 둔포 등 인근 지역에서 공부 좀 한다 하는 학생들이 모여드는 학교이다. 어느 해 신입생 합격자 발표 직후였다. 한 학부형이 어이없어하며 탄식했다. "도대체 이 학교가 어떤 학교길래 장학생인 내 딸이 떨어져." 그녀의 딸은 인근 둔포중학교 장학생이라고 했다.

잔뼈가 굵은 곳이 아니라 내 굵은 뼈가 삭은 곳. 평택여자고등학교를 2016년 9월 13일 월요일에 방문했다. 평택여고도 내 그리움 끝에 있는 곳이기에 이따금 한 번씩 가봐야 한다.

어여쁜 음악 선생님께 계간지인 '문학의 강'과 서초 문화원에서 수필을 같이 공부하고 있는 문우의 수필집을 선물했다. 평택여고 음악 선생님은 타고난 시인이다. 자신의 재능을 모르고 있다가 요즈음 열정적으로 시를 쓰고 있는데 혹시나 참고가 될까 해서였다.

서둔야학 시절 봄이면 선생님들하고 야학 화단에 채송화, 과꽃, 분꽃, 코스모스, 맨드라미 등 일년생 꽃씨를 뿌렸고 선생님들이 심어주신 목련과 월계수와 찔레꽃 등 다년생 나무들은 해마다 우리들의 좋은 친구가 돼 주었다. 초등학교 시절 한 부부가 황무지 섬에

사랑 하나 그리움 둘

수년간 나무들을 심어서 카나리아들이 와서 노래하는 낙원으로 만들었다는 얘기가 아주 감동적이었다. 이런 일련의 기억들을 가진 나는 사람들의 좋은 친구인 나무 선물하기를 좋아했다. 1970년대 근무했던 농대의 유가공학 박사님인 김현욱 교수님 댁에도 하얀 목련과 보랏빛 라일락을 사서 앞마당에 직접 심어 드렸다. 1977년도 봄이었다.

1994년 4월 평택여고 현관 옆에 내가 심었던 하얀 목련은 중심을 제대로 못 잡아 약간 삐딱하게 심어졌다. 자신의 그리움을 땅속 깊이 묻으니 눈물이 앞을 가렸기 때문이었다.

평택여고에는 1994년 식목일과 1997년 봄철에 두 번에 걸쳐서 목련과 라일락 외에도 산수유, 등나무, 홍매화, 모란꽃을 같이 사 직접 심었었다. 모두 내가 좋아하는 꽃나무들이다. 나무를 살 때는 항상 작은 것은 성이 차지 않아 내 키보다도 훌쩍 큰 나무들을 낑낑대며 택시를 이용하여 옮겨다 심었다. 작은 것은 언제 자라서 탐스러운 꽃을 피우려나 싶었기 때문이었다.

시를 좋아하는 나는 수업 틈틈이 계절에 따른 시를 읊어 주곤 했었다. "모란이 피기까지는…" 하는 시를 읊어 주면 "선생님 모란꽃이 어떻게 생겼어요?" 하고 묻는 학생이 있었다. 그러면 "응 저게 바로 모란이야" 팔각정 앞에 있는 자줏빛 커다란 모란꽃을 가리켰다. 그런데 이번에 보니 학교가 조경공사를 하는 와중에 인부들의 부주의로 나무가 많이 잘려 나가고 일부만 남아서 마음이 아주 아팠다. 재직 시 해마다 5월이면 탐스러운 모란꽃이 50송이도 넘게 피었었다. 그 꽃송이를 세는 재미도 쏠쏠했었는데… 조경을 생각해서 팔각정 앞

사랑 하나 그리움 둘

에 심었기에 한옥과 어우러져서 환상적으로 아름다웠었는데……

'선덕여왕의 일화'와는 달리 모란꽃도 향기가 있다는 것을 이때 처음 알게 되었다.

나무는 봄이 되면 꽃을 피워 낼 것이고 새들이 날아와 노래할 것이다. 아울러 깨끗한 공기를 선물할 것이기에 제자들에게 가장 좋은 선물이 될 것으로 생각하고 심은 것이었다.

Part 4

즐거운 후반생

전반생은 선생님, 후반생은 패션디자이너

"시인 천상병 씨는 '아름다운 이 세상 소풍 끝내는 날, 가서 아름다웠더라고 말하리라.'라고 했는데 저는 그동안 꽃보다 더 예쁜 우리 친구들하고 즐거운 놀이터에서 소풍을 잘 끝내고 오늘부로 새로운 세상을 향하여 나아갈 것입니다. 억겁의 우주의 세월에 몇십 년의 차이는 별 의미가 없습니다. 동시대에 만난 사람은 다 친구입니다. 저의 좋은 친구인 여러분, 그동안 정말 행복했고 고마웠습니다.

이제 제가 무엇을 할 것이냐 하면 발레를 배울 것입니다.

패션디자인 공부를 할 것입니다. 그러면 그것을 배워서 무엇을 할 것이냐? 목적이 중요한 게 아닙니다. 그냥 그 과정을 즐기면 되는 것입니다. 선생님, 패션디자이너, 발레리나.

이들이 제 어렸을 때 꿈이었습니다. 이제 선생님은 30년 넘게 했으니 됐고, 그다음 꿈을 향해서 도전할 것입니다. 살면서 중요한 것이 무엇인고 하니 자신이 하고 싶은 일을 하며 사는 것입니다. 사람의 삶에 있어서 정신적으로 또 경제적으로 독립하려면 일은 필수입니다. 그런데 일을 가질 바에야 신나고 즐겁고 행복한 일을 찾아서 해야 할 것입니다. 저는 그토록 하고 싶던 선생님이 되어서 정말 보람 있고 행복하게 보냈습니다. 여러분, 자신이 가지고 태어난 재능이 무엇인지 지금부터 찾아보세요. 그래서 여러분도 저처럼 하고 싶은 일을 하며 즐겁고 행복하게 살기를 바랍니다. 여러분 고맙습니다. 안녕히 계세요."

2012년 2월이었다. 평택여고 전교생이 모인 강당에서 제자들에게 이렇게 작별 인사를 한 것은.

제자들에게 큰소리를 쳤겠다, 어렸을 때부터의 꿈을 실현하고자 그해 4월부터 시작한 것은 발레였다. 그런데 굳은 뼈가 말을 듣지 않아 한 동작 한 동작 따라 하느라 애를 먹었다.

딸보다도 한창 어린, 몸매가 여릿여릿한 예쁜 여선생님이 생글생글 웃으며 열심히 가르쳐 주었지만 그게 그렇게 만만한 게 아니었다. 또 발레라는 게 동작이 사뿐사뿐해야 하는데 민망스럽게도 내 몸은 발걸음을 내디딜 때마다 쿵쿵 둔탁한 소리를 내고 있었다.

'아휴! 힘들어 이게 웬 생고생이야. 내 돈 갖다 바치면서.' 속으로 이렇게 투덜거렸다. 그렇지만 아름다운 발레 음악에 맞춰서 춤을 추다 보면 무지무지 행복해서 눈물이 났다.

'아! 어려서부터 얼마나 하고 싶던 발레였던가!'

나는 간절히 하고 싶은 일을 하다 보면 감격해서 눈물부터 나게 된다.

교직 생활 중에도 눈물을 흘린 적이 있었다.

어느 날 수업을 마친 후 복도를 걷던 내 눈에서 눈물이 주르르 흘렀다. 그렇게도 간절히 되고 싶던 선생님이 되어 제자들을 가르치고 있는 현실이 믿어지지 않을 만큼 행복해서였다.

살다가 이게 아니다 싶어 다시 시작한 것이 공부였다. 가난한 야학 출신인 나를 구원해 준 것은 우리나라의 좋은 제도였다. 자신이 노력하는 대로 기회의 문이 열려 있는 것이 우리나라였다.

수명이 무척이나 길어진 지금은 퇴직 후의 삶에 대한 개념을 바꿔야 한다. 퇴직 전의 삶은 전반생, 퇴직 후의 삶은 여생이 아니라 후반생으로.

교직 생활 못지않게 행복감을 느끼는 요즈음이다.

내 후반생의 간절한 꿈은 패션디자이너이다.

"옷차림은 전략이고, 패션은 도전이다."

"옷을 입는 것도 일종의 예술 행위이다."

"…… & 더 맵시" 이것이 내 옷집의 이름이다.

내 어릴 적, 1960년대의 수원시 서둔동 마을에는 못 먹어서 배만 불뚝 튀어나오고 얼굴색은 누리끼리한 아이들 천지였다. 머리끝서부터 발끝까지 땟국물이 줄줄 흐르고 있는 아이들이 입고 있던 것은 삭아서 올이 세로로 갈가리 나간 러닝셔츠였다.

같은 처지면서도 그들이 너무도 불쌍해 보였던 나는 이다음에 꼭 선생님이 되어서 옷을 내 손으로 만들어 입힌 후 공부를 가르치고 싶었다. 그때는 왜 그리도 양말이 잘 헤지는지. 여덟 식구 헤진 양말을 깁는 일은 언제나 내 몫이었다. 10살 아래인 막냇동생 스커트를 만들어 준 것은 내가 초등학교 6학년 때였다. 낡아서 못 입게 된 우리 네 자매의 코르덴 바지의 성한 부분만 오려서 손바느질로 만든 것이다. 이렇듯 어려서부터 바느질이 너무도 재미있었다.

세상에 널려 있는 게 옷이고, 패션의 세계는 한마디로 엄청난 레드 오션이다. 그런데도 내가 이 시장에 뛰어들고자 하는 것은 옷의 유통단계에 혁신을 불러오고 싶어서이다. 좋은 옷은 세 박자가 맞아야 한다. 질감, 색감, 디자인. 그런데 좋은 옷의 조건을 갖췄지만, 거품이 너무 끼어 있는 백화점 옷의 가격에 거부감이 들곤 한다.

여성들에게 좋은 품질의 옷을 착한 가격으로 공급하고 싶다. 내 강렬한 소망이다. 취미 생활로 시작한 것이 발레라면 패션디자인은 일이다. 내 모든 열정을 바쳐 무언가를 이뤄 내고 싶은 즐겁고 흥미진진한 일이다.

2012년 5월부터 강남에 있는 라사라 패션디자인학원에서 패션디자인 공부를 시작했다. 또 얼마나 가슴 설레고 행복했는지 모른다. 2, 30대 젊은 사람들과 시작한 패션디자인공부도 만만치 않기는 발레와 마찬가지였다. 그러나 내가 만들고 싶은 옷을 꼭 만들어 보겠다는 일념으로 일러스트 드로잉을 하고 패턴을 하며 바느질을 했다. 중급까지 6개월 과정을 마친 후 2014년 4월 9일부터는 서울시 창업스쿨에서 패션창업과정을 수강했다. 하고 싶은 공부를 하는 것은 언제나 꿀맛이다.

옷차림은 그 사람이다. 옷에는 그의 취향, 가치관 그리고 철학이 묻어 있기 마련이다.

"여성들에게 옷은 아름다운 날개이고 자신을 표현하는 확실한 수단 중의 하나이다."

이왕에 입는 것. 더 예쁘고 세련되게 입는 것이 좋지 않을까 생각한다. 입었을 때 편안하고, 아름답고 세련됐으며 거기에다가 가격도 착한 옷을 만들 것이다. 내 옷의 컨셉인 레트로 로코코 풍의 옷을. 오늘도 나는 옷의 색감과 질감 그리고 실루엣을 열심히 연구하고 있다.

코엘료는 그의 저서 『연금술사』에서 이렇게 말했다.

'무언가를 간절히 원하면 온 우주가 나서서 그 일이 이루어질 수 있도록 도와준다.'라고.

사랑 하나 그리움 둘

지금 생각해 보면 나는 참으로 많은 행운을 거머쥐었던 것 같다.

그토록 간절한 꿈인 선생님이 되었고 퇴직 후에는 다시 패션디자이너의 꿈을 이루기 위한 과정을 밟고 있으니까. 두 번째 꿈을 이루기 위하여 열정을 다 바치고 있는 지금이 너무도 즐겁고 행복하다.

물고기가 물을 만난 듯한 후반생

'글을 잘 쓰는 패션디자이너'
내 후반생 꿈이다.

2012년 퇴직한 후 하고 싶은 일들을 적어 봤다. 패션디자인, 패션모델, 발레와 왈츠 그리고 탱고 배우기, 영어회화, 서유럽 여행하기, 좋은 수필 쓰기, 오페라와 발레 감상하기, 인문학 공부하기 등 많기도 했다. 사람이 살아갈 때 무엇이 중요할까? 자신이 하고 싶은 일을 하며 사는 것이다. 그런데 자신이 원하는 일을 하며 살아가는 사람은 극히 드물다. 나는 그토록 간절히 원했던 선생님이 되어 30여 년을 정말 즐겁고 행복하게 일했다. 퇴직했어도 교육공무원 연금이 나와서 최소한 먹고 사는 데는 지장이 없다. 우리나라 노인층의 빈곤율은 정말 심각하여 절반에 해당한다고 한다. 나는 평생 원하던 일을 하고 퇴직 후에는 최소한의 생활까지 보장이 되니 이처럼 다행스러운 일이 없다. 지금부터는 내가 하고 싶은 일을 마음껏 하며 살수 있는 것이다.

인문학 공부는 주로 집에서 한국방송통신대 강의를 통해 충족한다. 요일별로 국문학과 철학, 역사와 서유럽 문화기행, 패션 일러스트레이션 등의 강의를 들을 수 있기 때문이다. 우리가 한창 자랄 때는 공부를 하고 싶어도 마음대로 할 수 없었다. 그러나 지금 우리나라는 교육 인프라가 잘 갖춰져 있어 의지만 있다면 TV와 인터넷 그리고 서울 각 구의 문화원에서 무료로 혹은 가성비 높은 비용으로 얼마든지 공부할 수 있다. TV를 바보상자라면서 멀리하는 사람들이 있는데 나는 제자들에게 인터넷도 TV도 '정보의 바다'라고 표현했다. 인터넷에서 전복을 구하느냐 미역을 건져 올리느냐는 매체를 이용하는 사람의 마음가짐에 달린 것이라고 말이다. 요즘엔 방송대 강의도 그렇고 교양 프로그램과 양질의 다큐멘터리 등 좋은 콘텐츠가 넘쳐난다. 강의가 너무 재밌어서 외출을 못 할 때도 있을 정도다.

　호기심을 가지고 탐구하는 열정에는 세월도 못 당한다. 퇴직 후 제일 먼저 강남 라사라 학원에 등록했다. 패션디자인 공부를 하기 위해서였다. 어릴 때 선생님 다음으로 하고 싶었던 것이 패션디자인이었다. 패션에 대한 열정은 아마 평생 가지고 가게 될 것 같다. 발레도 어려서부터 내 로망이었기에 패션디자인 과정과 같은 시기에 시작했다. 아름다운 선율에 맞춰 발레를 할 때마다 얼마나 큰 행복을 느끼는지 모른다. 발레가 어린 시절의 로망을 실현해 주는 취미 정도라면 왈츠와 탱고는 능숙하게, 아주 멋들어지게 추고 싶다. 운동할 때는 인내심이 요구되지만, 왈츠와 탱고를 출 때는 어느새 끝나는 시간이 되곤 한다. 건강을 위해, 바른 자세를 위해, 힐링을 위해 꼭 필요한 것이 춤이라고 생각한다. 언젠가 TV를 보니 스웨덴에서는 팔십이 넘은 노인들이 발레를 하고 있었다. 발레를 하고 있는

"모든 국민이 함께 잘 사는 미래가 되었으면"

2017년 KBS 명견만리 서포터즈 활동으로 의견 발표 중

노인 분들의 표정이 참 여유롭고 행복해 보였다.

서초 문화원에서는 수필을 잘 쓰기 위한 수업을 받고 있으며 한국시니어블로거협회에서 기자단으로 활동하며 쓴 글이 340편이 넘을 정도로 글쓰기가 생활화되어 있다. 틈틈이 오페라 감상을 위하여 압구정역에 있는 무지크 바움에 가는 것도 잊지 않는다. 몇 해 전에는 강남시니어플라자의 모델워킹반에도 등록해서 주 1회 모델 워킹을 연습하고 있다. 2년 동안 패션쇼도 다섯 번 했다. 개성 강한 동료들의 기상천외한 옷차림을 보는 것도 쏠쏠한 재미다. '옷차림은 전략이고, 옷 입는 것도 일종의 예술 행위'다. 기왕이면 예쁘게 입기 위해 노력하고 있다. 가장 훌륭한 액세서리는 젊음이다. 젊은이들은 값싼 옷을 입어도 예쁘지만, 나이 들면 옷차림에 더 신경을 써야 한다. 물기 빠진 피부에 옷차림까지 추레하면 볼품이 없기 때문이다.

KBS 교양 프로그램 <명견만리> 녹화가 있는 토요일은 될 수 있으면 여의도로 간다. 서포터즈로 활동하기 때문이다. 5포 세대, 혼밥, 실업 문제, 젠트리피케이션 문제, 4차산업혁명 등 <명견만리>는 우리 사회의 문제점을 다루며 그 해결책을 모색하는 프로그램이다. 메인 브로드캐스터가 강연한 후 미래참여단 서포터즈들이 질문하는 형식으로 진행되고 있다. 현장에서 녹화에 참여하면 더 생생한 공부가 된다. 20대 젊은이에서 70대 시니어까지 다양한 세대와의 만남도 즐거움 중 하나다.

사랑 하나 그리움 둘

주 1회는 한국시니어블로거협회에서 주관하는 서울 둘레길 걷기에 참여한다. 둘레길 걷기는 주 3회 30분 이상 운동을 해야 하는 시니어들에게 유익한 프로그램이다.

'배움이 이어지면 기회가 이어진다'고들 한다. 지금 같아서는 지구촌에서의 시간이 끝날 때까지 배움에 대한 열정이 식을 것 같지 않다.

이래도 되는 거야?
삶이 이렇게 재밌어도 되는 거냐고요!

어제는 너무 좋아서 기절하는 줄 알았다. 올해 4월부터 동년기자로 활동하게 된 온·오프라인 잡지 <브라보 마이 라이프>에 내 글이 실렸기 때문이다. 그동안은 온라인에만 꾸준히 실렸는데 잡지사에서 정해 준 주제 '으이구! 주책이야!'에 맞춰 쓴 글 '교재를 망가트려 죄송합니다'가 7월호에 실린 것이다. 제시한 주제에 맞춰 처음 써낸 글이었다.

'사람을 사귐에 있어 버릴 건 버리고 취할 건 취한다.' 사람을 너무 좋아하는 내가 가지고 있는 철학이다. <브라보 마이 라이프>에서 주관한 시니어 헬스 콘서트에 나와 함께 온 사람들은 대부분 나의 라이프스타일을 좋아하는 여성과 남성들이다. 모두 성격이 활달하고 적극적인 분들이다. 하는 일도 인터넷 기자, 사회 복지사, 공예가, 모델, 시인, 수필가, 교수 등 다양하다. 서초 문화원 문화기행

사랑 하나 그리움 둘

프로그램에서 만난 분도 있고 동대문 제일평화시장 구두매장에서 내 패션스타일에 필이 꽂혀 인연을 맺게 된 분도 있다.

평택여고에 재직할 때 제자들에게 말했었다. "사람을 대할 때는 정성껏 대하라. 그 사람이 나와 어떤 인연으로 맺어질지 모른다." 서둔야학 단톡방, 서민동 단톡방, 서울시 낭송회 시음 단톡방, 왈츠 단톡방, 명견만리 서포터즈 단톡방, 꿈방송 단톡방, 뉴시니어 리더스 포럼21 단톡방, 강남시니어프라자 해피미디어단 단톡방, 서초모델 워킹 단톡방, 책·글쓰기 단톡방, 작탄모 단톡방, 오페라 동호회 모임, 한국시니어블로거협회 친구들 등 단체회원 단톡방만 해도 만만치 않은 인적 네트워크다. 살아 보니 사람이 가장 큰 재산이다. 2년 전 메르스 사태로 KBS 시사교양 프로그램 <명견만리>에서 녹화에 참여할 사람을 모집하느라 고심하고 있는 것을 알게 되었다. 그때 내가 강남시니어플라자에서 모델워킹 하는 동료들과 해피미디어단 회원들을 왕창 모시고 갔다. 담당 PD가 얼마나 고마워했는지 모른다.

나는 바람잡이 역할을 즐긴다. 한국시니어블로거협회에서 행사를 할 때는 <명견만리> 담당 PD를 초대해 분위기를 조성했다. 나는 사람들이 서로 만나 각자의 재능을 활용해 새로운 가치를 만들어 내는 것을 좋아한다. <브라보 마이 라이프> 시니어 헬스 콘서트에 참석한 분들도 너무 재밌었다고 상기된 표정으로 내게 말했다. 다음 행사에도 초대해 주기를 바란다면서. 아자 아자! 이런 것이 바로 윈윈이다.

날개를 달아준 <브라보 마이 라이프>에 감사하며 오늘도 나는

저 푸른 하늘을 향해서 힘차게 날갯짓을 한다. 지금 내 삶은 글자 그
대로 '브라보 마이 라이프'다. 이런 삶이 수어지교다. 물고기가 물을
만난 듯한 기쁨!

<브라보 마이 라이프> 따봉, 원더풀!

내 인생 최고의 선물, 아들

비 오는 날 아이들을 데리고 나들이를 한 날이었다.

"야! 물 무지개다!"

감탄하며 어린 아들의 고사리 손이 가리키는 곳을 보았다. 아주
자그마한 물웅덩이에 차에서 떨어진 기름이 번져 있었다. 시외버스
터미널에서였고 그때까지 지저분하다고만 생각했던 나를 깨우쳐 주
었다. 사물을 다른 눈으로 보라고.

"엄마 아까부터 올챙이들이 계속 내려오고 있어요."

"어디? 어! 정말이네."

어린 아들의 말을 듣고 보니 버스 창을 타고 내려오는 빗줄기들
이 정말 올챙이처럼 고물고물 내려오고 있었다.

어린이는 모두 천재이고 시인이다.

어린이의 눈으로 보는 세상은 모두 아름답고 신기하다. 어린이
들과 같이 있는 시간은 세상의 아름다움에 눈을 뜨게 되는 축복의
시간이다.

영국의 계관시인 워즈워스는 말했다. '어린이는 어른의 아버지'라고.

사랑 하나 그리움 둘

아들이 네 살 때였다. 퇴근하여 힘없이 누워 있는 아들을 살피니 열이 펄펄 끓고 있었다. 부랴부랴 업고서 병원으로 달려가는 중이었다.

"엄마 나 내릴래."

"왜?"

"엄마 힘들까 봐."

순간 눈물이 앞을 가려 발걸음을 조심스럽게 옮겨야만 했다. 평소에도 곰살맞은 아들은 내가 안아 주면 고사리 같은 손으로 나를 더 꼬옥 안아 주곤 했었다. 자신이 아픈 가운데서도 엄마를 걱정해 주던 아들의 꽃잎처럼 고운 마음이 두고두고 생각난다.

가을 밤길

귀뚜라미 귀뚤귀뚤 우는 밤길을
나 혼자 걸어봅니다.
소리를 밟을까 봐 조심조심
소리를 쫓아 버릴까 봐 조심조심.
나 혼자 가을 밤길을 걸어봅니다.

초등학교 3학년 때 지은 아들의 시다.

'소리를 밟을까 봐…' 탁월한 표현이 범상치 않아서 동료 국어 선생님들께 보여 드리니 '타고난 시인'이란다.

"엄마, 저를 자유롭게 키워 주셔서 고마워요."

몇 년 전 아들이 내게 이렇게 말했다. 아들은 고 3때도 학교에서

사랑 하나 그리움 둘

강제로 시키는 자율학습을 하지 않았다. 자신이 원하는 대로 집에서 자유롭게 공부했다. 좋아하는 바로크음악을 들으며. 어차피 공부는 자기 자신과의 싸움이다.

어려서부터 배움에 대한 의욕이 넘치는 우리 애들은 피아노, 컴퓨터, 성악, 발레, 지점토, 홈패션, 영어학원, 수영, 일본어학원, 태권도, 미술학원 등 열 가지 이상의 학원에 다녔다. 자신이 무언가를 하고 싶다고 하면 시키고, 그만하고 싶다면 그만하게 하니 결과적으로 이렇게 다양한 학원에 다니게 되었다.

"억지로 시키면 창의성이 나올 수가 없어요."

아들의 주장이다.

가난한 집안의 욕심 많고 의욕 넘치는 둘째 딸인 나는 어렸을 때 발레가 너무 하고 싶었다. 잠자리 날개 같은 옷을 입고 하늘하늘 춤을 추고 싶었다. 피아노를 치고 싶었다. 그야말로 미치도록 치고 싶었다. 가난 때문에 어느 것도 못 해 본 나는 아이들이 배우고 싶다고 하면 그 즉시 배울 수 있도록 지원해 주었다. 우리 애들에게는 그 한을 대물림하고 싶지 않다는 강렬한 내 의지였다.

"아들, 엄마는 한국에서 살아남을 테니 너는 일본에서 살아남아야 한다."

열여덟 어린 나이의 아들을 홀로 일본에 보내며 비장한 심정으로 말했다.

"아드님은 분명 한국을 빛낼 몇 안 되는 인물 중의 한 사람이 될 거예요."

아들의 고등학교 졸업식 때 내게 이렇게 말씀하신 분은 아들 학교의 학생부장님이었다.

아들은 일본의 명문 게이오대에서 법학을 전공하고 지금은 IT 디자이너로 일하고 있다.

레나

일본에서 살다가 필자의 집에 온 12세 손녀에게 샤방샤방한 라일락색 스커트를 보여 주며 물었다.

"레나야, 이 스커트 예쁘지?"

"스커트도 예쁘지만, 할머니가 더 예뻐요."

그전에 공항에서 만난 딸의 핸드백을 본 내가 한마디 했었다.

"가방이 노숙해 보이네."

나중에 "예쁘고 세련됐지만 좀 노숙해 보여."라고 정정했지만, 딸애는 이미 마음이 상해 있었다. 알뜰한 딸애가 큰맘 먹고 학부형용 가방으로 비싼 돈 주고 산 것이라는데 까칠한 엄마가 그것도 모르고 초를 쳤으니…. 좋은 점부터 말해야 했는데 순서가 뒤바뀐 결과였다.

이것도 청출어람의 일종일까? 많이 살았지만, 공감 능력이 부족한 나와 어린이지만 배려심이 깊은 레나! 상대방에 대한 배려심이 많고 감성이 뛰어난 레나는 나를 깜짝깜짝 놀라게 만드는 재주가 있다. 레나가 6세 때였다. 어느 여름밤 신대방동에 있는 보라매공원에서 딸애, 레나와 함께 산책을 했었다. 연못에 음악분수가 있었는데 일

사랑 하나 그리움 둘

손녀 레나

정 시간이 되면 '아를르의 여인', '아름답고 푸른 도나우', '사랑의 인사', '무도회의 초대', '노래의 날개 위에' 등 클래식 소품 음악에 맞춰 분수가 여러 가지 모양으로 춤을 췄다. 물줄기에 무지갯빛 조명이 비춰졌기에 더 아름다웠다. 귀부인의 옷자락인 양 양옆으로 우아하게 퍼지는 물줄기를 본 레나가 신기해하며 말했다.

"꽃향기 위에 앉은 나비 같아요."

소나무 아래에 떨어져 있는 솔방울 하나를 주운 레나가 일본으로 가져간다고 했을 때였다. 딸애는 일본에 가져갈 수 없으니 다시 제자리에 갖다 놓으라고 했다. 그러자 레나는 솔방울이 아플세라 그 자리에 조심조심 내려놓으며 다정하게 솔방울에게 말을 건넸다.

"솔방울아, 가서 아름다운 여행하고 와~"

레나의 가슴은 꽃처럼 예쁜 언어들로만 가득 채워져 있는 듯싶다. 어느 시인의 말처럼 레나의 입은 한 송이 예쁜 꽃이다. 한마디 한마디 곱고 예쁜 언어들이 꽃 이파리가 되어 날아와 나를 감동시키고 행복하게 해 준다.

언어의 요정인 레나와 같이 있는 시간은 엔도르핀이 한없이 나오는 힐링의 시간이고 나를 행복하게 해 주는 축복의 시간이다.

옷 입는 것도 예술행위이다

어여쁜 여성을 보면 기분이 좋아지죠?

바로 그거예요.

사랑 하나 그리움 둘

'이왕에 입는 거 예쁘게.'

'여성이 아름다우면 남성이 행복하고 남성이 행복해지면 세상이 평화로워집니다.'

"나는 애란 씨를 첫눈에 보고 어떻게 저런 미인이 내 주변에 계시나 황홀했는데 장미의 가시에 찔릴 때마다 가슴이 아파요."

서초 문화원에서 같이 수필공부를 하는 남자 회원의 카톡 문자다. 내가 황홀할 정도의 미인? 천만의 말씀이다. 나는 결코 선천적 미인은 아니다(다시 태어난다면 남자들이 보고 싶어서 안달이 날 정도의 절세미인으로 태어나고 싶다). 자신에게 잘 맞게 연출을 할 뿐이다.

부모에게서 듣는 칭찬은 자녀들의 성격 형성에 결정적인 영향을 끼친다. "애란이는 코가 잘생겼어." 10대 중반의 나를 바라보며 아버지가 하신 말씀이다. 세 살 위인 언니는 나보다 얼굴도 예쁘고 머리도 좋고 키도 크고 성격도 좋았다. 여러모로 우월한 언니를 유독 사랑하던 아버지였다. 열여섯 살 무렵 어느 날 우리 집 대문 안으로 들어서는데 내 뒤통수에다 동네 총각이 휘파람을 불었다. 영 껄렁껄렁해 보이는 사람이었다. 감히 나를 넘봐? 나는 너무 자존심이 상해서 마침 마당에 계신 아버지께 "아버지, 저 사람이 글쎄 나한테 휘파람을 부는 거예요. 뭐 저딴 사람이 다 있어! 아유! 자존심 상해!" 하며 신경질을 냈다. 그러자 아버지가 한마디 하셨다. "대전시장이 대전 제일의 미인이라고 한 네 작은고모도 너처럼 그러지는 않았다." 아버지가 보시기에는 인물이 시원찮은 둘째 딸이 잘난 척하는 것이 어처구니없었나 보다. 편을 들어주실 줄 알았는데… 아버지 말이 서운했던 나는 속상해하며 속으로 말했다. '아버지, 예쁘다고 다는 아

니에요. 자신의 가치는 자신이 지켜야 하는 거예요.'

아버지 형제들은 모두 탤런트 뺨치는 미남미녀였다. 아버지는 외탁한 나를 늘 탐탁지 않게 생각하셨다. '코만'이라고 표현하지 않은 것이 다행이었다. 나는 관심과 사랑을 받기 위해 치열하게 노력해야만 했다. 오늘의 나는 그 결과다. 옷을 입을 때는 어떻게 하면 좀 더 예쁘고 멋지게 보일까 궁리하며 입었다. 그러므로 수필 반 남자 회원은 말하자면 내 옷발에 넘어간 것이다. 나는 옷을 입을 때 잘 어울리는 색과 디자인을 고민하며 입는다. 또 체형의 단점을 감추고 장점은 더 부각할 방법도 생각한다.

아침에 일어나면 체중과 체지방량부터 체크한다. 거울에 전신을 비춰 보고 뱃살도 확인한다. 사이즈가 66이 넘지 않도록 긴장한다. 내가 좋아하는 백화점의 영 캐릭터 브랜드 옷들이 66까지만 나오기 때문이다. 학교에 재직할 때는 환상의 55사이즈였다. 그러다가 체중이 57kg까지 늘어나면서 옷맵시가 나지 않았을 때는 외출하기도 싫었고 기분까지 우울해졌다. 이러면 안 되지. 그때부터 다이어트가 일상이 되었다. 식사는 하루에 두 끼, 채식과 현미밥 위주로 먹었다. 설거지할 때는 까치발로 서서 하고 에스컬레이터 대신 계단을 이용한다. 일주일에 세 번은 왈츠, 모델 워킹, 탁구 등 운동도 한다.

"얘들아 너희들 좋은 남자 만나고 싶지? 그러면 내가 좋은 여자가 돼야 해. 이제 거울은 그만 보고 독서로 내면을 채워야 해. 그렇지 않으면 몇 번 만나다 보면 얕은 지식이 드러나거든. 그래도 그 남자가 나를 계속 만나고 싶어 할까?"

학교에서 열여덟 살 제자들에게 자주 했던 말이다. 공짜인 삶은 없다. 지속해서 탐구해 내면을 꽉 채우고 겉모습도 멋진 여성이 되고자 나는 오늘도 노력한다. 사람은 몇 살이 되든 자신의 마음밭과 겉모습 가꾸는 것을 게을리하면 안 된다고 생각한다. '몸 여기저기에 공작 털을 듬성듬성 꽂은 까마귀는 아닐까?' 한껏 치장하고 나간 어느 날 문득 이런 생각이 들었다. 그러나 공작새로 위장한 까마귀면 어떠랴! 자신의 가치를 높이는 일에 최선을 다하는 것이 중요하다.

에디뜨 삐아프는 이브 몽땅을 키우고…

　지난 2017년 6월 22일 남부터미널역 '팜스 앤 팜스'에서는 계간 문학 잡지 <문학의 강> 제13회 신인 문학상 시상식이 있었다. 이 자리는 한국시니어블로거협회의 회원인 손웅익 님이 수필가로 등단하는 자리였다.

　나는 한마디로 겉모습도 속마음도 잘난 남자들을 좋아한다. 지휘자 중 내가 가장 좋아하는 불세출의 지휘자 헤르베르트 폰 카라얀은 외모 자체가 명품이다. 지휘하고 있는 그의 모습은 예술이다. 이에 버금가는 손 수필가님도 외모가 근사하다. 글은 그 사람이다. 그동안 한국시니어블로거협회에 올린 그의 글들이 정말 훌륭했다. 그의 글을 읽다 보면 철학자인 듯싶은데 예술가이고 사색가인 듯싶은데 수필가이다. 그의 글에는 철학자의 깊이가 있고 예술가의 향기가 배어 있다. 내 평생의 변함없는 친구는 문학과 클래식 음악이다. 어려서부터 책을 광적으로 좋아한 나였다. 수많은 문장, 글들을 접해

봤던 내가 판단하기에 손 수필가님의 글은 애저녁에 기성 수필가의 필력이었다. 문학지 어디에 실려도 모자람이 없는 빼어난 문장력이었다.

'민주주의는 피를 먹고 자라는 나무요, 문학은 고통을 먹고 자라는 나무이다.'

완전 반전이었다. 그의 글을 보고 비로소 알았다. 고생하고는 거리가 먼 귀공자 같은 그의 모습 뒤에 숨겨진 비밀을. 그가 청소년기에 어렵게 살았다는 것을. 혹독한 IMF 시절을 겪어 낸 과정을 읽는 중에는 그에 대한 안쓰러움에 눈물이 났다. 아마도 지고지순한 사모님의 지극한 사랑과 정성이 없었다면 그는 벌써 이 세상 사람이 아니었을 것이다. 그런 의미에서 그는 평생 사모님께 '깨갱' 꼬리 내리고 살아야만 한다.

인재는 키우는 것이다. 봄날에 손 수필가님께 구체적으로 심사 방법을 알려드리고 작품을 출품하실 것을 권유 드렸다. 이쁜 남자는 이쁜 짓만 골라 한다. 두말할 것도 없이 바로 작품을 내었고 일사천리로 작품심사를 통과하여 오늘날의 영광을 안게 되었다. 서리풀 문학회는 서초 문화원에서 신길우 교수님께 수필지도를 받는 문하생들의 모임이다. 그 문하생들도 수강한 지 몇 년이 되었어도 아직 등단 못 한 사람이 수두룩하다. 단 한 번의 심사에 통과된 것은 엄청난 실력자인 손 수필가님이 일궈낸 쾌거였다. 그가 수필심사에 통과했다는 말을 듣는 순간 정말 내 일같이 기뻤다.

그런데 그 순간 프랑스의 샹송 가수 에디뜨 삐아프와 이브 몽땅이 연상되는 건 뭐지? 에디뜨 삐아프는 어렸을 때의 극심한 영양실

조로 실명할 뻔했고 키가 142cm밖에 안 된다. 불우한 환경 속에 내팽개쳐졌던 에디뜨 삐아프는 갖은 고생 끝에 가수로 성공했다. 이후 여러 명의 남자들과 만나고 헤어졌다. 삐아프가 뼈아프게 키워 낸 남자들은 성공한 후에는 하나같이 그녀 곁을 떠나갔다. '내가 소설과 영화를 너무 많이 봤나? ㅋㅋ' 에디뜨 삐아프와 이브 몽땅의 관계는 애정이고 손 수필가님과 애란이는 우정이다.

등단 후 수필가가 되는 것이 꿈이었다는 그의 얘기에 나는 속으로 '앗싸' 너무 좋아서 춤을 추고 있었다. 나는 그가 '되면 좋고 안 돼도 그만이다.'라고 생각하며 큰 의미를 두지 않는 줄 알았다.

시상식에는 수많은 문인이 참석했고 '세컨드 같은 퍼스트'인 손 수필가님의 애잔하고 어여쁜 사모님이 동석하셨다. 맞다! 유유상종이다. 미남미녀 부모님의 우월한 유전자를 고스란히 물려받은 잘생긴 장남도 함께했다.

그의 수상작 '복수를 벼르는 여인'과 '주말농장에서 얻은 것'은 사랑스러운 사모님과 얼마나 알콩달콩 예쁘게 살아가고 있는지를 여러 사람에게 입이 아프게 자랑하고 있다. 그는 부정하고 있지만, 독자들은 다 알고 있다. 그가 얼마나 재미있고 행복하게 잘 살고 있는지를.

겉모습도 영혼도 아름다운 손 수필가님의 곁에는 늘 행복이 머물러 있을 것이다. 왜냐하면, 행복이 달아나다가도 멋진 그의 모습이 보고 싶어서 다시 돌아올 테니까.

사랑 하나 그리움 둘

수필가로 등단하다

오늘은 또 어떤 일이 나를 즐겁게 해 줄까?

오늘도 흥미진진한 하루해가 밝았습니다.

신산한 날들은 보내고 이제는 하루하루가 선물이라고 생각하며 즐겁게 살고 있는 제게 오늘은 수필가가 된 뜻깊은 날입니다.

<공주와 기사님?>

<선생님께 인사한 고구마>

계간 '문학의 강'에서 이 두 편이 10편의 글 가운데 채택되어 신인 수필가로 등단하게 됐습니다.

50여 년 전 서울대학교 농과대학생들인 서둔야학 선생님들은 팍팍한 삶으로 인해 황폐해진 야학생들의 마음밭을 가꿔 주려고 노력하셨습니다. 대학 1,2학년생들인 19세서부터 21세 사이의 선생님들과 14세서부터 17세 사이의 야학생들은 서로 열심히 사랑하고 아끼며 살았습니다. 그 당시 야학생들에게 선생님들은 세상의 모든 것이었습니다. 서둔야학 선생님들의 제자들에 대한 사랑은 매우 헌신적이었기에 수시로 감동받으며 살 수밖에 없었던 저는 1967년에 결심하고 또 결심했었습니다.

'언젠가는 서둔야학 선생님들의 이야기를 꼭 글로 써서 세상에 널리 알릴거야.' 하고 말입니다. 1992년 9월 서둔야학 은사님과 통화를 한 후 별안간 '글만 쓰고 싶은 병'에 걸렸습니다. 지금까지 서둔야

계간 문학의강 출판기념식
신·인·문·학·상·시·상·식

학 선생님들에 대한 이야기를 글로 옮겨왔는데 이제는 그 글이 수필가로 등단하는 영광까지 안겨 주었네요. 평생을 서둔야학에 갇혀 사는 나와 서둔야학과는 도대체 무슨 인연이 이리도 깊은 걸까요?

"제 삶의 디딤돌은 서둔야학입니다."

오늘날 가장 재미있는 일이 글쓰기인데 글을 쓰게 된 동기가 서둔야학 얘기를 쓰고 싶다는 강렬한 열망 때문이었습니다.

"행복한 사람의 일기장은 비어 있다."

안네 프랑크가 한 말인데요. 삶에서 산전수전 공중전 지하전까지 다 겪은 제 일기장은 차고 넘칩니다.

"문학의 밥은 고통입니다."

지나고 나니 평탄치 않은 제 삶이 가장 큰 무기가 되었습니다. 제 삶의 콘텐츠가 이만저만 견고한 게 아닙니다. 제 삶의 우물은 퍼내고 또 퍼내도 계속 물이 고여 있습니다. 쓰고 싶은 게 하도 많아서 언제 글쓰기가 멈춰질지 모르겠습니다.

"수필은 청자연적이요 난이요, 학이요…."

수필을 이렇게 노래하신 분은 금아 피천득 선생님인데 지금도 선명히 기억하도록 좋아하는 문장입니다. 평생 책을 좋아하고 사랑하다 보니 이런 일도 생기네요.

쓰고 싶은 글을 원 없이 쓰며 살고 있는 지금이 제 삶의 황금기입니다.

문학계 두 거목의 2세. 황동규 시인, 김평우 변호사

지난 5월 20일, 서울시낭송협회 '시음'의 창립총회가 양평의 황순원 문학관에서 열렸다. '소나기', '나무들 비탈에 서다' 등을 쓴 내가 좋아하는 소설가 황순원은 평생 잡문을 쓰지 않기로 유명했으며 순수 소설만 썼다고 한다. 시음의 창립총회가 내가 존경하는 그분의 문학관에서 열리는 것은 아주 뜻깊은 일이었다. 꼭 가보고 싶던 곳이었기에 장소를 알았을 때 무척 기뻤다.

단편소설 '소나기'는 이제 막 이성에 눈떠 가는 사춘기 소년·소녀의 애틋한 첫사랑을 아름답고도 서정적으로 잘 그려냈다. 야학 시절 '소나기'를 우리에게 가르쳐 주신 분은 열여덟 살 소년인 조 선생님이셨고, 그 선생님께 마음을 빼앗겼던 나는 열일곱 살 소녀였다. 네온 카발로의 베리스모 오페라 '팔리아치'는 극과 현실을 구별 못 해 비극이 벌어지는 오페라이다. 이처럼 '소나기'의 주인공 소년은 조 선생님으로, 소녀는 나로 설정해 놓고 이 소설을 배웠으니 그 시간이 내게 얼마나 각별했을지는 굳이 설명하지 않으련다.

조 선생님은 내가 알고 있는 가장 멋진 국어 선생님이었다. 영화배우같이 잘생긴 데다가 목소리까지 좋았다. 그 목소리로 수업을 하면 내 가슴은 마냥 두근거렸다. 이렇게 멋진 조 선생님에게 내가 좋아하는 소설, '소나기'를 배운 것은 큰 행운이었다. 내게 '소나기'는 마치 10대의 상징 같은 소설이었다.

소설가 김동리, 황순원은 우리 문학계의 거목이다. 황순원은 평생 선비 같은 올곧음으로, 한 치의 부끄럼 없이 살다 가셨다. 그분의 아들인 황동규는 서울대 교수이자 시인으로 대를 이어 독자들에게 좋은 작품을 선물했다. 그의 대표 시 '즐거운 편지'는 '소나기' 못지않게 많은 이들의 심금을 울렸다.

　친일 행적이 있는 김동리의 아들 김평우 변호사는 이번 촛불 집회 때 그의 인성을 그대로 드러냈다. 도무지 지성미라곤 찾아볼 수 없는 무개념의 막말로 국민에게 돌이킬 수 없는 상처를 입혔다. 그가 변호사라는 게 의심스러울 정도의 막말이었다. 그가 처음에 언론을 시끄럽게 했을 때 '웬 듣보잡이 떠들고 있나?' 했다. 그리고 나는 세 번이나 경악했다. 첫 번째는 우리 문학계의 거목, 김동리의 아들이라는 사실에, 두 번째는 서울대 법대 수석 졸업생이라는 사실, 그리고 마지막으로는 늙으신 자신의 아버지를 마지막까지 살뜰히 보살펴 드린 소설가 서영은에게 한 막말 때문이다. 김평우는 김동리의 사망 후 재산분배 과정에서 아버지의 세 번째 부인이었던 서영은을 무일푼으로 쫓아내면서 "너는 내 아버지의 배설물을 받아 내는 요강

에 불과하다."라고 말했다는 것이다.

일반 사람들이 왜 똑똑하고 공부 잘하는 사람들을 좋아할까? 그것은 기대치가 있기 때문이다. 뭔가 사회를 위해 한몫해 낼 거라는 희망 같은 것 말이다.

"억울하게 착취당하는 약자들을 위해 나 자신의 삶을 바치겠다. 아무리 대단한 하버드대의 교육과 졸업장도 실제로 인류를 위해 훌륭한 일에 쓰이지 못한다면 아무짝에도 쓸모없는 것이 되고 만다."

나이지리아의 전쟁고아 출신으로 많은 어려움 끝에 하버드대를 수석으로 졸업하게 된 한 여성이 하버드대의 졸업식에서 '약자를 보호하라'라는 제목으로 한 말이다.

양질의 서울대 교육이 약자를 괴롭히는 데 쓰이면, 삶의 도구인 지식이 악의 칼날이 되면 그것은 아니 배우니만 못하다. 더구나 이젠 70이 넘은 사람이 어쩌자고 철학 부재의 삶을 살아 자신의 이름을 더럽히고 있는지 참으로 딱하고 또 딱해 보였다.

'인생은 짧고 오명은 길다.' 찰나의 삶을 사는 이승에서의 잘못된 판단으로 후세에 길이길이 오명으로 남게 됨을 그는 정녕 모른다는 말인가? 아들의 잘못된 행동거지로 인해 조용히 잠들어 있던, 아버지 김동리의 잘못된 과거 행적까지 들춰졌다. 급기야는 국민이 아버지와 아들을 싸잡아서 비난하는 참사가 벌어졌다. 잠깐 살다 가는 인생길에 되새기고 또 되새겨야 할 말이 있다.

'재산을 잃으면 조금 잃는 것이요, 명예를 잃으면 많이 잃는 것이다.'

사랑 하나 그리움 둘

제4회 서울대 민족/민주열사 합동추모제

11월 10일 저녁 5시에는 제4회 서울대 민족/민주열사 합동추모제가 서울대학교 84동 백주년 기념관 최종길 홀에서 있었다. 대학 캠퍼스의 단풍은 눈부시게 아름다웠다. 젊은 나이에 공권력에 의해 고귀한 생명을 빼앗긴 열사들이 보지 못하는 단풍을, 살아남은 나는 보고 있었다. 그곳에 가는 발걸음이 어찌 무겁지 않겠는가?

밝혀진 열사만 해도 서울대에서만 서른네 분이나 된다. 한 사람 한 사람마다 온 우주라고 설파한 철학자는 파스칼이다. 추모제는 온 우주인 한 분 한 분의 소중한 꿈과 역사를 되새겨 보는 뜻깊은 자리이다. 우리나라의 잘못된 정치사의 희생자들, 민주 제단에 바쳐진 그들의 피가 헛되지 않도록 하는 것이 살아남은 자들의 책무이다.

바로잡지 않는 잘못된 역사는 되풀이되기 마련이다. 역사를 잊은 민족에게 미래는 없다.

"종철아 잘 가그래이. 아부지는 아무 할 말이 없대이."

한 아버지의 이 말이 아프고 또 아팠다.

나는 새끼를 낳은 에미이다. 그 새끼가 얼마나 소중한지 잘 알고 있다. 자식이 죽으면 가슴에 묻는다는데… 병으로 죽어도 못 보내는 것이 자식인데 공권력에 의해 내 자식이 죽임을 당했을 때 할 말이 없다고 하는 아버지의 심정이 어땠을까? 현직 공무원이라 입을 닫을 수밖에 없는 아버지의 극심한 고통이 절절히 느껴졌다. 눈에 넣어도 아프지 않을 막내아들의 뼛가루를 바다에 흘려보내며 한 이 말에 가슴이 미어졌다. 이 말이 얼마나 아픈지 그동안 수없이 울었다.

그 후 서울대 언어학과 박종철 아버지는 공직을 떠나서 아들 대신 민주화 운동에 뛰어들었다.

국가의 존재 이유는 분명하다. 국민을 안전하게 보호하고 행복하게 잘 살도록 하는 것이다. 모처럼 우리나라의 민주화를 위하여 투쟁해 온 문재인 님이 대통령이 되었다. 지난해 가을부터 민주화의 열망으로 비가 오나 눈이 오나 꺼지지 않았던 촛불 민심의 승리인 것이다. 그가 끝까지 불망초심 하기를 바란다. 사람의 삶은 인사가 만사이다. 사사로운 정에 이끌려 내 코드의 인사를 심으려 하지 말고 진정으로 국민을 위하여 헌신할 수 있는 인재를 고르게 등용해야만 할 것이다. 모름지기 탕평책을 써야만 한다. 그리하여 참다운 민주주의가 굳건히 뿌리를 내려 모든 국민이 더불어 잘사는 국가로 거듭나게 해야 할 것이다.

나태주 시인의 '풀꽃문학관'에 가다

2018년 11월 14일에 '글쓰기 모임' 회원들과 함께 공주에 있는 <풀꽃문학관>에 다녀왔다. 내가 가장 좋아하는 것은 문학과 예술의 향기를 느낄 수 있는 여행이다. 그런 의미에서 굉장히 행복한 여행길이었다.

'꿈꾸는 시인' 나태주는 '백 편의 시를 쓰는 것보다 한 편의 시가 백 사람에게 알려지는 것이 더 의미가 있다'고 하셨다. 이분은 특이하게도 젊은 날 여성에게 차인 얘기를 이력에 써넣는다고 한다. 완

사랑 하나 그리움 둘

전 자존감 충만한 남자였다. 자못 흥미로웠다. 실연의 아픔으로 그는 엎어져서 울었다고 하셨다.

'문학은 고통을 먹고 자라는 나무이다.'

그 실연의 고통이 그를 시인으로 탄생시켰다고 하셨다. 이제 그는 이렇게 말씀하신다.

"한 여자는 나를 시인으로 만들어 줬고 한 여자는 나를 남편으로 만들어 줬다."라고.

수필가 피천득은 '봄'이라는 수필에서 첫사랑은 만나지 않는 것이 좋다 하셨다. 서로가 세월이 할퀸 자국에 실망하게 된다는 것이다. 그도 그녀를 다시 만나 보지는 않을 거란다.

'풀꽃'이 탄생한 배경은 그림을 그리려니 풀꽃을 자세히 볼 수밖에 없었단다. 자세히 보니 예쁘더란다.

그는 말씀하셨다.

"시의 특성은 개별성, 보편성이 있어야 한다. 시는 모든 인류가 이해하고 유용한('유명한'이 아닌) 시여야 한다."고.

그의 아내는 남편에게 사과를 깎아서 준 후 남편이 그 사과를 맛있게 먹는 모습을 보며 행복해한다며 이렇게 말씀하셨다.

"다른 사람을 행복하게 해 주고 그 사람이 행복해하는 모습을 보면 행복한 사람이 된다."고.

"사람들이 왜 시를 외면하는데요? 어려우니까 그렇지요. 시를 어렵게 쓸 필요가 있나요?"

그렇다. 시는 길이와 난이도에 상관없이 사람들에게 깊은 울림을 주고 마음을 다독여 주는 시가 좋은 시이다. 그의 '풀꽃'은 모두

24글자로 되어 있다.

광화문의 교보빌딩 꼭대기에는 커다란 글판이 있다. 거기에 적혀 있는 69개의 글귀 중 1위가 나태주 시인의 '풀꽃'이다.

풀꽃

자세히 보아야 예쁘다
오래 보아야 사랑스럽다
너도 그렇다

양지바른 곳에 호젓하게 자리한 풀꽃문학관에는 그의 시가 적힌 병풍이 있었다. 그의 성품을 닮은 모나지 않은 동글동글한 글씨체가 아주 예뻤다. 그림 또한 잘 그리셨다. 시에 들어간 삽화들도 손수 그린 것이라고 하셨다.

어느 디자이너가 말했다. "새로운 디자인은 없다."고. 기존의 것을 재해석하여 재생산하는 것이라고. 글도 마찬가지라는 느낌을 받았다.

"사랑은 서로가 마주 보는 것이 아니라 함께 같은 방향을 바라보는 것이다."

20세 때 본 소설, 막스 뮐러의 『독일인의 사랑』에 나오는 말인데 나 시인도 그런 요지의 문장을 구사하셨다.

일제 강점기 때 높은 법관이 34년 동안 살았던 집이 그의 문학관이 됐단다. 아주 소박하고 인간미가 넘치는 그와 잘 어울렸다. 그의

사랑 하나 그리움 둘

문학 강의가 얼마나 맛있던지 홀딱 빠져서 들었다. 나 시인은 시인의 어머니도 시인이란다.

"김용택의 어머니는 입으로 시를 쓰고 김용택 시인은 글로 시를 쓴다."고 하셨다.

『감옥으로부터의 사색』을 본 후 뵙고 싶었던 신영복 교수님은 끝내 못 뵈었다. 『나목』을 읽은 후 대화를 나누고 싶었던 박완서 작가님도 세상을 떠나셨다. 나태주 시인을 직접 뵙고 강의를 들으니 너무 좋았다. 고통은 사람을 성장시킨다. 그의 대표작 '풀꽃'은 큰 병에서 살아남은 후 탄생한 작품이라 하셨다. 생사의 갈림길에서 살아남은 사람 특유의 달관한 듯한 인생철학과 가슴이 따스해지는 문학 강의를 듣는 내내 나는 감동하고 있었다. 아주 맛있는 문학 강의였다. 시간은 기다려 주지 않는다. 살아 계실 때, 보다 많은 사람이 꿈꾸는 시인을 만나 뵙고 숙성된 포도주의 진한 향내에 빠져보기를 권한다.

그는 초등학교 교장 선생님으로 퇴임하셔서 풍금도 잘 치신다. 풍금 소리에 맞춰서 '오빠 생각'과 '어머니의 마음'을 제창했다. '어머니의 마음'을 부르며 나는 또 질곡의 삶을 살아낸 우리 엄마를 생각하며 엉엉 울 수밖에 없었다. 우느라 들썩이는 내 어깨를 옆에 앉아 있던 여성이 가만가만 다독여 주고 있었다. 젊고 어여쁘며 마음 따스한 그녀는 피디 겸 탤런트인 정은수 씨였다.

'만하루'가 있는 산에는 노오란 은행잎 비가 내리고 있었다. '휘잉' 몰아치는 세찬 가을바람에 커다란 몸짓으로 내리고 있었다. 나뭇잎들은 미련 없이 나무를 떠나가고 있었다.

대구. 노래하는 시인과 '동무생각'을 만나다

노래하는 시인 김광석!
마침내 그를 만났다.
한국시니어블로거협회에서 가을여행을 떠났던 11월 25일 대구 김광석 거리에서였다. 그는 시인이다. 노랫말이 아름다우면서도 곡은 애잔하다.

점점 더 멀어져 간다
머물러 있는 청춘인 줄 알았는데
비어가는 내 가슴속엔
더 아무것도 찾을 수 없네
....

사랑 하나 그리움 둘

몇 년 전이었다. 김광석의 '서른 즈음에'를 듣던 내가 울고 있으니 아들은 나를 안고서 등을 토닥토닥 다독여 주었다. 아직도 감상적인 60대의 엄마가 '머물러 있는 청춘인 줄 알았는데…' 하는 대목에서 울음이 터지니 30대의 아들이 달래 주었던 것이다.

그의 노래를 알게 된 것은 20여 년 전 동료 국어 선생님들 덕분이었다. 평택여고 국어 선생님들은 '일어나', '60대 노부부의 이야기' 등 그의 노래를 즐겨 불렀다. 나는 잠자고 있던 내 감성을 마구 휘저어 놓는 그들이 참 좋았다. 그의 노래는 한 편의 아름다운 시였고 가슴을 저미게 하는 슬픔이 있었다. 이슬처럼 맑은 그의 영혼은 삶에 지친 사람들에게 자신의 노래가 위로가 되기를 바랐다. 소탈한 모습의 그는 노래를 부를 때는 열정적인 사나이가 되어서 떠나간 여인이 다시 돌아오기를 간절히 호소하고 있었다. 그러다 어느 순간에 힘없이 체념해 버리는 그의 모습이 무척이나 외롭고 쓸쓸해 보였다.

그는 왜 그렇게 세상을 일찍 떠난 것일까? 어린 그의 영혼이 견디기에는 지구에서의 삶이 너무 버거웠을까?

아쉽고 또 아쉽다. 우리 곁에 오래 머물러서 더 많은, 주옥같은 노래들을 만들어서 불러 주었으면 얼마나 좋았을까?

청라 언덕에서

봄의 교향악이 울려 퍼지는

청라 언덕 위에 백합 필적에

……………

청라 언덕에 갔을 때 일이다. 청라 언덕은 담쟁이가 무성했던 언덕이라 붙여진 이름이라 했다.

청명한 가을 하늘을 배경으로 한 고색창연한 고딕 양식의 교회가 무척이나 아름다웠다.

'청라'에서 '청'은 '푸를 청'자고 '라'는 '담쟁이 라'임을 문화해설사가 말해 주었다. 새로운 지식은 늘 흥미롭다.

눈이 부시게 푸르른 가을날이었는데 감성적인 해설사의 해설 또한 아주 맛깔스러웠다. 그녀의 지도로 우리는 청라 언덕에선 '동무 생각'을 노래하고 만세 운동이 일어났던 곳에서는 '대한독립 만세' 삼창을 했다. 우리는 '날씨와 사람' 두 가지 행운을 다 누리고 있었다.

가곡 '동무 생각'에 얽힌 스토리에 눈물이 났다. 3년 전에도 이 노래비에 얽힌 스토리에 눈물이 났었는데 또 그렇다.

작곡가 박태준 선생님의 러브스토리 때문이다. 대구에서 계성고교를 다니던 그가 백합화 같은 경북여고 여학생을 연모했단다. 내성적인 그는 끝내 말 한마디 못 해보고 가슴에 그 사랑을 묻어 버렸다. 몇 년 후 그는 같은 학교에 근무하던 이은상 시인께 애달픈 자신의 사연을 들려주었다.

"잊지 못할 그 소녀를 예술작품으로 승화시켜 그 곡 안에 담아 두면 박 선생의 소원이 이루어지는 게 아니냐."

"가사를 써 줄 테니 곡을 붙여 보겠나?"

이은상 시인은 즉석에서 시를 써서 건넸다고 한다. 박태준 선생님의 첫사랑은 '동무 생각'에서 영원히 숨 쉬고 있다.

나는 왜 그리도 이루어지지 못한 사랑에 마음이 쓰이고 가슴이

사랑 하나 그리움 둘

아픈 걸까? 사랑! 여느 사람들에게는 일반적인 아름다움이겠지만 나는 아니다. 아프고도 슬프다.

라마다 호텔에서 패션쇼를 하다

화려한 것을 좋아하는 내게 패션쇼는 어려서부터 꿈의 무대였다.

강남시니어플라자에는 3년 전부터 모델 워킹 반이 개설되어 있다. 나는 초창기 멤버로 3년 연속 수강하고 있다. 초급, 중급, 고급 반으로 구성되어 있으며 매주 금요일 12시, 1시, 2시에 수업을 하고 있다. 수업시간은 50분이고 강사님은 현직 프로 모델이다. 강남시니어플라자 시니어 모델워킹 과정은 월 수강료가 2만 원이다. 지역 주민들의 복지를 향상하기 위한 문화원이라 파격적으로 저렴한 것이다.

시니어 모델 워킹 프로그램은 여러 곳에 개설되어 있다. 전문 시니어 모델로 활동하고자 하는 사람은 비용이 허용된다면 전문학원에서 수강하는 것이 유리하다. 그들은 비즈니스로 접근하기에 전문적이고 집중적으로 가르치며 패션쇼 무대를 자주 만들어 준다.

시니어는 급하게 전문모델이 되고자 하는 욕심을 내려놓고 '모델 워킹 연습하는 시간을 즐긴다.'는 마음가짐으로 하는 것이 좋다. 모델 워킹을 운동 차원에서 한다고 생각하는 것도 좋은 방법이다. 어차피 해야 하는 운동을 경쾌한 음악을 들으며 같은 취미를 가진 친구들과 눈을 마주치고 웃으며 하는 시간이 아주 즐겁고 행복하다.

모델 지망생들은 개성이 강하다. 어떻게 하면 남보다 많이 튈까에 초점을 맞춘 복장들의 기상천외함이란! 상상을 초월한다. 평생 패션에 관심이 많고 패션디자인을 공부한 나로서는 다른 사람의 옷차림을 탐색하는 것 또한 쏠쏠한 재미다. 저 옷은 디자인을 이렇게 하는 게 더 나을 텐데, 저 색보다는 다른 색이 나을 텐데. 하며 계속 디자인 구상을 하게 된다.

모델의 전부는 표정과 분위기다.

서두르지 말고 여유 있게 웃는 표정으로 워킹하고 눈빛은 '이래도 나한테 안 넘어올 거야?'라고 하듯이 남자를 유혹할 때처럼 도도

하고 섹시하며 강렬해야만 한다. 자신만의 캐릭터와 카리스마를 갖고 아우라를 내뿜어야 한다.

모델 워킹을 할 때는 정면을 응시하며 배에다 힘을 주고 다리를 쭈욱 쭉 뻗어 바른 자세로 시원시원하게 걷는다. 손은 계란 하나를 쥔 듯이 하고 머리는 머리카락에 끈을 묶어서 위에서 잡아당긴다는 느낌으로 바로 세우고 턱은 약간 아래로 향해야 한다. 허리에 손을 올리는 포즈는 손을 허리보다 약간 위쪽으로 올리는 것이 다리가 길어 보이는 요령이다.

"One point, Two color."

2016년 코엑스몰에서 패션쇼 중

사랑 하나 그리움 둘

옷을 입을 때의 꿀팁이다. 색깔을 나열하지 않아야 좀 더 세련된 옷차림이 될 수 있다. 같은 색을 명도와 채도를 달리하여 '톤 온 톤'으로 입는 것도 세련된 연출 방법이다.

취미로 시작한 공부지만 잠시라도 모델이라는 긍지를 가질 수 있고, 경쾌하거나 감성을 자극하는 음악을 들으며 수업을 하기에 마음이 즐거워져 힐링까지 된다. 바른 자세를 익혀서 바르게 걷기 때문에 허리 건강에도 도움이 된다.

어제 강남 시니어플라자 송년회는 선정릉에 있는 라마다 호텔에서 진행됐다. 장소는 라마다 호텔에서 무상으로 지원해 주었다. 그동안 강남시니어플라자를 후원해 준 후원자들과 그늘진 곳을 찾아다니며 봉사한 봉사자들을 위한 송년회였다. 재능 기부 형태로 진행된 우리의 패션쇼는 패션모델이나 내빈들 모두가 즐거운 한바탕 행복한 축제였다.

시니어 사이에 인기가 높은 것이 모델이다. 나도 계속 모델 생활을 즐기며 살 것이다.

서둔야학 홈커밍데이

'그것은 경이로움이었다. 서둔야학 선생님들은 내게 세상의 아름다움을 그리고 사람의 아름다움을 알게 해 주셨다.'

'사람의 마음을 온전히 담기에는 터무니없이 작은 게 글이라는 그릇이었다.'

자신이 열 번 울면 독자는 한 번 울까 말까 한 것이 글이다. 그만큼 독자가 공감할 수 있는 글쓰기가 어렵다는 얘기이다. 서둔야학 스토리를 쓰면서 자꾸만 한탄스러운 것이 나의 얕은 글쓰기 실력이었다.

악마 메피스토펠레스에게 젊음을 되찾기 위해 자신의 영혼을 팔아 버린 사람은 파우스트 박사이다. 야학 선생님들은 원하지 않았지만 나는 내 영혼을 선생님들께 몽땅 다 빼앗겨 버렸다. 내게 조건 없이 무한한 사랑과 관심을 주신 분들이기 때문이었다.

같이 서둔야학을 다녔지만 다른 야학생들보다도 유난스러운 나의 그 시절에 대한 천착은 무엇 때문일까?

2017년 10월 21일은 서둔야학 홈커밍데이 행사가 있었다. 수원의 옛 서울대 농대 캠퍼스에서였다. 50여 년 전의 인연들이 면면히 이어지고 있다. 만나면 너무도 반가운 얼굴들이다.

기억의 퍼즐 맞추기가 시작되었다.

한왕석 선생님은 말씀하셨다.

"애란이가 글재주가 뛰어났었어. 애란이의 일기장을 보고서 알게 됐지."

그 당시 내 일기장이 작은 화제가 되어 상록사를 돌아다닌 것이다. 상록사는 농대의 남학생 기숙사이다. 영화 '저 하늘에도 슬픔이'가 장안의 화제가 됐던 1965년도 일이다.

그 당시 서둔야학 선생님들은 말씀하셨다.

"나는 서울대 농대를 다니는 게 아니라 서둔야학을 다니고 있다."고.

선생님들과 야학생들은 눈만 뜨면, 틈만 나면 야학에 가서 살았다.

사랑 하나 그리움 둘

2017/06/22

시간과 공간을 함께하며 정서적인 공감대를 만들면서.

만날 때마다 새로운 사실을 알게 되어 놀라고 선생님들에 대한 사랑과 존경의 마음이 깊어짐을 느낀다. 현재 서울대 교수님인 최윤재, 김영호 님 등 몇몇 선생님들은 학부 때는 물론이고 대학원 시절에도 야학 활동을 하셨다. 농대에 근무해 봐서 잘 안다. 대학원 시절이 얼마나 눈코 뜰 새 없이 바쁜 시기인 줄을. 그런데 그 바쁜 시간을 쪼개서 야학 활동을 계속하셨다. 그만큼 야학생들에 대한 애정과 열정이 깊고 넘치기 때문이었다.

야학선생님들은 결코 경제적으로 여유가 있지 않으셨다. 어머님이 삯바느질을 하시거나 새우젓 장사를 하여 뒷바라지를 하는 경우도 있었다. 당신들도 어려우니 야학생들의 처지를 너무도 잘 헤아리신 것이다.

서둔야학 운영진 선생님이 내게 8월에 우리 곁을 떠나가신 진 선생님을 추모하는 얘기를 하라고 하였다. 또 한바탕 눈물을 쏟을 수밖에 없었다. 내 마음속에 곱게 곱게 간직했던 소중한 추억을 끄집어내면서 그리움에 사무쳤기 때문이다. 아직도 나는 그 선생님을 잊을 수가 없다. 단 하루도 생각하지 않은 적이 없다.

먼 훗날 그리움이 될지 당시에는 모른다.

3기 '뚜아에무아'인 초대가수 김은영 씨가 '목장 길 따라'를 부르는 바람에 다시 눈물을 쏙 빼야만 했다. 그 시절에 대한 그리움 때문이었다. 후에 은영 씨가 말했다. 내가 우는 바람에 자신도 울컥했다고. '매기의 추억', '금발의 제니', '등대지기', '대니 보이' 등 50여 년 동안 살아오며 어디서라도 야학 시절 즐겨 불렀던 노래들이 흘러나

사랑 하나 그리움 둘

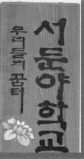

오면 어김없이 남몰래 눈물을 흘리곤 했다.

　브라보마이라이프 잡지사에서 기자와 촬영기자가 아침 일찍부터 와서 취재했다. 먼 곳까지 달려와서 열심히 사진 촬영을 하느라 고생한 권지현 기자님과 오병돈 촬영 기자님이 많이 고마웠다.

2014년 양재 시민의 숲

2017년 가을 서울대공원 나들이

2015년 제주도 여행

2016년 5월 국제 로타리 클럽

2014년 5월 천리포 수목원

2016년 11월 롯데호텔 자선바자회

2016년 가을 패션쇼

2017년 8월 서둔야학 은사님 공연, 예술의 전당에서

2017년 오페라 동호회 무지크바움에서

2016년 5월 루브르박물관에서

2016년 5월 영국에서

2017년 1월 딸의 생일선물 드레스

2017년 4월 누가 더 예쁠까나

2016년 5월 산 마르코 광장에서

교육의 바탕은 인간 사랑이다

당시 야학교의 우리 동급생들 중에는 가슴속에 남몰래 사모하는 선생님을 한 분씩 숨겨 두고 있는 아이가 서너 명 있었다.

왜 그렇지 않겠는가? 어쩌면 그것은 당연한 일이었다.

우리들은 한창 감수성 예민한 16, 17세의 꿈 많은 소녀들이었고 선생님들은 20대 초반의 맑고 순수한 영혼의 소유자들이었으니 우리들이 그분들을 연모하지 않는 것이 오히려 이상한 일일 것이다. 나 또한 그중의 하나였는데 그때의 애 타는 심정을 어찌 말과 글로 다 옮길 수가 있으랴.

1960~70년대의 내가 알고 있는 서울대학교 농과 대학생들은 하나같이 모두 선하고 순박하고 순수했다. 그 맑고 고운 심성을 지금 사람들에게서는 좀처럼 찾아보기 힘들 것이다. 흙을 공부하는 사람들이라서일까? 흙은 선하고 정직한 것이니까.

야학교선생님들은 그 선한 농과 대학생들 중에서도 헐벗고 굶주린 아이들을 가르쳐 보겠다고 당신 자신들도 경제적으로 여유가 없는 가운데서, 또 배우는 학생으로서 무엇보다도 소중한 시간을 쪼개어서 우리들의 선생님이 되어 주신 분들이었다. 선생님들은 그야말로 순수와 열정의 덩어리였다.

우리들에게 열과 성을 다하여 공부를 가르쳐 주시는 것은 물론이고 무엇보다도 소중한 사랑을 알게 해 주셨다. 우리의 부모님들이 생활고 때문에 내팽개쳐 버린 사랑과 관심을 보여 주신 것이다. 그때의 내 생각으로는 야학교 선생님들이 우리 부모님보다도 더 우리

사랑 하나 그리움 둘

들에게 관심이 많고 사랑을 쏟아 주시는 것 같았다.

선생님들은 항상 웃으셨다. 우리들에게 거의 언제나 따뜻하고 친절하셨다. 나는 국민학교 때부터 대체로 선생님들을 좋아하고 따르는 아이였는데 야학교 선생님들과의 인연으로 그 절정을 이루게 되니, 내 이제까지의 인간관계에 있어서 최대로 찬란한 꽃을 피우던 시절이었다. 그때 야학교의 선생님들은 나의 전부여서 나는 마음 정도가 아니라 내 넋을 송두리째 빼앗겼었다. 선생님들은 나를 뿌리째 흔들어 놓았던 것이다.

나는 한마디로 선생님들을 너무 좋아했다.

현실적인 삶이 고통스러워 고민하다가도 야학교에 가면 다 잊어버리고 '벙글벙글' 웃었다. 선생님들만 보면 그저 너무 좋아서 마냥 웃었다.

그것은 마치 태어난 지 5,6개월이 지난 어린 아기가 엄마 얼굴만 보면 무조건 방긋방긋 웃는 것하고 똑같다.(어린 아기들은 원초적으로 자기를 사랑해 주는 사람을 알고 있는 것이다.) 그 후로 나는 야학교 선생님보다도 더 존경스럽고 내 마음을 바쳐서 사랑할 수 있는 대상을 거의 만나 보지 못했다. 아마도 영원히 없을 것이다.

우리가 살아갈 때 무엇이든지 처음이라고 하는 의미가 상당히 깊고 소중한 것인데 내 삶에 있어서 빛깔 고운 첫정을 고스란히 바친 대상이 바로 야학교 선생님들이 아니었나 싶다. 그 색깔은 때로는 파스텔 색조로 아련한 아름다움이 깃들어 있는가 하면 여름날의 흑장미 향기처럼 강렬하여 나를 혼미하게 만들고는 했었다.

야학교선생님들은 사람이 부여해 주는 교사 자격증이 아니라 신이 주신 자격증, 사랑으로 우리를 가르치셨다. 실제로 아이들을 가르치는 데 있어서 더 중요한 자격은 눈에 보이는 종이로 만든 증서가 아니라 눈에 보이지 않는 사랑이 있느냐, 없느냐이다. 현직교사로 근무하는 나 또한 야학교 선생님들의 10분의 1의 사랑도 내 제자들에게 쏟지 못한다는 자책감이 든다.

아이들에게 가장 필요한 것은 영어공부, 수학공부가 아니라 사랑이다. 교사 자격증을 줄 때 그분이 진심으로 아이들을 사랑할 수 있는가 하는, 사랑의 깊이를 재어 본 후 주어야 할 것 같다.

모든 교육은 인간사랑이 바탕이 되어야 한다. 교육은 가슴이 따뜻한 사람이 하여야 한다. 진실한 마음으로 아이들을 사랑할 자신이 없는 교사들은 스스로 교단에 서지 않아야 한다. 교직을 천직으로 알아야 하고, 교육을 국가의 백년지대계임을 인지하여 투철한 사명감을 가지고 교단에 서야만 한다.

사랑 하나 그리움 둘

2016년 10월 우면산의 가을

지금으로부터 50여 년 전에 있었던 서둔야학 스토리를 쓸 수 있어서 너무 행복합니다.

이것은 오랜 세월 동안 간직해 온 저의 간절한 꿈이었습니다.

50여 년 전의 서둔야학 선생님들과 야학생들의 사랑은 지금은 거의 전설로 생각될 것입니다.

사랑 하나 그리움 둘

이 이야기를 교육현장에서 하루하루 학생들과 함께 하고 있는 선생님들께 바칩니다.

사람이 살아가는 뿌리는 먹거리와 교육이라고 생각합니다.

나라의 앞날은 청소년들에게 달려 있습니다.

학생들에게 소중한 공부는 수학과 국어 등 학과 공부가 아닙니다. 사람을 사랑하고 배려할 수 있도록 마음밭을 가꿔 주는 일입니다.

선생님들께 질문하고 싶습니다.

"오늘 선생님은 제자들의 마음밭을 가꿔 주기 위해서 어떤 노력을 하셨나요?"

50여 년 전에 글쓰기 지도를 해 주셨던 서둔야학 은사님들과 최근까지 수필지도를 해 주신 서초 문화원 신길우 교수님과 신광철 시인께 깊이 감사드립니다.

1992년 가을 '별안간 글만 쓰고 싶은 병'에 걸린 나를 옆에서 지켜보며 힘든 시간을 같이 보냈던 두 아이와 그이에게 미안한 마음과 고마움을 전합니다.

경기가 어려운 가운데서도 이런 기회를 주신 행복에너지 출판사 권선복 대표님과 편집진 여러분께도 깊이 감사드립니다.

2018. 11. 19.

박 애 란 올림

그리운 서둔야학의 추억!
저자가 전하는 가슴 찡하고 향기로운 이야기가
여러분의 가슴을 따스하게 만들어줄 것입니다.

권선복

(도서출판 행복에너지 대표이사)

야학이라는 단어가 사라져 가는 시대입니다. 마음만 먹으면 언제
든 정보의 바다에서 지식을 낚고, 심지어 학교에 가지 않아도 인터넷
수강으로 졸업이 가능한 시대입니다. 이와 같은 시대에 저자가 전하
는 '서둔야학'의 이야기는 퍽이나 낯설게 느껴질지도 모릅니다. 돈이 없
어서 학교에 가지 못해 밤마다 산길을 헤치고 공부하러 가는 학생들.
그들을 기다려 사랑과 정성으로 교육한 앳된 선생님들의 이야기. 저
자의 말처럼 너무나 낭만적이어서 동화 같은, 환상적이기까지 한 이
야기를 읽다 보면 어느새 호젓한 산 속의 야학에서 흘러나오는 은은
한 호롱불빛이 눈앞에 아른거리는 듯합니다. 스승을 뜻하는 인도 말
구루(guru)는 '어둠을 몰아내는 자'라는 어원을 지녔다고 합니다. 서둔
야학에 밝혀졌을 호롱불은 진정으로 어둠을 몰아내고 진리의 불을

밝힌 빛이었습니다.

향긋한 추억의 오솔길을 오롯이 따라가다 보면 저자의 아릿한 추억의 오두막집에 다다르게 됩니다. 그 시절, 춥고 외로웠던 야학생들의 넘치는 향학열을 적극적으로 보듬어 주고 무한한 사랑을 베풀어 주신 서둔야학 선생님들의 순수와 열정!

꿈 같던 야학 시절이 지나고 모진 세상 풍파에 삶을 포기하고자 했던 저자이지만, 결국 고통을 극복해 내고 다시 씩씩하게 웃으면서 살 수 있도록 만든 데에는 서둔야학의 정과 사랑이 든든한 버팀목이 돼 주었습니다.

'꿈은 이루어집니다.'

학구열을 이어가 남들보다 3년이나 늦은 나이에도 불구하고 고등학교에 입학하여 마침내 어려서부터의 꿈인 선생님이 된 저자의 행로는 저자의 간절함이 이뤄낸 쾌거였습니다.

물질과 손쉬운 정보가 범람하는 시대. 이러한 시대에 서둔야학의 이야기가 빛나는 것은, 저자의 말과 같이 '모든 것에 우선한 아름다움인, 오염되지 않은 순백의 영혼'이 밤하늘의 별처럼 빛나고 있기 때문입니다. 그리고 그 별들을 하나씩 세어가다 보면 우리 역시 어느새 아련한 감정에 젖어 들며 가슴이 먹먹해지고 순수의 가치를 되새김질하게 됩니다.

이 책을 읽으시는 독자들의 마음속에 진한 감동과 행복이 펑펑 솟아오르기를 기원합니다. 산전수전을 겪어 내어 이젠 삶의 내공이 만만치 않은 저자처럼, 하루하루가 선물이라며 감사하며 살아가는 저자처럼 여러분의 하루하루가 행복으로 가득차기를 기원합니다.

행복한 나들이

권선복 외 120인 지음 | 값 30,000원

『행복한 나들이』에는 가면이 없다. 더러는 겨우 세수만 하고 나온 듯 삶의 민낯을 보여주는 시들도 있다. 근엄한 줄 알았던 모습 뒤에 그저 따듯한 할아버지의 모습도 있고, 차갑고 치밀한 경영인의 양복 뒤에 숨겨 둔 털털하고 따뜻한 '키다리 아저씨'의 모습도 있다. 전문적인 시인이 따라올 수 없을 정도의 시적 정취가 있는 이들의 삶, 이들의 함성이 가져올 시 문화의 반향을 기대해 본다.

새 집을 지으면

정재근 지음 | 값 12,000원

시집 『새 집을 지으면』에서 저자는 늘 마음의 중심이 되어주던 부모님과 스승들의 가르침을 되새기며 평생을 소명으로 여기던 공직자로서의 삶에 대한 감회와 후배들에 대한 당부를 덧붙인다. 대나무, 난초와 같은 향기를 담은 이 시집을 읽다 보면, 선비의 풍모를 간직하고 있는 저자의 은은한 인문학적 묵향(墨香)에 독자들도 물들고, 시집 속에서 공직자로서 좋은 귀감을 삼을 대상을 마주할 수 있을 것이다.

간추린 사서

이영수 지음 | 값 28,000원

이 책 『간추린 사서』는 사서의 방대한 내용 중 핵심만을 뽑아 이해하기 쉽게 풀어냈으니, 깨달음이 있으면서도 손쉽게 가르침을 얻고자 하는 현대인들의 필연적 욕구에 고전의 발걸음을 다소나마 맞춰가려는 노력이 반영되어 있다. 이러한 현대적 발돋움을 통해 공자 사후 2500년 전부터 누적되어 온 동아시아의 집단 기억과, 인간관계와 그 외적 표현인 예법을 이 한 권의 책을 통해 구석구석 느껴볼 수 있을 것이다.

국부론

최익용 지음 | 값 35,000원

최익용 저자는 이 책을 통해 대한민국이 선진강국이 되기에 충분한 역량을 소유하고 있음에도 국가 리더들의 리더십 부재와 국민들의 인성문화 부재로 위기를 맞이하고 있다는 점을 비판하고 있다. 또한 저자는 절실한 애국심으로 대한민국을 선진강국으로 키워내기 위한 해법을 제시하는 한편 정신혁명, 교육혁명, 물질혁명을 중점으로 전개되는 저자의 '21세기 대한국인 선진화혁명'의 실천 방안을 논리적이면서도 체계적으로 전개한다.

기자형제 신문 밖으로 떠나다

나인문, 나재필 지음 | 값 20,000원

삶을 흔히 여행에 비유하곤 한다. 우여곡절 많은 인생사와 여행길이 꼭 닮아 있기 때문이다. 기자로서 시작하여 나름의 지위까지 올라간 형제는, 돌연 감투를 벗어 던지고 방방곡곡을 누빈다. 충청도부터 경상도까지, 사기리부터 부수리까지. 우리나라에 이런 곳도 있었나 싶을 정도로 다양한 지명들이 펼쳐진다. 문득 여행을 떠나고 싶은 이들, 그동안 쌓아온 것을 잠시 내려두고 휴식을 취하고 싶은 분, 자연으로의 일탈을 꿈꾸는 분들에게 추천한다.

나는 리더인가

홍석환 지음 | 값 15,000원

『나는 리더인가』는 〈리더스 다이제스트Leader's Digest〉와 같은 책이다. 전체 80항목으로 구성되어 있으나 길지도 짧지도 않은 분량으로 리더가 갖춰야 할 필수 항목들을 요약적으로 짚어내고 있다. 군더더기 없는 핵심만을 지적하고 강조한 점에서 리더가 되고 싶은, 혹은 리더의 길을 걸어오며 한 번쯤 자신을 되돌아보고 싶은 분들이 본인의 체크리스트로 삼기에 더없이 좋은 책이다.

아내가 생머리를 잘랐습니다

유동효 지음 | 값 15,000원

시집 『아내가 생머리를 잘랐습니다』는 시련을 통해 가족이 성숙해 가는 과정을 담고 있다. 암에 걸린 간호사 아내와 남편, 아이들로 이루어진 가족이 함께 시련을 극복해 가는 모습이 오롯이 녹아 있는 것이다. 미약한 일개 인간의 힘으로 넘어설 수 없는 암이라는 시련을 넘어서는 가족의 힘은 동시에 노력과 자기 단련의 시간이 있어야 가정이라는 사랑의 공동체를 유지할 수 있다는 진리를 역설한다.

지방기자의 종군기

윤오병 지음 | 값 25,000원

6.25전쟁 때 소년병으로 종군한 이후 취재기자에서부터 편집국장까지, 기자정신으로 평생을 살아 온 윤오병 저자는 이 책 『지방기자의 종군기』를 통해 기자로서 취재해 온 한국 현대사의 굵직한 편린들을 풀어낸다. 이 책은 당시 시대를 경험한 세대에게는 대한민국에 대한 자부심과 보람을, 당시 시대를 알지 못하는 세대에게는 우리가 지금 누리고 있는 평화와 행복이 많은 사람들의 땀과 노력으로 이루어진 것이라는 걸 알게 해줄 것이다.

도산회사 살리기

박원영 지음 | 값 15,000원

이 책은 도산이라는 거대한 위기를 맞이했던 한 기업의 CEO로 부임해 120일간의 열정으로 경영을 정상화시키고 새롭게 달려가는 기업으로 재탄생시킨 저자의 실화를 담고 있다. 저자는 중소기업청 공인 경영지도사 자격 및 24개 업체의 경영지도 실적을 보유한 전문경영인으로 현재 (주) 유경경영자문 경영/마케팅전략 분야 상임 고문으로 활동 중이기도 하다. 이러한 저자의 생생한 경험과 철학을 통해, 이 책이 대한민국의 경영인들에게 위기를 극복하는 청사진을 제시할 수 있으리라 생각한다.

'행복에너지'의 해피 대한민국 프로젝트!
<모교 책 보내기 운동>

대한민국의 뿌리, 대한민국의 미래 청소년·청년들에게 책을 보내주세요.

많은 학교의 도서관이 가난해지고 있습니다. 그만큼 많은 학생들의 마음 또한 가난해지고 있습니다. 학교 도서관에는 색이 바래고 찢어진 책들이 나뒹굽니다. 더럽고 먼지만 앉은 책을 과연 누가 읽고 싶어 할까요?
게임과 스마트폰에 중독된 초·중고생들. 입시의 문턱 앞에서 문제집에만 매달리는 고등학생들. 험난한 취업 준비에 책 읽을 시간조차 없는 대학생들. 아무런 꿈도 없이 정해진 길을 따라서만 가는 젊은이들이 과연 대한민국을 이끌 수 있을까요?

한 권의 책은 한 사람의 인생을 바꾸는 힘을 가지고 있습니다. 한 사람의 인생이 바뀌면 한 나라의 국운이 바뀝니다. **저희 행복에너지에서는 베스트셀러와 각종 기관에서 우수도서로 선정된 도서를 중심으로 <모교 책 보내기 운동>을 펼치고 있습니다.** 대한민국의 미래, 젊은이들에게 좋은 책을 보내주십시오. 독자 여러분의 자랑스러운 모교에 보내진 한 권의 책은 더 크게 성장할 대한민국의 발판이 될 것입니다.

도서출판 행복에너지를 성원해주시는 독자 여러분의 많은 관심과 참여 부탁드리겠습니다.

도서출판 **행복에너지** 임직원 일동

하루 5분, 나를 바꾸는 긍정훈련

행복에너지

'긍정훈련'당신의 삶을
행복으로 인도할
최고의, 최후의'멘토'

'행복에너지
권선복 대표이사'가 전하는
행복과 긍정의 에너지,
그 삶의 이야기!

권선복

도서출판 행복에너지 대표
지에스데이타(주) 대표이사
대통령직속 지역발전위원회
문화복지 전문위원
새마을문고 서울시 강서구 회장
전) 팔팔컴퓨터 전산학원장
전) 강서구의회(도시건설위원장)
아주대학교 공공정책대학원 졸업
충남 논산 출생

인터파크
자기계발 분야 주간
베스트 1위

권선복 지음 | 15,000원

책 『하루 5분, 나를 바꾸는 긍정훈련 - 행복에너지』는 '긍정훈련' 과정을 통해
삶을 업그레이드하고 행복을 찾아 나설 것을 독자에게 독려한다.

긍정훈련 과정은[예행연습] [워밍업] [실전] [강화] [숨고르기] [마무리]
등 총6단계로 나뉘어 각 단계별 사례를 바탕으로 독자 스스로가 느끼고 배운 것
을 직접 실천할수 있게 하는 데 그 목적을 두고 있다.

그동안 우리가 숱하게 '긍정하는 방법'에 대해 배워왔으면서도 정작 삶에 적용
시키지 못했던 것은, 머리로만 이해하고 실천으로는 옮기지 않았기 때문이다. 이제 삶
을 행복하고 아름답게 가꿀 긍정과의 여정, 그 시작을 책과 함께해 보자.

『하루 5분, 나를 바꾸는 긍정훈련 – 행복에너지』